耕古通今

——古文精粹摘读

李民　姚玲　李安迪 ■ 著

郑州大学出版社

图书在版编目(CIP)数据

解古通今:古文精粹摘读／李民,姚玲,李安迪著. —郑州:
郑州大学出版社,2022.6
ISBN 978-7-5645-8563-1

Ⅰ.①解… Ⅱ.①李… ②姚… ③李… Ⅲ.①中国
文学-古典文学研究-文集 Ⅳ.①I206.2 -53

中国版本图书馆 CIP 数据核字(2022)第 042403 号

解古通今:古文精粹摘读
JIE GU TONG JIN:GUWEN JINGCUI ZHAIDU

选题策划	宋妍妍	封面设计	曾耀东	
责任编辑	胡佩佩	版式设计	苏永生	
责任校对	宋妍妍	责任监制	凌 青	李瑞卿

出版发行	郑州大学出版社	地 址	郑州市大学路40号(450052)	
出版人	孙保营	网 址	http://www.zzup.cn	
经 销	全国新华书店	发行电话	0371 - 66966070	
印 刷	河南龙华印务有限公司			
开 本	710 mm×1 010 mm 1/16			
印 张	17.5	字 数	290 千字	
版 次	2022 年6月第1版	印 次	2022 年6月第1次印刷	
书 号	ISBN 978-7-5645-8563-1	定 价	58.00 元	

本书如有印装质量问题,请与本社调换

序

继承传统文化　助力民族复兴

文化是一个国家、一个民族的精神家园,是保持民族独立性、凝聚力和发展力的根本。一个人没了精神和灵魂,就是一具行尸走肉;一个民族没有文化的支撑,就失去了存在和发展的精神支柱,就会陷入重重危机。这就是为什么当年普鲁士占领了法国的阿尔萨斯和洛林之后要在那里推行德语教育,为什么日本侵占了我们东三省后也要在那里推行日语教育。语言不仅仅是思维的物质外壳,更是传统文化和民族精神的承载者。

中华民族是一个历史悠久的民族,世界四大文明古国中只有我们这个民族的文化没有断裂。历经五千年的沧桑巨变,中华传统文化依然熠熠生辉,为炎黄子孙提供了丰富的精神食粮,支撑着我们这个伟大而古老的民族生生不息,繁荣昌盛。

国学之脉也遭遇过重重危机:秦始皇的焚书坑儒,不知导致多少先秦经典被付之一炬;清朝的文字狱,不知导致多少人满腹经纶却噤若寒蝉;八国联军侵华,不知导致多少典籍文物被洗劫一空。但是,中华民族的传统文化不仅源远流长,博大精深,而且百折不摧,始终保持着它顽强的生命活力。它的海纳百川,它的野火春风,让它可以碾螳臂于巨轮之下,赋新生于春秋之间。

当今世界,文化在综合国力竞争中的地位日益凸显。谁占领了文化发展的制高点,谁就能够在激烈的国力竞争中更好地掌握主动权。中国梦的实现,中华民族的伟大复兴必须依靠传统文化提供的源源不竭的动力。国学被越来越多的人认可支持,并开始呈现出百花齐放的繁荣姿态。但是,一些人急功近利,一些人浅尝辄止,一些人误人子弟,一些人生吞活剥,这造成了一些不良影响。如何拨乱反正,如何继承发展,如何满足时代发展要求,这都需要审慎的思考、积极的发掘和踏实的践行。

《解古通今——古文精粹摘读》精选了《资治通鉴》《孔子家语》以及二十四史等书所载经典人物、故事共100篇。全书共分"原文""注释""参考译文""勤学善思"和"解读延伸"五个板块。本书编著历时两年,主要特点有二:一是通过阅读原著选编,纠正了现行同类图书中的诸多错误,如"王华还金"将明朝的王华当成了南北朝的王华。二是每篇解读延伸都是编著者针对原文苦心孤诣的深刻思考,是"古为今用"的具体体现。这部分总字数十几万,穿珠引线,不拘一格,是编著者智慧和心血的结晶。本书所选篇目来源丰富但篇幅不长,适合快节奏时代的阅读需要,更适合国学入门者阅读交流。

编著者之一的李民教授是我的学生,也是我的挚友。他从事高校教育多年,除广播电视编导专业教学之外,一直致力于传统文化研究和传播,每年为不同层次的受众做传统文化讲座,并由此深感国学推广任重而道远。两年前,他谈起本书的编著计划,想对近年来讲座中的经典案例做认真整理,加上解读思考,汇编成书。我当即表示赞同和支持,只是没想到这么快就要付梓。李民教授是西南石油大学教学评估与督导专家委员会的专家,对待教书育人工作从来都是认认真真,踏踏实实。他是四川省文艺专家库专家和青少年法制教育专家,多年以来为全省的青少年教育做了不少的工作。他是四川省写作学会的副秘书长，承办学术年会、筹备理事会、进行学术交流和研讨等，为学会做了许多具体的工作。2021年6月，西南石油大学教职工创意写作协会成立，他当选为会长，为提高教职工创意写作水平不遗余力。他不仅是一位认真而刻苦的学者，更是一个具有家国情怀的人。

在这世界上，再没有比读书更划算的事情了——付出的金钱与所获得的知识相比简直不值一提。世界上也再没有比读书能让你站得更高的东西了——权力和财富的高度是永远无法和精神的高度相提并论的。希望能有更多的人读到这本书，从书中汲取为人处世做学问的道理，丰富自己的精神生活，实现自己的人生理想；将祖国的传统文化发扬光大，助力实现中国梦想和民族复兴。

这，也是编著者的初衷。

干天全

2021 年 12 月 24 日　于四川大学天台

（干天全，四川大学文学与新闻学院教授，硕士生导师，当代诗人、寓言家、评论家，四川省写作学会会长，《乡土文学》杂志主编。）

目录

1 一钱斩吏

张乖崖[1]为崇阳[2]令。一吏[3]自库中出,视其鬓旁巾下有一钱[4]。诘[5]之,乃库中钱也。乖崖命杖之,吏勃然[6]曰:"一钱何足道,乃杖我耶?尔能杖我,不能斩我也。"乖崖援[7]笔判云:"一日一钱,千日一千,绳锯木断,水滴石穿。"自仗剑下阶斩其首,申台府自劾。崇阳人至今传之。

——《鹤林玉露》

一、注释

[1]张乖崖:张咏(946年—1015年),字复之,号乖崖,谥号忠定,濮州鄄城(今山东省菏泽市鄄城县)人。太平兴国年间进士。累擢枢密直学士,真宗时官至礼部尚书,诗文俱佳,是北宋太宗、真宗两朝的名臣,尤以治蜀著称。他的文集被命名为《张乖崖集》。

[2]崇阳:古县名,在今湖北境内。

[3]吏:小官员。

[4]钱:指铜钱。

[5]诘:追问,责问。

[6]勃然:因愤怒或心情紧张而变色之貌。

[7]援:拿起。

二、参考译文

张乖崖在崇阳当县令时,有一个小吏从库房中出来,张乖崖看见他鬓角旁的头巾下藏有一枚铜钱。就盘问他,查出钱是库房中拿出来的。张乖崖就命令人对其施以杖刑,小吏愤怒地说:"一枚铜钱不值一提,你怎么能杖打我呢?你能打我,但总不能杀我吧!"张乖崖提笔评判道:"一日一钱,千日一千,绳锯木断,水滴石穿。"然后他亲自提剑走下台阶斩下了那个小吏的头,然后自己到台府自首并说明情况。崇阳民间至今还在流传这件事。

三、勤学善思

1. 小吏明明做错了，为什么还"勃然"大怒？他心里是怎么想的？

2. 张乖崖杀小吏的理由充分吗？你认为是否合理？

3. 张乖崖为什么向上级官府自首说明情况？你认为应该怎样处理这件事？

4. 千里之堤毁于蚁穴，小错误也可能造成大损失，你还知道哪些类似的例子？

四、解读延伸

小吏从公家的库房里偷钱，不管是一文钱还是一贯钱，虽然程度不一样，但归根结底性质都是盗窃国家财产，这就像战场上逃跑了五十步和逃跑了一百步一样，性质都是临阵脱逃。

当张乖崖命令惩罚那个小吏的时候，小吏为什么会勃然大怒呢？因为他还没有意识到问题的性质和严重性，他以为顺手牵羊拿一枚铜钱不过小事一桩。一件错误的事情被重复多次，或者被很多人做，就会让人失去对它的警惕，甚至是非颠倒，不以为然了。小吏被发现之后仍旧没有一丝悔改之意，反而强词夺理反驳张乖崖，这是何等的嚣张！这也是触怒张乖崖的主要原因。

张乖崖生活的宋朝沿用了唐朝的死刑复核制度，虽然省略了一些程序，但是至少还要经过审判、复核才可以执行。张乖崖的"一日一钱，千日一千"仅仅是推论，没有证据。凭借一枚铜钱就斩杀小吏是违法的，所以他在斩杀了小吏之后到上级部门自首。在义愤之后知道自己的行为不当而去自首，这也是一种知错就改的体现吧！

虽然张乖崖到上级部门自首，但是即使上级部门也认为他错了，那个小吏还能复活吗？他的家人会原谅张乖崖吗？后人常把张乖崖和当时的名相赵普、寇准相提并论，但是如果不依照法律和规章制度办事，不按照规定程序办事，即使贤能的人也会犯下错误。另外，史书记载，一个小官因贪污被恶仆抓住把柄，以此要挟他。张咏偶然得知此事，就把那个恶仆诱骗到树林里斩杀了。如今看来，这些行为虽有侠义之风，但是缺少法律制约，都是不足取的。

在如今的法制社会,没有经过法律的审判,任何人不能、也没有权力去决定他人的生死。有了法律规章,人们的各种行为才能受到约束。要不然,仅凭个人臆断或者是因为好恶杀人,这个社会就会乱了套。

2 舍鸡灭鼠

赵人患鼠,乞猫于中山,中山人予之。猫善捕鼠及鸡。月余,鼠尽而鸡亦尽。其子患[1]之,告其父曰:"盍去诸[2]?"其父曰:"是非若[3]所知也。吾之患在鼠,不在乎无鸡。夫有鼠,则窃吾食,毁吾衣,穿吾垣墉[4],坏伤吾器用,吾将饥寒焉。不病于无鸡乎!无鸡者,弗食鸡则已耳,去饥寒犹远。若之何[5]而去夫猫也!"

——《郁离子》

一、注释

[1] 患:担心。
[2] 盍去诸:何不把它赶走呢?
[3] 若:你。
[4] 垣墉(yuán yōng):墙壁。
[5] 若之何:怎么能。

二、参考译文

赵国有个人家里老鼠成灾,于是到中山国求猫,中山国的人给了他一只猫。猫擅于捕捉老鼠和鸡。一个多月之后,老鼠没了,鸡也全没了。他的儿子担心这件事,就告诉他的父亲说:"为什么不把猫赶走呢?"他的父亲说:"这不是你所想的那样。我所担心的是老鼠,不是没有鸡。有了老鼠,它就偷窃我的粮食,毁坏我的衣服,凿穿我的墙壁,损坏我的器具,我将会挨饿受冻。不担心没有鸡。没有鸡的话,不吃鸡就可以了,离挨饿受冻还远着呢。怎么能把猫赶走呢!"

三、勤学善思

1. 你支持儿子的想法还是支持父亲的做法？为什么？

2. "毒蛇噬手,壮士断腕""舍卒保车,舍车保帅""两害相权取其轻"都是果断智慧的选择。你有没有遇到过这种难以决断的事情？你是怎么解决的？

3. 你还知道哪些关于猫或老鼠的故事？

四、解读延伸

很多事物都具有两面性,就像这只猫一样:能为主人捕捉老鼠,杜绝鼠患,但同时它也把主人的鸡吃光了。砒霜救人无功,人参杀人无罪。砒霜剧毒,但是以毒攻毒可以杀虫、祛痰治疗毒疮。人参大补,但是身患疮、疥、痈的人服用人参可能导致疮毒大发危及生命。中医有句老话"凡药三分毒"就是这个道理。所以不要尽想好事,也不要尽想坏事,好和坏有时候是并存的,有时候是可以相互转换的,就像《塞翁失马》里讲的那样。

在这件事情上,儿子担心猫吃鸡这件事情,这是因为他看到了猫坏的一面——家里辛辛苦苦养的鸡被吃光了。但是父亲则认为与没有鸡的损失比较起来,老鼠造成的危害更大——这是抓住了问题的关键:什么是主要的,什么是次要的。对这个家而言,老鼠是危及生存的祸害。老鼠吃粮食,咬衣服,咬房屋、家具,有老鼠在,这一家都不得安宁。没有鸡也只是不能吃鸡肉,这点损失远不如老鼠带来的破坏大。

农民播种的时候,一个坑里常常放下三四颗种子,因为保不准蚂蚁要吃,田鼠要吃,乌鸦也要吃。撒下去的种子可能会被吃掉大部分。可是只要有一颗种子能成长起来,一粒麦子能长出十个麦穗共三四百粒麦子,一棵玉米可以结两三个玉米棒子上千粒玉米,和那损失掉的三颗种子相比,收获要多得多。因此这时候就不要吝啬撒下去的种子,当初放种子的时候如果只放了一颗,那结果可能是颗粒无收。

3 芒山盗临刑

宣和[1]间,芒山[2]有盗临刑,母来与之诀。盗[3]对母云:"愿如儿时一吮[4]母乳,死且无憾。"母与之乳,盗啮[5]断乳头,流血满地,母死。行刑者曰:"尔何毒耶?"盗因告刑者曰:"吾少时,盗一菜一薪,吾母见而喜之,以至不检[6],遂有今日。故恨杀之。"呜呼!异矣,夫语"教子婴孩",不虚也!

——《艾子杂说》

一、注释

[1]宣和:宋徽宗赵佶的年号(1119年—1125年)。

[2]芒山:今河南省永城市芒山镇。

[3]盗:盗贼。

[4]吮:吸。

[5]啮(niè):咬。

[6]检:约束、检点。

二、参考译文

宋朝宣和年间,芒山有一个盗贼要被行刑处死,他母亲来和他诀别。盗贼对他的母亲说:"我希望像儿时一样再次吸吮母亲的乳头,死了也没有遗憾了。"母亲答应了,盗贼却咬断了母亲的乳头,血流满地,母亲死了。行刑的人问:"你怎么这么狠毒呢?"盗贼对行刑的人说:"我小时候,偷来一棵菜、一根柴,我的母亲看见了都非常高兴。这样以至于后来不能约束自己,才有今天的下场。所以我恨她,并杀了她。"唉!俗话说:"教育孩子要从幼儿开始。"这真不假啊!

三、勤学善思

1. 你是否同意盗贼最后说的那段话？为什么？
2. 你如何评价盗贼的母亲？
3. "小时偷针,长大偷金",仔细体味"教子婴孩"这句话的含义。

四、解读延伸

要警惕小毛病、坏习惯,因为恶习形成终身受害。小时偷针,长大偷金,芒山盗就是典型的例子。即使不像芒山盗这样犯下死罪,坏习惯也会给我们带来很多困扰、伤害或者损失:抽烟伤身,赌博破财,撒谎失信,懒惰败家。有多少人养成了种种坏习惯,耽误事耽误人,甚至对人生造成了极坏的影响。

"教子婴孩",好的习惯培养要从娃娃抓起,一个人幼年和童年的记忆最深刻,对人生的影响也最大。健忘的老人可能手里拿着眼镜还在找眼镜,但是童年的经历却总是记忆犹新,挥之不去。那些从童年培养的习惯并不会泯灭在岁月里,而是历久弥新。童年对一个人的性格培养和以后的发展具有重要的意义,这是一个人初步认识世界和初步建立"三观"的时期,其影响贯穿今后的一生。

栽下一棵小树苗的时候就要把它扶得端端正正的,如果一开始就让树苗长歪了,日后再去纠正就变成了极其困难的事情。所以,芒山盗的母亲对儿子的死是负有责任的。

父母是孩子的第一任老师,但最终决定人生成败的还是每个人自己。因为影响人生走向的因素太多太多了。芒山盗的母亲固然有错,但充其量也不过是培养了他小时候的坏习惯。周处年轻的时候横行乡里、为害一方,但是最后还是自我醒悟,成为名臣。我们承认小时候习惯的重要影响,但这也不是决定因素。成为一个什么样的人还是取决于自己。芒山盗长大后并没有反省自己小时候的过错,而是愈演愈烈,最终被判刑。这也是他没有自我拯救的原因。

芒山盗咬伤母亲以至于她流血而死,这是把所有的过错都怪罪在母亲身上而没有自我反省,用这种残忍的手段报复母亲是忘记了生育之恩,这说明他是一个既残忍又愚蠢的懦夫。

4 猩猩着道^[1]

猩猩在山谷行，常有数百为群。里人^[2]以酒并糟设于路侧。又爱著屐^[3]，里人织草为屐，更^[4]相连接。猩猩见酒及屐，知里人张设^[5]，则知张者祖先姓字，乃呼名骂云："奴^[6]欲张我，舍尔^[7]而去！"复自再三。相谓曰："试共尝酒。"及饮其味，逮^[8]乎醉，因取屐而著之，乃为人之所擒，皆获辄无遗者。

——《猩猩铭（并序）》

一、注释

[1] 着道：中圈套。

[2] 里人：村里人。

[3] 屐：本来指木头鞋，唐之前登山用，后来用作雨鞋，这里指鞋子。

[4] 更：并且。

[5] 张设：陷阱。

[6] 奴：下等人。

[7] 舍尔：离开你。

[8] 逮：到，及。

二、参考译文

生活在山谷里的猩猩，常常是数百只成群出动。村庄的人用酒和酒糟放在路旁边吸引它们。猩猩还喜欢穿鞋，村里人就用草织成鞋子，并把它们互相连结。猩猩见到酒和草鞋，知道是村民们设的机关，它们也知道设机关的人祖先的名字，就叫着名字骂道："你这家伙想抓我，我就离它远点。"这样反复了多次之后，它们又相互商量着说："一起尝尝酒。"一旦尝到酒的味道就无法收拾了，直到喝醉，然后又拿草鞋穿上，于是就被人全部抓住，没有一只跑掉的。

三、勤学善思

1. 为什么猩猩明知是圈套到最后还是上当了？
2. 为什么村民们设圈套要用酒和鞋？他们利用了猩猩的什么弱点？
3. 查阅资料了解"三人成虎""法不责众""明知故犯"三个成语的意思。

四、解读延伸

必须理性控制欲望。猩猩们明知酒和鞋子是村民设计的陷阱，可是最后仍然跳进去被抓，因为他们实在无法控制喝酒、穿鞋的欲望。不光是猩猩，也不仅是孩子，就是成年人也会犯这样的错误——明明知道是错的，但还是禁不住要做。很多时候，人们不是不知道这件事情是错误的，但是为了其中的利益，为了自己的一时之快，还是做了。这是不能控制自己的欲望，也是没有原则和底线的体现。

模仿跟风并不能解决根本问题。明明是一群猩猩，却非要学人一样穿鞋子；明明控制不住自己，还非要学人一样喝点小酒，到头来反受其害。东施效颦，左思学潘安，结果被人耻笑，留下话柄。既要借鉴，又要根据实际情况发展创新，这才能解决根本问题。

这之中也存在一个狂妄自大的问题，猩猩明明知道有陷阱，却觉得自己不会被抓，毕竟它们早已识破了村民的诡计。自以为聪明的猩猩对陷阱也渐渐不屑一顾，最后落得一个被抓到的下场。这是猩猩的自大所导致的结果。

群胆是个害人的东西。猩猩们一开始的时候是清醒的，它们知道村民们设置陷阱的意图，但是一来经不起诱惑，二来想仗着人多势众保证安全。结果全部被抓，无一漏网。所以保持独立的思考是必要的，不能人云亦云，随大流，干蠢事。

5 阮籍丧母

阮籍[1]遭母丧,在晋文王坐进酒肉。司隶[2]何曾亦在坐,曰:"明公方以孝治天下,而阮籍以重丧[3]显于公坐饮酒食肉,宜流之海外,以正风教。"文王曰:"嗣宗毁顿[4]如此,君不能共忧之,何谓!且有疾而饮酒食肉,固丧礼也[5]!"籍饮啖不辍,神色自若。

——《世说新语》

一、注释

[1]阮籍:字嗣宗,晋文王司马昭任大将军时,调阮籍任从事中郎,后阮籍求为步兵校尉,放荡不羁,居丧无礼。

[2]司隶:即司隶校尉,是监督京师和京城周边地方的秘密监察官。

[3]重(zhòng)丧:重大的丧事,指父母之死。

[4]毁顿:毁,损害身体;顿,劳累。这里指因哀伤而毁坏了身体。

[5]固丧礼也:《礼记·曲礼上》有"居丧之礼……有疾则饮酒食肉,疾止复初",所以饮酒食肉并不违反丧礼,故有此说。

二、参考译文

阮籍在为母亲服丧期间,在晋文王的宴席上喝酒吃肉。司隶校尉何曾也在座,他对晋文王说:"您正在用孝道治理天下,可是阮籍身居重丧却公然在您的宴席上喝酒吃肉,应该把他流放到荒蛮之地,以端正风俗教化。"文王说:"嗣宗哀伤劳累到这个样子,您不能和我一道为他担忧,还说这种话!再说有病而喝酒吃肉,这本来就合乎丧礼啊!"阮籍吃喝不停,神色自若。

三、勤学善思

1. 结合《世说新语》中另一篇"阮籍丧母"理解本文。

2. 当司马昭与何曾对话时，"籍饮啖不辍，神色自若。"表现了阮籍的什么性格特点？

3. 查阅资料，说明为什么何曾认为阮籍守丧期间喝酒吃肉应该被流放？

四、解读延伸

儒家礼仪规定，父母去世之后，儿女必须绝食三日，百日之内只能早晚喝点稀粥，一年以后可以吃蔬菜、水果，两年以后才允许吃酱醋等调料，三年期满（也可以是 25 个月）才能吃肉饮酒。这是为了表示失去父母的悲痛。但是可以想象，如果一个每天要辛苦劳作的农夫也这么做的话结果会是什么样子。这样的礼仪规定无疑会给一个需要正常生活的人造成极大的困扰。

阮籍的母亲去世时，阮籍悲痛到吐血。所以他这时的吃肉喝酒不是内心不悲痛，只是不愿意拘泥于那些陈规陋习，不想装样子给别人看而已。

从历史记载看，何曾是一个非常孝顺的人，他在母亲去世的时候曾离职守丧，所以在这里他并不是要找阮籍的茬打击阮籍。在何曾眼里，要守丧礼守规制才能表现一个人的孝心。而在阮籍这里，悲痛并不是以礼节来体现的。现在一些人总喜欢用自己的价值观念和道德标准去评判他人，干涉他人，这是没有道理的。

司马昭作为两个人的长官（文中的"文王"是他死后追加的尊号），没有像何曾那样迂腐，能了解和体谅阮籍，这在儒家礼仪制度占统治地位的那个时代是难能可贵的。

当何曾和司马昭议论此事的时候，阮籍为何吃喝不停神色自若呢？因为他并不在意也不担心自己的行为会招来什么祸患，这是魏晋名士我行我素保持独立人格的行为表现。人的行为总是受到很多因素的影响，我们常为此犹豫不决甚至误入歧途，相比之下，阮籍等人的做法更值得我们借鉴。

6 刘伶病酒

刘伶[1]病酒,渴甚,从妇求酒。妇捐[2]酒毁器,涕泣谏曰:"君饮太过,非摄生[3]之道,必宜断之!"伶曰:"甚善。我不能自禁,唯当祝鬼神自誓断之耳。便可具酒肉。"妇曰:"敬闻命。"供酒肉于神前,请伶祝誓。伶跪而祝[4]曰:"天生刘伶,以酒为名;一饮一斛[5],五斗解酲[6]。妇人之言,慎不可听。"便引酒进肉,隗[7]然已醉矣。

——《世说新语》

一、注释

[1]刘伶:魏晋"竹林七贤"之一,以嗜酒闻名。

[2]捐:倒掉。

[3]摄生:养生。

[4]祝:祷告。

[5]斛(hú):量器名,一斛为十斗。

[6]酲(chéng):因饮酒过量而神志不清或困倦。

[7]隗:通"颓"。

二、参考译文

刘伶患酒病,口渴得厉害,就向妻子要酒喝。妻子把酒倒掉,把装酒的器具也毁了,哭着劝他说:"您喝得太过分了,这不是保养身体的办法,一定要把酒戒掉!"刘伶说:"很好。不过我自己不能戒掉,只有在鬼神面前祷告发誓才能戒掉啊!你赶快准备酒肉吧!"他妻子说:"遵命。"于是把酒肉供在神前,请刘伶祷告、发誓。刘伶跪着祷告说:"天生我刘伶,靠喝酒出名;一喝就一斛,五斗才能解除酒病。妇人家的话,千万不要听。"说完就拿过酒肉又吃又喝,不一会儿就又喝得醉倒了。

三、勤学善思

1. 刘伶是否仅仅以喝酒而名闻古今？

2. 李白有"会须一饮三百杯"，白居易有"共把十千沽一斗"，是否古人比我们酒量大得多？为什么？

3. 如何理解"如果没有酒，唐诗宋词至少会缺少一半魅力"这句话？

四、解读延伸

魏晋时期政权更替频繁，社会动荡不安，敏感的文人雅士极易产生强烈的人生幻灭感，所以放荡不羁，我行我素，尽量按照自己的意愿为人处世，而不遵从政权、礼教和世俗的限制，清谈、服药、饮酒、作诗成为当时的风尚。

作为竹林七贤之一，虽然刘伶说自己是因为喝酒才为人所知，名扬天下，实际上并非如此。刘伶好老庄之学，在文学方面造诣颇深。朝廷曾经征召他入朝为官，但是被他拒绝了。这也体现了他的消极避世和崇尚无为的理念。这在当时的时代背景下是可以理解的。

元朝之前，人们所喝的酒是发酵酒而不是蒸馏酒，酒精度数很低。当时的酒大概相当于现在的黄酒、米酒或者醪糟，所以古典诗词里常有像李白这样"会须一饮三百杯"的描写。但是无论怎样，喝多了还是伤身，尤其像刘伶的这种喝法对身体的伤害更大，所以他夫人才哭着劝他戒酒。但是刘伶嗜酒不仅仅是因为个人爱好，还有一系列消极避世的想法在影响他。借酒来抒发内心的情怀似乎是唯一的消遣方式。

当时社会动乱，民不聊生，文人们能够清醒地认识到百姓疾苦但是却无法改变这一现实，能够清醒地认识到人生苦短但也无法改变，所以常常借酒浇愁。同时，他们也以酒助兴，激发创作灵感，作诗为文，抒发志向和情怀。

7 鲁人拒邻

鲁人[1]有独处室者，邻之厘妇[2]亦独处一室。夜暴风雨至，厘妇室坏，趋[3]而托[4]焉。鲁人闭户而不纳[5]。厘妇自牖[6]与之言："何不仁而不纳我乎？"鲁人曰："吾闻男女不六十不同居。今子幼，吾亦幼，是以不敢纳尔也。"妇人曰："子何不如柳下惠然？妪[7]不逮[8]门之女，国人不称其乱。"鲁人曰："柳下惠则可，吾固不可。吾将以吾之不可，学柳下惠之可。"

——《孔子家语》

一、注释

[1]鲁人：指鲁国人。

[2]厘妇：寡妇。

[3]趋：小步快走。

[4]托：托身，寄托，委托。

[5]纳：接纳。

[6]牖（yǒu）：窗户。

[7]妪（yǔ）：像大鸟一样张开翅膀遮蔽小鸟。

[8]逮：等，到。

二、参考译文

鲁国有一个独处一室的男子，邻居是一个寡妇。一天夜里暴风雨大作，寡妇的房子被毁坏了，妇人快步来到男子那里请求庇护。男子关着门不让妇人进。妇人从窗户里对他说："你为何不关照一下让我进来呢？"男子说："我听说男女不到六十岁不能同居。现在你还年轻，我也一样，所以不敢让你进来。"妇人说："你为何不像柳下惠那样，能够用身体温暖来不及入门避寒的女子，而别人也不认为他有非礼行为。"男子说："柳下惠可以那样做，我却做不到。所以我要以我的'做不到'来向柳下惠的'做到'学习。"

三、勤学善思

1. 鲁国男子通过什么方式抵制诱惑?

2. 人贵有自知之明,请结合本文做说明。

3. "近朱者赤,近墨者黑。"生活中有很多诱惑,举例说明如何才能保持正确的人生方向?

四、解读延伸

人的一生要面对许多诱惑,这些诱惑大到权力、金钱、名誉、美色,小到美食、服饰、游戏等等。面对诱惑,有人选择远离,有人选择抵抗,还有人沉溺其中不能自拔。

要抵制诱惑首先要对诱惑的危害和自己的抵抗能力有个清醒的认识。文中的男子是能够清醒地认识这两点的人:他知道自己不能像柳下惠一样坐怀不乱,也知道如果不能抵制诱惑会对两人的名声造成多大的伤害,所以他选择闭门不纳,这是非常明智的。

有人说,任凭一个柔弱的妇女遭受狂风暴雨之苦而不接纳,是懦夫的行为。但在古人看来,名节清白重于身体之苦,所以鲁国男子宁愿寡妇在屋外淋雨而不开门接纳,这是他做事的原则。

坚持原则就要从拒绝小的变通开始。千里之堤毁于蚁穴,一次变通一点点,时间长了,次数多了,底线不复存在了,原则也崩塌了,很多事情都是这样被毁掉的。文中的男子如果第一次退让了,让女子进屋躲雨,那接下来会不会又退让为用怀抱为女子取暖呢? 这样一来,两人的声名就毁于一旦了。这样的原则性问题也时时存在于我们生活中。一旦退让一步,就会陷入无休止的退让。工作的时候想着等等再做,接着玩起手机来,打起了游戏,到最后什么也没做好。这就是生活中一个常见的退让。

随着社会的发展,我们面对的诱惑将会越来越多,如何坚持原则抵制诱惑,是我们应该认真思考的问题。

7

鲁人拒邻

8 烛邹亡鸟

景公[1]好弋[2]，使烛邹[3]主[4]鸟而亡[5]之。公怒，诏[6]吏杀之。晏子曰："烛邹有罪三[7]，请数[8]之以其罪而杀之。"公曰："可。"于是召而数之公前曰："烛邹！汝为吾君主鸟而亡之，是罪一也；使吾君以鸟之故杀人，是罪二也；使诸侯闻之，以吾君重鸟以轻士[9]，是罪三也。"数烛邹罪已毕，请杀之。公曰："勿杀，寡人闻命[10]矣。"

——《晏子春秋》

一、注释

[1]景公：姜姓，吕氏，名杵臼。春秋后期齐国国君，齐灵公之子，齐庄公之弟。

[2]弋(yì)：用带有绳子的箭射鸟，这里指捕鸟。

[3]烛邹：齐国大夫。

[4]主：掌管，主管，负责管理；也可翻译成"养"。

[5]亡：丢失，逃跑，让……逃跑了，这里指让鸟逃走了。

[6]诏：诏书，皇上的命令或文告。这里指下令。

[7]罪三：三条罪状。古代汉语中数词作定语常常放在中心词后。上文的"罪一""罪二"用法相同。

[8]数(shǔ)：历数；列举。

[9]士：商、西周、春秋时最低级的贵族阶层；读书人。

[10]闻命：接受教导。命：命令，这里指教导、教诲。

二、参考译文

齐景公喜欢捕鸟，他让烛邹管理那些鸟，但是鸟飞走了。齐景公十分生气，(想)命令官吏杀了烛邹。晏子说："烛邹有三条罪状，请让我将他的罪状

——列出然后再杀掉他。"齐景公说："好。"于是叫来烛邹，晏子在齐景公面前列数他的罪行说："烛邹！你负责为我们的君王管理鸟，但是却让鸟逃跑了，这是第一条罪行；让我们君王为了鸟的原因而杀人，这是第二条罪行；让诸侯听到这件事，认为我们的君王看重鸟而轻视读书人，这是第三条罪行。"把烛邹的罪状列完以后，晏子请景公杀了烛邹。景公说："别杀了！我明白你的教诲了。"

三、勤学善思

1. 晏子的这种劝说方式有何特点？
2. 你觉得晏子所说的三条"罪状"中，哪一条最让景公担心？为什么？
3. 你还知道哪些关于晏子巧妙应对或者劝谏的故事？
4. 说服别人有很多方式，古人给我们做出了榜样，如触龙劝说赵太后、墨子劝说公输班、里革劝说鲁宣公等。请查阅资料，体会古人说理的技巧。

四、解读延伸

传说龙喉下有逆鳞径尺，有触之则龙必怒而杀人，所以"逆龙鳞"就用来比喻以下犯上触怒强者。古代臣子向皇帝进谏是要承担很大风险的，例如比干进谏商纣王被杀。但是历史上也不乏开明大度的国君，比如齐景公、唐太宗等。因此，君明臣贤是封建时代人们的美好理想。历史上不乏一腔热血敢于进谏的臣子，但是他们的命运往往取决于当朝者是否贤明。

春秋战国时期的法制并不健全，尤其是晏子生活的时代还处在奴隶社会，国君掌握生杀大权，一言可以杀，一言可以赦，有时候全凭个人好恶。齐景公是一个有雄才大略但又非常贪图享乐的国君，因此才会因为烛邹没有看管好鸟而想杀他。但是齐景公也有着能听取谏言的优点。如果齐景公真的贪图享乐、独断专行的话，晏子的进谏也是没有用的。

晏子曾经先后辅佐齐灵公、齐庄公和齐景公长达50多年，以口才和思辨著称。本文中他劝阻齐景公杀人的方式很巧妙：看似顺着齐景公的意思列举烛邹的三大罪状，但实际上旁敲侧击，让齐景公意识到因琐事杀人的重大危害。这是以退为进的交际策略。当我们碰到这样不能正面直言的困境时，也可以像晏子这样，迂回解决问题。

在三条罪状中,第一条是讲烛邹失职,第二条强调齐景公杀人的原因,这些对齐景公都不会起到太大的震撼作用,因为这就是事实。但是第三条戳到齐景公的痛处了:一个国君如果落得一个重鸟轻人的名声,不但会被百姓唾弃,还会影响他在其他诸侯国的形象,危及国家安定。因此,听完三条罪状之后,他就不再杀烛邹了。

9 划粥割齑

范文正[1]公读书南都学社，煮粟二升，作粥一器，经宿遂凝。以刀画为四块，早晚取二块，断齑[2]数十茎小啖[3]之。留守[4]有子居学，归告其父，以公厨室馈[5]，公置之，既而悉已败矣。

留守子曰："大人闻公清苦，遗以食物而不下箸[6]，得非以相浼[7]为罪乎？"公谢曰："非不感厚意，盖食粥安之已久，今遽享盛馔，后日岂能啖此粥也！"

——《昨非庵日纂》

一、注释

[1]范文正：范仲淹（989—1052），字希文，汉族。苏州吴县人。北宋杰出的思想家、政治家、文学家。去世后追赠兵部尚书、楚国公，谥号"文正"，世称范文正公。

[2]齑（jǐ）："齏"的异体字，捣碎的姜、蒜或韭菜的细末，咸菜。

[3]啖（dàn）：吃、喂。

[4]留守：官名，常由地方行政长官兼任，负责军民、钱谷、守卫等事务。

[5]以公厨室馈：让官府厨房做好饭菜送给范仲淹。

[6]箸（zhù）：同"箸"，筷子。

[7]浼（měi）：沾染、污染。

二、参考译文

范仲淹在南都学舍读书时，每天煮粟米二升，做成一锅浓粥，经过一宿就凝结了。然后用刀把粥划为四块，早晚取两块，把咸菜切成几十小块来拌饭吃。南都留守有个儿子也在那里学习，回去把这事儿告诉了他父亲，他父亲就把公家厨房里好吃的送给范仲淹。范仲淹放在那里不理会，后来那些食物全都坏掉了。

留守的儿子说:"我父亲听说您清苦,送来一些食物,可是您都不下筷子,该不是觉得吃了它会犯法吧?"范仲淹道歉说:"我不是不感谢你父亲的厚意,而是食粥习惯很久了,现在突然享受这么丰盛的饭菜,以后还哪能再吃这种冷粥呢!"

三、勤学善思

1. 范仲淹为什么不每顿煮饭而要吃冷粥呢?
2. 好饭好菜放坏了是不是浪费粮食?你觉得范仲淹做得对吗?
3. 你认为范仲淹说的是否有道理?为什么?
4. 体会"由俭入奢易,由奢入俭难"这句话的含义。

四、解读延伸

俗话说,"穷人的孩子早当家",范仲淹就是一例。他两岁时失去父亲,家境贫寒,母亲改嫁,他也改姓朱,多年以后才改回自己的姓氏。

范仲淹清苦的生活在现在是难以想象的:冷粥、咸菜,仅此而已。《宋史·范仲淹传》里记载他读书的生活:"昼夜不息,冬月惫甚,以水沃面;食不给,至以糜粥继之,人不能堪,仲淹不苦也。"读书通宵达旦,冬天读书太累了就用冷水洗脸提神。食物不充足,只能以菜粥充饥。别人受不了,但是范仲淹却并不觉得苦。古代有很多刻苦读书的故事,为什么现在的孩子读书不刻苦了呢?一是没有远大的理想追求,二是物质条件好了,连最基本的物质追求动力也没有了。

留守的儿子出于好心帮助范仲淹,这体现了同窗之谊。但是留守从公家厨房拿出好东西给范仲淹,如果没有官府相关规定,这种做法是欠妥的,这是原则性问题。陶侃的母亲不接受儿子的鱼干,范仲淹不接受公家的食物,都是恪守原则。

好饭好菜宁愿放坏也不吃,不是范仲淹没有意识到同学的良苦用心,只是他要坚持自己清贫生活、不受利诱、发奋苦读的原则。很多人精神和意志上的颓废都是先从物质方面开始的,贪图享乐是精神和学识进取的最大障碍。人们都说由俭入奢易,由奢入俭难。范仲淹怕的是自己一旦尝过了美味佳肴,就不能守住本心去刻苦读书。因为贪图安逸享乐而使心境发生变化,才是读书人的大忌。

　　读书必须刻苦,因为任何精神境界的提升和知识的获取都需要经历刻苦的努力和长久的历练。适合自己读书的方法要有,但是想通过学习机器人、量子阅读法等在学习上突飞猛进,那是不可能的。一分耕耘一分收获,没有刻苦地去学习、去努力,怎么会有理想的成效呢?

10 捉刀代笔

魏武[1]将见匈奴使,自以形陋,不足雄[2]远国,使崔季珪[3]代,帝自捉刀立床[4]头。既毕,令间谍问曰:"魏王何如?"匈奴使答曰:"魏王信自雅望[5]非常,然床头捉刀人[6],此乃英雄也。"魏武闻之,追杀此使。

——《世说新语》

一、注释

[1]魏武:即曹操。曹丕称帝后追尊曹操为武帝。

[2]雄:称雄,这里意为慑服。

[3]崔季珪:崔琰,字季珪。传说他相貌清朗而威重。

[4]床:古代一种坐具,即"榻",不是卧具。

[5]雅望:儒雅的风采。

[6]捉刀人:指执刀的卫士,即站在坐榻边的卫士。后来成为固定用语,比喻替别人代笔作文的人。

二、参考译文

曹操将要接见来自匈奴的使者,但认为自己身材相貌矮小丑陋,不足以慑服远方的国家,于是派崔季珪代替自己,自己则拿着刀站在坐榻边。等到接见完毕,曹操派密探去问那个使者:"你觉得魏王如何?"匈奴使者答道:"魏王儒雅的风采真的是不同寻常,然而站在坐榻旁持刀的那个人,才是真正的英雄啊!"曹操听后,就派人追杀了这个使者。

三、勤学善思

1. 你觉得匈奴使者是怎么看出曹操是个了不起的人物的?

2. 曹操为什么要追杀匈奴使者?

3. 苏轼有诗云："粗缯大布裹生涯，腹有诗书气自华。"谈谈你对这句话的体会。

四、解读延伸

《三国演义》里有三绝：智绝诸葛亮、义绝关羽和奸绝曹操。杨修窥破曹操心事被曹操杀了，侍卫给曹操盖被子也被他杀了，他甚至把落难时救助他的好友吕伯奢的全家都给杀了。但是曹操善于用人，善于倾听，是一个了不起的军事家、政治家和文学家。在乱世之中挟天子以令诸侯，曹操的魄力也非常人可比。曹操在文学上造诣颇深，是难得的乱世文豪。建安风骨源于"三曹"，这种情形恐怕只有苏轼一家可比，因为他们在"唐宋古文八大家"中也占了三个。所以许劭称其为"乱世之奸雄，治世之能臣"。

匈奴使者为何认为曹操是大英雄？是气度。一个人的修养可以透过举手投足显现出来，这是穿戴掩饰不了的。正如苏轼所写："粗缯大布裹生涯，腹有诗书气自华。"曹操虽然扮作侍卫，但是那套服装却掩盖不了他的气度。作为一代枭雄，曹操胸中有丘壑，气度自然不凡。

曹操为什么要杀死匈奴使者呢？因为他太厉害了！居然可以凭借一个人的气度断定人的身份和未来。这种聪明人对曹操来说是一个很大的威胁，所以要杀掉——这样的人才为他人效力，是自己的隐患。按照曹操的性格必然是要斩草除根的。

成语"韬光养晦"就是教我们做人做事要低调，如果自以为才能过人、官高爵显、富可敌国而骄傲自大，就可能树敌无数，招致祸患。尤其是在敌人面前，过分崭露锋芒是不恰当的行为，要学会韬光养晦。文中的使者若是老老实实拜见也就罢了，偏偏在别人的地盘上妄言，锋芒毕露，让曹操注意到了他的才华并欲杀之而后快。曹操曾经的属下杨修也是因为太过锋芒毕露才让曹操忍无可忍。所以，有才华不是坏事，但是要审时度势适当地表达，在特殊情况下要懂得收敛锋芒，保护自己。

11 不计人过

吕蒙正相公[1]不喜记人过[2]。初[3]任参知政事[4]，入朝堂，有朝士[5]于帘内指之曰："是小子亦参政耶？"蒙正佯为不闻而过之。其同列[6]怒之，令诘[7]其官位姓名，蒙正遽[8]止之。罢朝，同列犹不平，悔不穷问。蒙正曰："若一知其姓名，则终身不能复忘，故不如毋[9]知也。且不问之何损？"时人皆服其量。

——《宋史·吕蒙正传》

一、注释

[1]吕蒙正相公：吕蒙正宰相。相公，古代对宰相的称呼。吕蒙正，北宋人，曾三任宰相，为人正直敢言。

[2]过：过错。

[3]初：刚刚。

[4]参知政事：官名，相当于副宰相。

[5]朝士：有资格入朝廷的中央官吏。

[6]同列：同在朝廷做官的同事。

[7]诘：追问，责问。

[8]遽：立即、立刻，急忙。

[9]毋（wú）：不。

二、参考译文

吕蒙正宰相不喜欢计较别人的过错。他刚担任参知政事进入朝堂时，有一位官吏在朝堂帘内指着他说："这小子也能做参知政事啊？"吕蒙正装作没有听见走过去了。与他同在朝廷做官的同事非常愤怒，下令责问那个人的官位和姓名，吕蒙正急忙制止他们。下朝以后，那些与吕蒙正同行的人仍然愤愤不平,后悔当时没有彻底追究。吕蒙正则说:"如果知道那个人的姓名,就终生不能再忘记,因此还不如不知道那个人的姓名为好。不去追问那个人的姓名,又有什么损失呢?"当时所有的人都佩服吕蒙正的度量。

三、勤学善思

1. 文章是怎样表现吕蒙正的宽怀大度的?
2. 对待别人的嘲笑和不屑,吕蒙正的做法给我们什么启示?
3. "对待排挤,最好的回击就是让自己变得更优秀。"你是否赞同这句话?该如何做?

四、解读延伸

无论什么时候都要尊重别人,不管是高官显贵还是贩夫走卒,因为每个人来这世上一遭都是很不容易的。尊重是一种美德。不能因地位财富这些外物觉得自己高人一等,也不能因为一时偏见轻视他人。

一切已经存在的都是合理的,吕蒙正能当上宰相自有他的道理。也许他做得并不完美,或者不符合那个官吏的标准,但是金无足赤、人无完人,选人办事只能看优点和长处,不能盯着缺点,就像网购一样,只看差评,什么东西都没法买。世界上的东西并不都是非黑即白,很多事情有正反两个方面,要是因此存在偏见只会让自己的肚量越来越小。

俗话"宰相肚里能撑船"说的就是责任越大,气度也要越大,仅凭这一点就足以让那个小瞧吕蒙正的官吏汗颜。

人生一世,总免不了因为种种事情被人指指点点,如果事事计较那是怎么也计较不完的。与其如此,不如放下,让时间来解决这些问题:有些事儿会水落石出,有些事儿会被遗忘,还有些事儿最终不了了之。

事实证明,吕蒙正是一个非常能干的宰相,终会让那个讥刺他的官吏心服口服的。但是,反过来,如果当时真的查清并惩罚了那个官吏呢?自己心里面是畅快了,但是如果对方心里不服,反倒结下冤家,那就得不偿失了。而且就算惩罚了那个官吏,以后吕蒙正每次看到他就会想起那句议论,官吏看到他也只会越来越不服。这个原本可以避免的问题就会充斥着两个人的工作和生活,让人烦乱丛生、心神不宁。

当然,吕蒙正这里遇到的只是下属的一两句议论,不是原则性问题。宽厚和气度也要区分人和事的性质,没有原则事事容忍,那就是懦弱,我们坚决不提倡这样的宽容。

11
不计人过

025

12 不疑偿金

（景帝[1]）以御史大夫卫绾[2]为丞相，卫尉[3]南阳直不疑[4]为御史大夫[5]。初，不疑为郎[6]，同舍有告归，误持其同舍郎金去。已而同舍郎觉亡，意[7]不疑；不疑谢有之，买金偿。后告归者至而归金，亡金郎大惭。以此称为长者，稍迁至中大夫。人或廷毁不疑，以为盗嫂。不疑闻，曰："我乃无兄。"然终不自明也。

——《资治通鉴》

一、注释

[1]景帝：刘启（前157年—前141年在位），西汉第六位皇帝，谥号孝景皇帝。

[2]卫绾：（？—公元前131年），代郡大陵（今山西文水县）人，西汉大臣，官至丞相。

[3]卫尉：始于秦，为九卿之一，汉朝沿袭，为统率卫士守卫宫禁之官。

[4]直不疑：南阳人，官至御史大夫，精通老子的黄老无为学说，做官低调内敛，一切照前任制度办，唯恐人们知道他做官的政绩。他也不喜欢别人以官名称呼自己，人们叫他长者（有德行的人）。

[5]御史大夫：官名。秦代始置，负责监察百官，辅佐丞相，为丞相的助手，相当于副丞相。

[6]郎：郎官，古代官名，是议郎、中郎、侍郎、郎中等官员的统称。

[7]意：怀疑（直不疑拿了他的金子）。

二、参考译文

景帝任命御史大夫卫绾为丞相，任命卫尉南阳人直不疑为御史大夫。当初，直不疑做郎官，同住一处的某人告假回家，错拿了同处另一位郎官的黄金走了。不久,同住一处的郎官发觉自己丢了金子,怀疑是直不疑偷去了。直不疑向他道歉说确有其事,买来黄金还给了失金人。后来,告假回家的人回来,交还了错拿的黄金,丢失黄金的那位郎官大为惭愧。因此,直不疑被称为长者,他慢慢地升官直至做了中大夫。有人在朝廷上诋毁直不疑,说他与嫂子私通。直不疑听到了,就说:"我并没有哥哥。"可是终究不(向皇上)做自我辩白。

三、勤学善思

1. 直不疑为什么承认拿了别人的金子而不辩驳?你遇到类似的事情会不会这么做?

2. 直不疑为什么对私通嫂子一事不自我辩白?

3. 你是否赞同直不疑的这些做法?为什么?

四、解读延伸

俗话说,瓜田不提鞋,李下不扶帽,意思是路过瓜田的时候,鞋子松掉了,宁可趿拉着也不要俯身去提鞋;路过李子园(果园)的时候,帽子被树枝碰歪了,就让它歪着也别去扶它。为什么呢?为了避免被看瓜田的和看果园的人误会你偷人家的瓜、偷人家的果子。所以,生活中要少入是非场所,一言一行要谨慎小心。

丢了黄金自然要怀疑,所以失主怀疑直不疑情有可原。从后面直不疑的回答看,那位丢了金子的郎官不仅怀疑,还直接或者间接地表现出这个意思,总之是消息传到直不疑的耳朵里了,要不然直不疑也不会向他道歉并买金赔偿。

直不疑为什么要这么做呢?孔子说:"人不知而不愠,不亦君子乎?"人家不理解我,我也不生气,这才是君子啊!失主并不知道直不疑人品高洁,不会偷窃他的金子,直不疑被误解却并不生气,这就是君子。荀子说:"君子耻不修,不耻见污。"君子以自己没有修养为耻,不因为被诬蔑为耻,这就是直不疑行为处事的出发点。

今天的我们如果遇到这种事情会怎样呢?当然不承认了!我又没拿我承认什么!说不定还要和对方大吵一架:你凭什么怀疑我?你有什么证据?没有证据瞎怀疑就是污蔑,你是要承担法律责任的!

12
不疑偿金

还有人在朝堂上污蔑直不疑私通嫂子,但是直不疑并没有向皇帝辩驳清白,也没有追究造谣者的责任——清者自清,浊者自浊。谣言止于智者。生活中免不了被人说三道四,事事计较,那还怎么生活得下去?

　　但是从另一个方面来说,如果错拿黄金的人不归还,那是不是这个拿走黄金的事情就落在了直不疑头上呢?皇上如果不贤明,那直不疑会不会就被认为是私通嫂子的人呢?我们佩服直不疑这样不辩解、不计较的精神品格,但是我们也不能毫不变通,白白担下不属于自己的罪名。

13 待客择人

（武则天）禁天下屠杀及捕鱼虾。江淮旱，饥，民不得采鱼虾，饿死者甚众。

右拾遗[1]张德，生男三日，私杀羊会同僚。补阙[2]杜肃怀一啖[3]，上表告之。明日，太后对仗[4]，谓德曰："闻卿生男，甚喜。"德拜谢。太后曰："何从得肉？"德叩头服罪。太后曰："朕禁屠宰，吉凶不预[5]。然卿自今招客，亦须择人。"出肃表示之。肃大惭，举朝欲唾其面。

——《资治通鉴》

一、注释

[1]右拾遗：唐代谏官，武则天时始置左右拾遗，掌供奉讽谏，以救补人主言行的缺失。

[2]补阙：唐武则天垂拱元年（公元685年）置，秩从七品上，职责为对皇帝进行规谏及举荐人才，与拾遗同掌供奉讽谏。分左右补阙，左补阙属门下省，右补阙属中书省。

[3]啖：吃、喂，这里指杜肃偷偷藏起来的一份羊肉。

[4]对仗：上朝，文武官员对列排在朝堂之上，故有此说。

[5]吉凶不预：红白喜事儿不干预。预，干预。

二、参考译文

武则天下令禁止天下宰杀牲畜和捕捉鱼虾。江淮地区大旱，庄稼没收成，人民又不能捕鱼捉虾，饿死的人很多。

右拾遗张德家里生个男孩儿，三天后庆生，私下宰了羊请同事吃饭。补阙杜肃藏起一份羊肉，然后上书告发了这件事。第二天，太后上朝理政，她跟张德说："听说你生个男孩儿，挺高兴。"张德跪拜致谢。太后说："你从哪儿弄来的肉?"张德叩头服罪。太后说:"我禁止屠宰,而喜事、丧事不受干预。不过你以后宴请客人,也应该有所选择。"然后拿出杜肃的奏表让他看。杜肃无地自容,整个朝廷的官员们都想唾他一脸。

三、勤学善思

1. 武则天禁止杀生饿死了很多人,但是又网开一面赦免了张德,你对此有何评价?

2. 杜肃为什么会告发张德? 你如何评价杜肃?

3. 你如何理解"害人之心不可有,防人之心不可无"?

4. 你在生活中有没有遇到过这样的人? 以后你会怎么和他们交往?

四、解读延伸

我国历史上发生过很多次灾荒,很多人没吃没喝,逃荒要饭,流离失所,家破人亡。武则天夺了李家天下,怕别人不服,谎称自己是弥勒佛转世,所以禁止杀生,连河湖中的鱼虾也不许捕捉,结果导致很多人因灾荒而死。这真是一个极大的讽刺!

张德家生了个男孩,同事们来祝贺,杀只羊来招待大家是人之常情。那么对于杜肃告发张德这件事情该怎么看呢? 违反皇上法令,据实上报,这本来是没错的。从这点上看,不该怪罪杜肃。但是结果为什么告发不成反被人唾弃呢? 原因有两个:一是为了巩固自己的地位,为了崇敬佛教禁止屠宰捕猎,根本不顾老百姓的死活,这样的法令本身就不合理;二是别人冒着触犯法律的危险招待自己,应该理解主人的一片至诚之心,但杜肃却在宴会之后去弹劾了张德,实在不是君子所为。

事实上,武则天的这种"拍脑袋"决定的法令在朝廷里并没有得到认真的贯彻。有一次,御史娄师德吃饭时厨师上了一道羊肉菜,厨师解释说豺狼咬死了羊,不吃白不吃。后来厨师又上了一条鱼,说鱼也是被豺狼咬死的。娄师德大怒:"一派胡言!难道豺狼会游泳吗? 你可以说是水獭咬死的嘛!"此事传到武则天耳朵里,她并没怪罪,一笑了之。有令不行还不如干脆就不要这个法令了呢! 但是,老百姓哪儿敢冒杀头之险违反禁令呢?

14 将兵治水

刘羽冲偶得古兵书,伏读经年[1],自谓可将十万。会有土寇[2],自练乡兵与之角[3]。全队溃覆,几为所擒。又得古水利书,伏读经年,自谓可使千里成沃壤。绘图列说干[4]州官,州官亦好事,使试于一村。沟洫[5]甫[6]成,水大至,顺渠灌入,人几为鱼。由是抑郁不自得,恒独步庭阶,摇首自语曰:"古人岂欺我哉?"如是日千百遍,惟此六字,不久发病死。

——《阅微草堂笔记》

一、注释

[1] 经年:一年。
[2] 土寇:土匪。
[3] 角:战斗。
[4] 干:追求。一说此处为"于",向州官游说。
[5] 洫(xù):沟渠,田间的水道。
[6] 甫:刚。

二、参考译文

刘羽冲偶然得到一部古代的兵书,伏案读了整整一年,自己认为可以统领十万人马。这时,恰逢有土匪强盗出没,他自己训练乡兵跟土匪强盗较量。结果全军溃败覆没,他自己也差点被擒获。后来刘羽冲又得到一部古代有关水利建设的书,伏案读了整整一年,自认为可以使千里之地变成沃土。他绘了水利图到处游说,求助于州官。州官也是一个好事的人,就派他在一个村子试行。沟渠才挖成,大水流到,顺着沟渠灌入村子,村民几乎都被淹死了。从此之后,他郁郁寡欢,行为失常。他常常独自在庭院散步,摇头自言自语道:"古人怎会骗我?"像这样一天就说千百遍,只说这六个字。

不久,他得重病死了。

三、勤学善思

1. 刘羽冲的悲剧根源在哪里?

2. 你觉得是不是古人欺骗了他?为什么?

3. 对比评价"纸上谈兵"的赵括和刘羽冲,你明白了什么道理?

四、解读延伸

刘羽冲的形象跟纸上谈兵里的赵括差不多:读了几本书,就觉得自己非常了不起了,却不知道"纸上得来终觉浅,绝知此事要躬行。"书是人类经验的总结,我们可以借鉴书中的经验,但不能生搬硬套。因为时移世易,很多情况都不同了,必须根据实际情况活学活用才行。要不然,大家人手一本《孙子兵法》,打起仗来谁胜谁败呢?

刘羽冲读了本兵书就以为自己可以带兵打仗,读了本治水的书就觉得自己可以兴修水利,这就大错特错了。如果世界上的事情真这么简单,那就不会有孙武、孙膑这些大军事家,也不会有李冰、郑国这些水利工程专家了。任何一门看似简单的学问,任何一项看似简单的技术,要想真正登峰造极,都需要付出许多的心血和汗水,都需要躬身实践,不断总结经验教训。就是种下一片庄稼,也不是丢下种子就可以收获的,除了撒种、浇水、除草、捉虫之外,还要看天气,知时节,了解土壤肥瘠,掌握庄稼喜好。

刘羽冲也并非完全一无是处,至少他读了书之后勇于实践,敢于将自己的理想付诸行动。虽然他失败了,但是如果他能总结经验,说不定还可以有所作为,毕竟这世界上没有常胜的将军。但是他兵败之后没有汲取教训东山再起,而是转向另一个自己不熟悉的水利工程,结果又失败了。现实生活中有很多"刘羽冲",三天打鱼两天晒网,蜻蜓点水,见异思迁,结果往往是一事无成。

书籍是人类进步的阶梯,没有书就没有文明的传承,这是毋庸置疑的。刘羽冲把自己所有的失败都归咎于前人,而不从自身找原因,最终抑郁而死,这就是悲剧中的悲剧啊!

15 驴鸣送葬

王仲宣[1]好驴鸣。既葬,文帝[2]临其丧,顾语同游曰:"王好[3]驴鸣,可各作一声以送之。"赴客皆一作驴鸣。

——《世说新语》

一、注释

[1]王仲宣:王粲,字仲宣,魏国人,建安七子之一。
[2]文帝:魏文帝曹丕。
[3]好:喜好。

二、参考译文

王仲宣(王粲)喜欢驴叫,死了后,魏文帝(曹丕)出席他的葬礼,回头跟一起去的人说:"王仲宣喜欢驴叫,大家可以各自学一声驴叫给他送行。"于是出席葬礼的人们都学了声驴叫。

三、勤学善思

1. 俗话说,萝卜白菜,各有所爱。你怎么看待有人喜欢驴叫这样的爱好?你怎么看待在公共场合外放音乐、脱鞋子等"爱好"?
2. 葬礼上学驴叫是否不够严肃?你怎么看待这件事情?

四、解读延伸

我国驯养驴子的历史比较悠久,大约在公元前4000年前,在新疆莎车一带就有人开始养驴,西汉时期驴开始传入内地。一开始驴子是稀贵家畜,后来越养越多,就成了主要用于劳动的大型牲畜。因为驴子脾气倔强,所以无论在生活中还是在文学作品里,驴子总是被人嘲弄。

《世说新语》里有好几篇关于驴子的故事,在"诸葛恪得驴"里,孙权用驴子戏弄诸葛恪;在"孙子荆吊王武子"里,孙楚(子荆)吊唁死去的王济(武子)时也学了驴叫,而且模仿得很逼真。那么为什么会有人喜欢驴叫呢?

　　在动物尤其是家畜里,驴的叫声很特别:持续时间长、声音响亮。所以在柳宗元的《黔之驴》里驴子一叫,老虎都被吓跑了。另外,驴的叫声有起调、高潮和结尾,节奏感也很强,非常有特色。人的兴趣爱好多种多样,像王粲、王济这样的人喜欢驴叫也不足为奇。

　　在这篇文章中,曹丕身为一国之君,为什么要在庄重的葬礼上让大家学驴叫呢?魏晋时期很多文人士大夫都蔑视传统礼教,专门跟传统对着干,以显示自己的洒脱,这种现象影响了很多人,甚至影响到朝廷。所以我们推想,当时的君臣之间并不像其前后时代一样壁垒森严。另外,曹丕是否也要借此戏谑群臣开个玩笑呢?也许确实有这个原因。

16 周仓掮[1]马

关公乘赤兔马，日行千里。周仓握刀从之，日亦千里。公怜之，欲觅一良马赐焉，而遍索无千里者。止一马，日行九百，乃厚价市之赠仓。仓乘马从公，一日差百里，两日差二百里。仓恐失公，仍下马步行，又不忍弃马，乃以索攒马蹄[2]，悬之刀头，掮之而飞走。

——《明清笑话四种》

一、注释

[1]掮(qián)：用肩膀扛。

[2]以索攒马蹄：用绳索把四只马蹄捆在一起。

二、参考译文

关公骑着赤兔马，每天跑千里。周仓提着大刀跟着他，每天也跑千里。关公关心他，想要找一匹好马赏赐给周仓，可是到处都找遍了也没有千里马。只有一匹马，它每天能跑九百里，于是就用高价买了下来送给周仓。周仓骑着马跟着关公，第一天落后了一百里，两天就落后了两百里。周仓担心与关公失散，仍旧下马步行，又不忍心丢掉自己的马，于是就干脆把马蹄捆起来，悬挂在大刀头上，用肩扛着飞快地奔跑。

三、勤学善思

1. 你认为在这个故事中，问题出在谁身上？为什么？

2. 周仓为什么舍不得把马丢掉？

3. 有时候好心会办坏事，你有没有过这样的经历？能否描述一下你的经历？

四、解读延伸

小时候听这个故事,觉得是个笑话:周仓简直是笨到家了! 现在看来则不然。

关公心疼周仓,所以给周仓买马,这是一片好心。千里马很难找到,但是关公没有放弃,"遍索"就是到处找,可惜没有找到。所以最后只好退而求其次,买一匹日行九百里的马。我想生活中大家遇到这种情况都会这么做。

现在出现了岔子,周仓的马每天慢一百里,两天就是二百里,赶不上关公了。每次读到这里,就会想起《西游记》里悟空跟金翅大鹏鸟的事儿来:大鹏鸟忽扇一下翅膀九万里,悟空一个筋斗十万八千里,结果大鹏鸟扇了两下翅膀就赶上悟空了——悟空为什么不再翻一个筋斗呢? 关公为什么不等一等周仓呢? 周仓为什么不多跑一会儿呢? 因为这是笑话,不用太较真。

无奈之下,周仓只好扛着马飞奔。按照正常的思路,我们会把马卖掉或者丢掉,这也是我们认为周仓愚笨的主要原因。但是大家有没有想过,周仓是仆人,关公是主人,主人千辛万苦才买来的马能不能就轻易卖掉或者丢掉呢? 所以,周仓扛着马飞奔看起来蠢到家了,其实细细品味,更有一番忠诚在其中。

关公好心好意办了坏事,周仓忠心耿耿办了件笨事儿——有时候,世界就是这么有趣!

17 锯箭竿

一人往观武场[1]，飞箭误中其身。迎外科治之。医曰："易事耳。"遂用小锯锯外竿，即索谢[2]辞去。问："内截如何?"答曰："此是内科的事。"

——《笑林广记》

一、注释

[1] 武场:古时候操练或比武的场地,也叫校场、较场。
[2] 索谢:索要酬谢。谢:酬谢,这里指诊费。

二、参考译文

一个人到演武场看人操练,结果被流矢射中。于是找来外科先生医治。医生说:"这太简单了!"说罢就用小锯把露在身体外面的箭杆给锯断,然后收了医疗费就走了。伤者问:"留在身体里的那截儿怎么办?"医生说:"这是内科医生的事儿。"

三、勤学善思

1. 你觉得医生做得对吗? 为什么?
2. 你觉得这名医生是个什么样的人?
3. 如果你是一名内科医生,你会怎么做? 为什么?

四、解读延伸

从前西方的剃头匠是兼做医生的,他们的剃刀不仅给人剃头,还给人放血。因为当时的人们相信放血可以治病,因此剃头匠也是医生。不知道文中的这名医生是不是木匠兼职的,以他在文中的表现,不知道要医死多少人呢!

这个故事只是供作笑料博人一笑罢了，但是实际上在古代这样的庸医不在少数。甚至到了近代，依旧有大量庸医存在。中医是植根于我们传统文化的医学，具有独特的处理方法和效用，其蕴含的内容博大精深。真正有修养有本事的名医，例如扁鹊，常救人于危难之间，可谓是从阎王手里抢人了！但是因为中医的文化特性，也有不少人滥竽充数，败坏中医的声誉。

　　但是文中的医生可不管这些，锯掉箭杆之后还理直气壮地收了诊费。至于插进肉里的那部分，他留给内科医生来处理了，真是恬不知耻到极点了！

　　生活中拉大旗扯虎皮、坑蒙拐骗还振振有词的人不少，对这种人一定要仔细考量，认真对待，否则，一旦被骗将贻害无穷。

18 江心"赋"

有富翁同友远出,泊舟江中,偶上岸散步,见壁间题"江心赋"三字,错认"赋"字为"贼"字,惊欲走匿[1]。友问故,指曰:"此处有贼。"友曰:"赋也,非贼也。"其人曰:"赋便赋[2]了,终是有些贼形。"

——《笑林广记》

一、注释

[1]走匿:逃跑藏起来。
[2]赋便赋:一说为"即便是赋"。另一说为"虽然是富了"。

二、参考译文

有个富翁和友人乘船出远门,船停靠在江边的时候,他们到岸上散步,看见江边石壁题有"江心赋"三字。富翁将"赋"字错认为"贼"字,十分惊恐,欲逃开躲藏起来。友人问其缘故,富翁指"江心赋"三字说:"此处有贼。"友人说:"是赋,不是贼。"富翁说:"即便是赋(富),到底还有些贼的形状。"

三、勤学善思

1.商人最终是否理解了"江心赋"的意思?为什么?
2.你还知道哪些因错别字闹的笑话?讲给朋友和家人听。

四、解读延伸

因为错别字闹笑话的事情不少,因为错别字闹笑话的人也形形色色,士、农、工、商都有,不一而足。封建时代里,种田的、做工的和经商的本来就没有太多时间读书,或者根本没有机会读书,所以弄错字很正常。读书人也会弄错字,甚至十年寒窗金榜题名做了官之后还弄错字,这玩笑就开得更大。封建时代等级森严,甚至连衣食住行都有严格的规定,不能越雷池半步。贩夫走卒之类很少有机会受到教育,而且因为历史上一贯重农抑商,商人后代入仕是受到限制的,这就导致了商人总体文化程度不高。

文中的富翁虽不认得"赋"字,总算还认得"贼"字,但也正是他的一知半解闹了这个笑话。做事不精不专,浅尝辄止,真正遇到问题时反受其害。读书是好事儿,但是既要能读得进去,体会到书中的道理,又要能够出得书来,把学到的知识用于生活实际。"尽信书,则不如无书",如果读得进去却出不来,那很容易成书呆子。孔乙己就是被读书害了的一个典型:没读出个功名,又不愿放下臭架子,最终悲惨地死去。

社会发展到今天,接受教育成了人们的基本权利。但是计算机的普及、快捷的输入方法以及快节奏的社会生活也会让我们不能细细品味、认真研究汉字,闹出不少笑话。影视作品里读错字,广告宣传里写错字,文艺作品里用错字,成语乱用、语法错误等现象比比皆是。汉字是音、形、义完美结合的文字,承载着中华民族悠远而博大的文化,承载着五千年的优秀文明,传承和发扬汉语言文化是我们每个人应尽的义务,更是对世界文化大繁荣大发展应做的贡献。

19 枭^[1] 逢鸠^[2]

枭逢鸠。鸠曰："子将安之?"枭曰："我将东徙。"鸠曰："何故?"枭曰："乡人皆恶我鸣,以故东徙。"鸠曰："子能更鸣,可矣;不能更鸣,东徙犹恶子之声。"

——《说苑·谈丛》

一、注释

[1] 枭(xiāo):又称鸺鹠(xiū liú),一种凶猛的鸟,即猫头鹰。
[2] 鸠(jiū):斑鸠、雉鸠等的统称,形似鸽子。

二、参考译文

一天,猫头鹰遇见了斑鸠,斑鸠问它:"你打算到哪里去呀?"猫头鹰说:"我要向东边搬迁。"斑鸠问:"是什么原因呢?"猫头鹰说:"乡里人都讨厌我的叫声,所以我要向东迁移。"斑鸠说:"如果你能改变叫声,就可以了;你要是不改变叫声,那么即使你向东迁移,那里的人照样会讨厌你的叫声。"

三、勤学善思

1. 你认为猫头鹰搬家之后人们厌恶它的情况是否会改变? 为什么?
2. 要解决被人厌恶的问题,猫头鹰应该怎么做?
3. 举例说明你不被人认可的某一方面,分析一下原因是什么。你该怎么做?
4. 人们总是讨厌某些动物而喜欢另外一些动物,比如讨厌乌鸦、蛇、蟾蜍、猫头鹰等,喜欢喜鹊、鸽子、狗等。你知道具体原因吗? 你觉得有没有道理?

四、解读延伸

人们对于动物的很多偏见甚至愚见往往没有道理可言。大家讨厌猫头鹰，说夜猫子（猫头鹰的俗称）进宅，无事不来，大凶；也讨厌乌鸦，认为乌鸦晦气，所以有"乌鸦嘴"之说。人们喜欢狗，但是关于狗的成语或者俗语里没有几个是褒义的：狗腿子、狗眼看人低、狼心狗肺、狗拿耗子、狐朋狗友、狗尾续貂、狗屁不通等等。一方面要忠心耿耿为主人服务，一方面又要受数落、留骂名，真是难为狗了！

不过各个地方的风俗不同，讨厌的动物也各不相同。我国传统文化认为黑猫、乌鸦这些动物不吉利。但是在别的地方可不一定。西方就对黑猫情有独钟，认为这是可以通灵的动物。总而言之，文化影响人们对动物的好恶。可是动物本身的特点就是如此，不会轻易改变。

猫头鹰想搬家，但是它没有弄明白一个问题：人们为什么讨厌它。如斑鸠所说，如果不改变自己的叫声，它搬到哪里都一样，都会被人讨厌。不只是动物，我们人类也会犯同样的糊涂：老觉得别人讨厌自己，总觉得换个环境会好一些；老觉得眼下的工作不顺心，总觉得换一份工作可能会好些。所有这些愚蠢的想法都有一个解决办法：人要学会主动适应环境，而不要一味要求环境适应自己。

从生物学的角度来看，要猫头鹰改变叫声是不可能的，所以只能让人们继续讨厌着。不过猫头鹰还可以有另外一种改变，那就是不要太在意人们的看法，因为这些看法并不能填饱自己的肚子，要想活下去还得亲自去捉老鼠、捉虫子。太在意别人的看法会连路都走不好的，邯郸学步就是这个道理。听取别人的意见是好事，但是要选择正确有益的意见去听取。如果因为别人的意见患得患失，没办法正常生活，那就得不偿失了。

20 农夫耕田

农夫耕于田，数息[1]而后一锄。行者见而哂[2]之，曰："甚矣，农之惰也！数息而后一锄，此田竟月[3]不成！"农夫曰："予莫知所以耕，子可示我以耕之术乎？"

行者解衣下田，一息而数锄，一锄尽一身之力。未及移时[4]，气竭汗雨，喘喘焉不能作声，且仆于田。谓农夫曰："今而后知耕田之难也。"

农夫曰："非耕难，乃子之术谬矣！之处事亦然，欲速则不达也。"行者服而退。

——《浑然子》

一、注释

[1]息：呼吸。

[2]哂(shěn)：讥笑。

[3]竟月：满一月，整整一个月。

[4]移时：一会儿，经历一段时间。

二、参考译文

有个农民在田里耕种，他喘几口气才挥一下锄头。有个过路人看见了讥笑他，说："你这个农夫真是太懒了，你喘几口气才挥一下锄头，这样耕田一个月也耕不完。"农夫说："我不知道用什么方法来耕地，你可以把耕地的方法示范给我吗？"

过路人脱下衣服走到田里，呼吸一次连挥几下锄头，每锄一下都用尽全身的力气。没有多长时间，他的力气用完了，汗如雨下，气喘吁吁，连话都说不出来，快要倒在田里了。他对农夫说："我到今天才知道耕地的不易。"

农夫说："不是耕田困难，而是你的方法错了！人处理事情也是这样，想要刻意追求速度反而达不到目的。"过路人心服口服地离开了。

三、勤学善思

1. 你觉得做一件事情是努力更重要还是方法更重要？为什么？
2. 过路人为什么最后"服而退"？他明白了什么道理？
3. 如果一开始农夫就给过路人讲耕田的方法会有什么结果？
4. 做事情怎样才能又快又好？

四、解读延伸

俗话说眼见为实，但是眼睛也会欺骗人，尤其是现在这个视听时代，因为科技的发展，很多时候有图也未必有真相。表面上看起来很简单的事情，做起来不一定就容易。还有表面上看起来很难的事情，做起来说不定并没有想象中那么难。什么事情都要亲身去尝试了才知道是容易还是简单，自己得到的经验才是最适合自己的。

经商的人有一句行话：隔行不取利。每个行业都有每个行业的技巧、经验、教训或者秘密，看着别人在某个行业挣下不少钱，也去模仿着做，结果可能赔得一塌糊涂，这就是眼高手低。每个行业都有大学问在里面，只看表面是没办法知道其中的技巧的。看似简简单单的动作却是行业里日积月累的经验总结，凝聚了一个行业的发展智慧。

有句俗话叫：庄稼活儿，不用学，人家咋着咱咋着。意思是种田这事儿没有太多技术含量。但是事实并非如此，就是耕地这事儿也不简单。农夫缓慢地挥动锄头，不仅细致，还有时间恢复体力，这样便可以持续干活。路人以为农夫偷懒，慢吞吞地磨洋工，等他按照自己的想法干上一阵，才知道即使是挥动锄头这样简单的动作都大有讲究。

不遵循万事万物的基本规律，急于求成，往往是欲速则不达，这就是农夫讲给路人的道理。正所谓心急吃不了热豆腐，只盯着目标，不注意脚下，难免被石头绊倒。踏踏实实走好脚下每一步，坚持下去，也许不经意间你就会到达巅峰。带着急切的目的去做一件事情的时候往往会忽略事情本身的规律。

21 乘风破浪

宗悫[1],字元干,南阳涅阳人也。叔父炳,高尚不仕[2]。悫年少时,炳问其志,悫曰:"愿乘长风破万里浪。"炳曰:"汝若不富贵,必破我门户。"兄泌娶妻,始入门,夜被劫。悫年十四,挺身拒[3]贼[4],贼十余人皆披散[5],不得入室。时天下无事,士人并以文艺为业。炳素高节,诸子群从[6]皆好学,而悫独任气[7]好武,故不为乡曲[8]所称。

——《宋书·宗悫传》

一、注释

[1]宗悫(què):字元干,南阳人,南北朝时期南朝宋将领。他从小就有远大的志向,精心刻苦地练武,成为当时名将。历任左卫将军、光禄大夫,封洮阳侯,谥号肃侯。

[2]高尚不仕:宗炳是当时著名的画家,志趣高尚不肯做官。仕,名词用作动词,做官。

[3]拒:抵御,抵抗。

[4]贼:强盗。

[5]披散:分散,此指逃散。

[6]诸子群从:众儿子及侄子。从,宗族中次于至亲的亲属。

[7]任气:意气用事。

[8]乡曲:乡里,远离城市的偏僻地方。

二、参考译文

宗悫字元干,是南北朝时南阳涅阳县人。他的叔父宗炳性格孤傲清高,不愿做官。宗悫小的时候,宗炳问他的志向是什么。他回答道:"希望能乘着大风,千万里破浪前进。"宗炳说:"你如果不能获得荣华富贵,就会败坏我们家族了。"

宗悫的哥哥宗泌娶妻,才刚过门,当晚就有强盗来打劫。当时宗悫才14岁,却挺身而出与强盗打斗,把十几个强盗打得四下溃散,没能进屋。

当时天下太平,读书人都认为习文考取功名是正事儿。宗炳向来有高尚的节操,他的儿子们和侄儿们都喜欢读书,独有宗悫纵任意气喜欢武艺,因此得不到家乡人的称赞。

三、勤学善思

1. 宗悫的叔叔为什么说如果他将来不荣华富贵的话就会给家族带来灾难?

2. 李白在《行路难》中有"长风破浪会有时,直挂云帆济沧海"。你知道它的意思吗? 这一诗句抒发了李白什么样的思想情感?

3. 你如何看待宗悫特立独行的性格?

四、解读延伸

关于古人的志向有很多故事,比如孔子的弟子曾点的理想是:暮春时节,穿着春天的衣服和五六个成年人、六七个孩童到沂河里洗澡,在舞雩台上吹吹风,然后唱着歌漫步回家。连孔子都很赞赏,觉得这是人生至境。宗悫的理想是乘长风,破万里浪。这是个什么理想呢? 为什么叔叔听了这句话后预言他要么荣华富贵,要么败坏门庭呢?

封建时代里,万般皆下品,唯有读书高。通过读书进入仕途光宗耀祖是被普遍认同的理想出路。但是宗悫不走寻常路,他更喜欢舞枪弄棒,更喜欢冒险闯荡。南北朝时期,朝代更替跟走马灯似的,战争频仍,社会极其不稳定。因此,宗悫虽志向远大,做起来却困难重重,危机四伏,所以叔叔难免会有此担忧。但是事实证明宗悫是成功的,他征讨蛮夷,平定内乱,战功赫赫,实现了年少时的理想。

宗悫14岁力战十几个强盗,并把他们打得四下溃逃,这不仅需要高超的武艺,更需要过人的胆量。自古英雄出少年,我国古代不乏这样的少年英雄,名将霍去病以800铁骑大破匈奴时才17岁,岳云从军收复随州、邓州之战时16岁,抗击清军的夏完淳14岁从军,死时也才年仅16岁。这些少年英才英年早逝,把成就定格在最灿烂的年纪——可能这就是天妒英才吧!

尽管宗悫年少英勇,但是却得不到人们的肯定和赞扬,这是因为他的理想和行为并不符合当时人们的价值观,好在这并没有影响到他后来的发展。宗悫能够坚守自己的本心,矢志不渝,是难能可贵的。人是社会的人,不管是什么样的时代,什么样的环境,总会有一些被多数人认可的价值观念在影响着人的成长。因此,要想实现理想,不仅要选择一条正确的、自己喜欢的道路坚定不移地走下去,还要有毅力、有信心摆脱各种阻碍,矢志不渝,勇往直前。

22 绝妙好辞

魏武[1]尝过[2]曹娥碑下,杨修从。碑背上见题做"黄绢、幼妇、外孙、齑臼[3]"八字。魏武谓[4]修曰:"解不[5]?"答曰:"解。"魏武曰:"卿未可言,待我思之。"行[6]三十里,魏武乃曰:"吾已得。"令修别[7]记所之。修曰:"黄绢,色丝也,于字为'绝';幼妇,少女也,于字为'妙';外孙,女子[8]也,于字为'好';齑臼,受辛[9]也,于字为'辤';所谓'绝妙好辤'也。"魏武亦记之,与修同,乃叹曰:"我才不及卿,乃觉三十里。"

——《世说新语》

一、注释

[1]魏武:曹操。曹操曾获封魏公,而后晋爵魏王。去世后,其子曹丕称帝,追尊曹操为武皇帝,庙号太祖。

[2]尝过:曾经经过。尝,曾经。过,经过。

[3]齑(jī)臼(jiù):捣姜、蒜的器具。

[4]谓:对……说。

[5]不:同"否",用在疑问句末,构成是非问句。

[6]行:走。

[7]别:单独。

[8]女子:女儿的儿子。

[9]受辛:不是受尽艰辛的器具,而是受纳(盛纳)五辛的器具。"五辛",指葱、蒜、姜、辣椒、大料。"辛"就是辣,"五味"之一;另一种解释是指葱、蒜、椒、姜、芥。辣椒明朝才传入中国,此前只有麻椒,所以当取第二种解释。

二、参考译文

曹操曾经途经曹娥碑下,杨修跟随着(曹操)。石碑的背面题写着"黄绢、幼妇、外孙、齑臼"八个字。曹操问杨修说："你知道这是什么意思吗?"（杨修）回答说："知道。"曹操说："你先别说,让我先想一想。"走出三十里远的时候,曹操才说："我已经知道了。"于是让杨修单独写出他的答案。杨修写道："黄绢,有颜色的丝织品,写成字是'绝';幼妇,少女的意思,写成字是'妙';外孙,是女儿的孩子,写成字是'好';齑臼,受辛之器,是盛纳五辛的器具,写成字是'辤(辞)';这说的是'绝妙好辞(辤)'的意思。"曹操也写下了自己的想法,和杨修是一样的,于是赞叹道："我的才能比不上你,走了三十里路才明白（碑文的意思）。"

三、勤学善思

1.古人喜欢拆字、组字游戏,并与诗文对联结合起来。如:"欠食饮泉,白水岂能度日?才门闭卡,上下无处逃生。"再如:"冻雨洒窗,东两点西三点;切瓜分客,上七刀,下八刀。"你知道其中的含义吗?

2.据记载,杨修曾经多次对曹操所思所想心领神会。请查阅相关故事并思考:为什么聪明的杨修最后被曹操杀害了?

3.你能解释下面字谜中的谜面和谜底的关系吗?

八达岭——兵　岸——滂　霸王自刎——翠

一口咬掉牛尾巴——告　守门员——闪

要一半,扔一半——奶

四、解读延伸

相传曹娥是东汉时期的孝女,她的父亲溺死于舜江,曹娥为寻找父亲的尸体也投江而死。曹娥碑最早立于公元151年,是由汉魏时期的书法家、文学家邯郸淳撰写的碑文。后来蔡文姬之父蔡邕读了碑文之后赞叹有加,在碑的背面写下"黄绢幼妇,外孙齑臼"几个字。当时很多人并不理解这几个字的意思,直到杨修和曹操破解,才知道原来隐含"绝妙好辞"之意。因此,曹娥碑上的这个字谜被称为中国第一字谜,并且有了一个谜格叫"曹娥格"。

汉字属于象形文字,是音形义三位一体的文字,因此产生了形式丰富的字谜。通过拆字解字考验智力,通过艰辛破解谜题获得快乐,这正是字谜魅力之所在。猜字谜的习惯也渐渐成为一种全民益智的传统,延至今日。很多地方节日里也有猜灯谜的传统,像是中秋节这样的节日,人们会在灯笼上挂灯谜,谁猜中就有奖,以此讨个彩头。猜灯谜也象征着节日的欢乐,代表着百姓对美好生活的祝愿。

  曹操很能识人、用人,是杰出的政治家、军事家和文学家,但是杨修总能猜出他的心思,这一次杨修又超过了他。之前杨修就屡次猜中曹操的心思,甚至在解谜这样的事情上都领先曹操一步。人都是有劣根性的,胸怀大度的人有时还不能接受下属比自己厉害的事实,像曹操这样的人就更不能容忍部属既比自己聪明,又狂放不羁、蔑视规则。杨修确实聪明,但是太过锋芒毕露。他曾经在曹操睡梦杀人事件之后,出言讽刺了曹操,惹来曹操的不满与杀机;还曾在调兵遣将的时候看破了曹操的想法,并将其透露给士兵。不怕人聪明,就怕这个人能把自己看透彻。尤其是杨修又不懂得韬光养晦,多次揭曹操的短。像曹操这样的上位者怎么能容许这样的人存在!因此杨修最终还是被曹操找了个借口杀掉了。

23　王华还金

王华[1]六岁，与群儿戏水滨。见一客来濯足[2]，以大醉，去，遗所提囊。取视之，数十金也。华度[3]其醒必复来，恐人持去，以投水中，坐守之。少顷，其人果号[4]而至，公迎谓曰："求尔金耶？"为指其处。其人喜，以一铤[5]为谢，却不受。

——《玉堂丛语》

一、注释

[1]王华：字德辉，号实庵，晚号海日翁，浙江余姚人。明宪宗成化十七年（1481）辛丑科进士第一人。授翰林院修撰，历任翰林院学士、詹事府右春坊右谕德、詹事府少詹事、礼部右侍郎，正德初年晋礼部左侍郎、南京吏部尚书。王华参与预修《大明会典》《通鉴纂要》，个人著有《龙山稿》《垣南草堂稿》《礼经大义》《杂录》《进讲余抄》等，凡46卷。王华的长子为明代著名哲学家王守仁（王阳明）。

[2]濯足：洗脚。濯：洗。

[3]度（duó）：猜测。

[4]号（háo）：大声哭。

[5]铤：熔铸成条块等固定形状的金银，其重数两至数十两不等。

二、参考译文

王华六岁的时候，和一群小孩在水边嬉戏。他见到一个客人来洗脚，因为大醉，离开时留下了他携带的包裹。王华拿来看了看，有数十两黄金。王华估计他酒醒后必定再来，担心别人把金子拿走，就把它投到水里，然后坐在那儿守着金子。不一会儿，那个人果然哭着来了，王华迎上去对他说："找你的金子吗？"然后为他指明了地点。那个人很高兴，用一锭金子表示感谢，但是被王华谢绝了。

三、勤学善思

1. 若王华不把金子投入水中可能会怎样？这表现了王华怎样的性格特点？

2. 王华猜想失主一定会回来，这表现了王华怎样的品质？

3. 助人为乐、拾金不昧都是中华民族的优秀传统，你知道历史上还有哪些类似的故事吗？你或者你身边的人有没有过这样的经历？

四、解读延伸

拾金不昧是中华民族的优秀传统，无论什么原因，不管在什么情况下捡到别人的财物，都不能据为己有。有些人捡到财物时没人看见，但是照样归还；有些人捡到财物被人看见，不得不归还；也有一些人捡到别人的财物，以种种理由拒不归还，或者索要报酬、好处。由此可见，有时候财物就是一面镜子，可以照出一个人内心的善良与丑恶、高尚与卑贱。

王华，字德辉，号实庵，晚号海日翁，又称龙山先生，明朝进士，历任翰林学士，参与预修《大明会典》《通鉴纂要》。他还有个儿子，正是明代哲学家王守仁。真是有其父必有其子啊！本故事的主人公叫王华，查阅资料时发现有南朝刘宋的王华，还有明朝的王华。网络上，资料显示南朝刘宋的王华是王华还金的主人公，但这是不正确的。去查询南朝王华的生平事迹时，并没有还金的相关记载，而主要反映元、明时期轶事逸闻的《玉堂丛语》记录了明王华许多轶事，还金这件事正是他的轶事之一。

王华不仅拾金不昧，而且聪明机灵。他把金子投入水中保护起来，这真是一个绝妙的主意！如果他抱着一袋金子等失主，一旦别人动了邪念来抢夺，一个六岁的孩子无论如何是无法抵抗的。如果这种情况真的发生了，失主还是找不回金子。这就涉及一个见义勇为和见义智为的问题。只凭一股莽劲去做事是不行的，何况一个六岁的孩子连莽劲都没有呢！遇到这样的事情能理性思考，找到保全自己和金子的办法是很难得的。王华既有赤子之心，亦有急勇之智，以此可见他日后的成长。

拾金不昧、面对诱惑不动心，几百年前的王华就给我们做了一个很好的榜样。我们现在鼓励见义勇为，更提倡见义智为，年仅六岁的王华的事迹也给我们提供了很好的借鉴。

24 剪发剉荐

陶公[1]少有大志，家酷贫，与母湛氏同居。同郡范逵[2]素知名，举孝廉[3]，投侃宿。于时冰雪积日，侃室如悬磬[4]，而逵马仆甚多。侃母湛氏语侃曰："汝但出外留客，吾自为计。"湛头发委地，下为二髲[5]，卖得数斛[6]米，斫[7]诸屋柱，悉割半为薪，剉[8]诸荐[9]以为马草。日夕，遂设精食，从者皆无所乏。逵叹其才辩，又深愧其厚意。明旦去，侃追送不已，且百里许。

逵曰："路已远，君宜还。"侃犹不返，逵曰："卿可去矣！至洛阳，当相为美谈。"侃乃返。逵及洛，遂称之于羊晫、顾荣[10]诸人，大获美誉。

——《世说新语》

一、注释

[1] 陶公：陶侃（259 年—334 年），字士行（一作士衡）。本为鄱阳郡枭阳县（今江西都昌）人，后徙居庐江郡寻阳县（今江西九江）。陶侃出身贫寒，初任县吏，后出任郡守。永嘉五年（311 年），任武昌太守。建兴元年（313 年），任荆州刺史。官至侍中、太尉、荆江二州刺史、都督八州诸军事，封长沙郡公。咸和九年（334 年）去世，获赠大司马，谥号"桓"。其曾孙为著名田园诗人陶渊明。

[2] 范逵：鄱阳人，曾举孝廉，生平事迹不详。

[3] 举孝廉：汉代开始实行的一种由下向上推选人才为官的制度，是察举制的主要科目之一。孝廉，即孝子廉吏。

[4] 悬磬：亦作"悬罄"。悬挂着的磬。形容空无所有，极贫。

[5] 髲（bì）：假发。

[6] 斛（hú）：旧量器，方形，口小，底大，容量本为十斗，后来改为五斗。

[7] 斫（zhuó）：用刀斧砍。

[8] 剉（cuò）：同"锉"，这里是切碎的意思。

[9]荐:草垫子,坐具。

[10]羊晫(zhuó)、顾荣:人名,当时名臣。

二、参考译文

陶侃年少时就有大志,家境却非常贫寒,他和母亲湛氏住在一起。同郡人范逵一向很有名望,应举孝廉时投宿到陶侃家。当时,天寒地冻,连日冰雪。陶侃家一无所有,可是范逵车马仆从很多。陶侃的母亲湛氏对陶侃说:"你只管到外面招待客人,我自己来想办法。"湛氏头发很长,拖到地上,她剪下来做成两条假发,用卖头发得的钱换到几斛米。又把支撑屋子的柱子都砍下一半来做柴烧,把草垫子都剁了做草料喂马。到傍晚,她准备好了精美的饮食,范逵和随从的人都得到了很好的照顾。范逵既赞赏陶侃的才智和口才,又对他的盛情款待深感愧疚。第二天早晨,范逵告辞,陶侃送了一程又一程,一直送了上百里。

范逵说:"已经走得很远了,您该回去了。"陶侃还是不肯回去。范逵说:"您该回去了。到了京都洛阳,您的才识和待人接物,我一定传播开来。"陶侃这才回去。范逵到了洛阳,就在羊晫、顾荣等人面前称赞陶侃,使他广泛地得到了好名声。

三、勤学善思

1. 为什么古代把"孝"和"廉"作为举荐做官的标准?

2. 你如何看待陶侃的母亲卖头发、劈柱子、切草垫盛情招待范逵的行为?

3. 陶侃送范逵上百里还不回去,为什么? 他最后又为什么回去了?

4. 你认为这次事件对陶侃今后的人生产生了什么作用?

四、解读延伸

陶侃生活的东晋时期还没有科举制度,国家通常采用察举制即通过考察举荐录用官吏。东晋时期门阀制度盛行,出身高贵的士族无论有没有才学和战功都可以做高官,出身低微的庶族即使品学兼优、才能出众也很难做多大的官,甚至根本没有途径做官。因此,通过范逵等人的举荐是陶侃进入仕途的关键一步。据记载,隋朝设置科举制,从那时起科举制开始发展起来。而陶侃那个时代实行的察举推荐,是很考验世家底蕴的。察举以孝廉为重,主张贤良方正,看重的是德行。

为了好好招待客人,陶侃的母亲卖头发换米、劈柱子当柴、切草垫喂马,真的是竭其所能,这是一般人做不到的,更是一般妇女做不到的。正是这样的努力,才换来范逵的引荐。范逵了解了陶侃的才华,也受到了很好的招待,这样的招待几乎让陶侃倾家荡产,愧疚之下他自然会传播陶侃的名声,这最终改变了陶侃的命运。

陶侃送范逵上百里,这在现在不可想象,但是古人生活节奏比较慢,意气相投的人不忍分别,边走边聊,送上十几里几十里是常有的,但是像陶侃这样送了上百里的还是不多见。他没有回去可能是还没有得到范逵的承诺,又不便直说,只好这么一直陪着走。后来,范逵答应到洛阳后传播陶侃的好名声。古人守信重诺,有了范逵的这句话,陶侃也才放心地回去了。

《世说新语》第十九章为"贤媛",一共记录了32则有德行有才智或者有美貌的女子的事迹,其中关于陶侃母亲的有两个。从两则故事看,陶侃的母亲顾大体识大局,睿智贤惠,不仅能支持儿子积极上进,还能及时规劝儿子,避免他走上邪路。陶侃出自寒门却建功立业,名垂后世,这一切都与他母亲的教导和支持密不可分。前有孟母三迁为教育儿子,后有陶侃的母亲剪发为儿子的察举,若是没有这样贤明有德的母亲,他们的人生可能就会截然不同了!

25 戴嵩画牛

蜀中有杜处士[1]，好书画，所宝[2]以百数。有戴嵩《牛》一轴，尤所爱，锦囊[3]玉轴，常以自随。一日曝书画，有一牧童见之，拊[4]掌大笑曰："此画斗牛也？牛斗力在角，尾搐[5]入两股间，今乃掉尾[6]而斗，谬矣！"处士笑而然[7]之。古语有云："耕当问奴，织当问婢[8]。"不可改也。

——《东坡志林》

一、注释

[1] 处士：古时候称有德才而隐居不愿做官的人，后亦泛指未做过官的读书人。

[2] 宝：以……为宝，珍藏。

[3] 囊（náng）：袋子。此处指画套。

[4] 拊（fǔ）掌：拍手。

[5] 搐（chù）：抽缩。

[6] 掉尾：摇尾巴。

[7] 然：认为对。

[8] 婢（bì）：古代妇女的谦称。

二、参考译文

四川有个姓杜的人非常喜爱书画，他珍藏的书画有几百件。其中有一幅是戴嵩画的《牛》，他尤其珍爱。他用锦缝制了画套，用玉做了画轴，经常随身带着。有一天，他摊开了书画晒太阳，有个牧童看见了戴嵩画的牛，拍手大笑着说："这张画画的是斗牛吗？斗牛的力气用在角上，尾巴紧紧地夹在两腿中间。现在这幅画上的牛却是摇着尾巴在斗，太荒谬了！"杜处士笑笑，认为他说的很有道理。古人有句话说："耕种的事应该去问农民，织布的事应该去问妇女。"这个道理是不会改变的呀！

三、勤学善思

1. 为什么牧童能发现牛的问题而画家和杜处士却没发现？
2. "耕当问奴,织当问婢。"这句话说明了什么道理？
3. 影视剧中出现的虚假镜头叫穿帮镜头,找出一些并说明为什么会穿帮。

四、解读延伸

俗话说,圣人也有三分错。亚里士多德认为:物体下落的快慢是由物体本身的重量决定的,物体越重,下落得越快;反之,则下落得越慢。两千多年里人们对他的这个理论深信不疑,直到伽利略的"比萨斜塔实验"才纠正了人们的认识。孔子是中国历史上公认的圣人,但是他也有犯错误的时候,比如他骂宰予"朽木不可雕",还说他不是仁人君子。其实宰予成就很高,被誉为"孔门十哲"。不要说圣人,就是神仙不也经常犯种种错误吗？所以,戴嵩犯错也在情理之中。

艺术来源于生活而高于生活。但是,生活是艺术创作的基础。所以,一个作家或者艺术家一定要认真观察,虚心求教,不能仅仅凭印象、想象或者推理来进行创作,不能闭门造车。所以作者说,不懂耕种就去问农民,不懂纺织就去问妇女。一个艺术大家却连常识都搞错了,岂不是贻笑大方！这其中也有一个态度的问题——一个艺术家怎么能凭借自己的想象而不根据实际情况创作呢？画画却不去好好观察体会,写书不去好好品悟理解,不扎根实际的作品怎么能引起共鸣呢？

艺术的真实和生活的真实存在一定的区别,艺术创作可以虚构,其实质是四个字——合情合理,不能违背人们的基本认知规律。斗牛图的一个小小的细节不符合常理,最终毁了这幅画。

安徒生写过一个童话叫《皇帝的新装》,那么多人都看到了赤身裸体的皇帝,为什么只有小孩子说出了实话？因为孩子天真无邪,童言无忌。在这个故事里,牧童首先有放牛的经验,他观察到了斗牛时牛的姿态,所以能发现错误。其次,小孩子无知无畏,不会迷信权威、大师,所以能够说出心里话,指正错误。权威也不是一定就永远正确,碰到谬误的时候要敢于指正,不要迷信权威,随波逐流。

25
戴嵩画牛

26 李光弼[1] 诱敌马

光弼又尝伏军[2]守河阳,与史思明[3]相持经年[4]。思明有战马千匹,每日洗马于河南,以示其多。光弼乃于诸营检获牝马[5]五百匹,待思明马至水际,尽驱出之。有驹絷[6]于城中,群牝嘶鸣,无复间断。思明战马,悉浮渡河,光弼尽驱入营。

——《太平广记》

一、注释

[1]李光弼:(708年—764年),营州柳城(今辽宁省朝阳)人,契丹族。唐朝中期名将,左羽林大将军李楷洛第四子。因平定安史之乱"战功推为中兴第一",获赐铁券,名藏太庙,绘像凌烟阁。

[2]伏军:率领军队。"伏"字本身没有带领的意思,这里取"从事"之意。

[3]史思明:唐朝叛将。

[4]经年:一年。

[5]牝(pìn)马:雌马。

[6]絷(zhí):用绳子拴捆;拘禁。

二、参考译文

李光弼曾经率领军队镇守河阳,和史思明相持了整整一年。史思明有一千多匹战马,他的军队每天在黄河南岸洗马,来显示他们的马多。李光弼就在各个军营中挑了五百匹母马,等到史思明的马到了水边,就将母马全部驱赶出去。因为有小马驹被拴在城中,众多母马鸣叫,没有片刻停息。史思明的战马全部游过了河,李光弼将这些战马都赶入自己的营地。

三、勤学善思

1. 古代把山的南边和水的北面叫"阳"，山的北面和水的南面叫"阴"，你知道这是为什么吗？

2. 李光弼为什么要把小马驹拴在城中？

3. 如何看待史思明炫耀战马这件事？如何评价网上炫车、炫房、炫富等各种"炫"和各种"秀"？

4. 你还知道哪些关于战马的故事？请讲给朋友和家人听。

四、解读延伸

古代兴兵作战最开始使用的是战车，赵武灵王胡服骑射之后开始有成规模的骑兵。在没有机械化部队之前，骑兵是战争中最重要的作战兵种。因此，骑兵和战马的多少是一支部队作战力量的重要体现，所以史思明为了炫耀自己军队的实力，故意让士兵在河边洗马给李光弼看。结果偷鸡不成蚀把米，反倒被李光弼巧施妙计，把他的战马全部缴获了。乐极生悲不过如此啊！这个故事告诉我们，想炫耀自己的时候得先想想敌人在干什么，不然就会像史思明一样，没扰乱李光弼的军心，反而丢失了战马！因此，行事冒进是军家大忌，作为一军统帅，应当沉稳为上。

当年齐桓公征讨孤竹国，去的时候是春天，回来的时候是冬天，景物变化太大，作战时间又长，结果就迷路了。大臣管仲就放了一匹老马让它自己往回走，大军跟着，最后回到了自己的国家，这个典故叫"老马识途"，也是利用马的特性解决了遭遇的困难。在古代，没有现代先进的机械，牛是主要的生产工具，马是主要的交通工具。人们的生产生活依赖于这些动物，因此人们对它们的了解很深，自然也就流传下各种趣闻轶事。

杰出卓越的军事家不仅能够通晓领兵打仗的计谋策略，还能够了解天文地理、飞禽走兽，这在最关键的时候可能助自己一臂之力，取得关键性的转变。只知道死读兵书的人是不能成为军事家的。善于联系生活实际，灵活变通，才是大家风范。李光弼是如此，管仲亦是如此。

俗话说"艺多不压身"，所以我们不仅要多读书，还要读各种类型的书，要把自然科学和社会科学的书结合起来读。读书之外还要多走路，走路的时候要多观察，多思考，多积累。知识越多，产生的碰撞越多；碰撞越多，越容易产生创新性思维和创造性思维，就越能做出成绩，越容易实现人生理想。

27 武公伐胡

昔者郑武公[1]欲伐胡[2]，故先以其女妻[3]胡君以娱其意。因问于群臣："吾欲用兵，谁可伐者？"大夫关其思对曰："胡可伐。"武公怒而戮[4]之，曰："胡，兄弟之国也。子言伐之，何也？"胡君闻之，以郑为亲己，遂不备郑。郑人袭胡，取之。

——《韩非子》

一、注释

[1]郑武公：春秋时郑国的国君。

[2]胡：北方少数民族国家。

[3]妻：嫁。

[4]戮(lù)：杀。

二、参考译文

以前郑武公想攻打胡国，故意先把女儿嫁给胡国的君主使他开心。随后他问大臣们："我想动兵打仗，可以攻打哪个国家？"大夫关其思回答说："可以攻打胡国。"郑武公大怒，就把关其思杀了，并且说："胡国，是我们兄弟之国，你说攻打它是什么居心？"胡国君主听到这件事，就认为郑国是亲近自己的国家而不防备。郑国趁机偷袭胡国，占领了它。

三、勤学善思

1. 郑武公为什么要把女儿嫁给胡人的国君来讨好他？

2. 郑武公为什么杀了关其思？

3. 你怎么评价郑武公、关其思和胡君？现实生活中有没有这样的人？

4. 历史上还有没有类似的真实事件？

5. 你从文中悟到了哪些道理？

四、解读延伸

孟子说:"春秋无义战"。因为这个时期周王室逐渐衰微,各诸侯国之间为了疆土、人口、财货甚至仅仅因为一些谋士的怂恿就发动战争。所以诸侯国个个自危,相互之间明争暗斗。为了赢得战争或者保卫国家,很多诸侯国往往采取一些匪夷所思的手段来达到目的。这就导致了春秋战国时期诸侯割据混战,各国倾轧,战火纷飞的局面。诸侯们都注重礼贤下士、拉拢人才,进行各种各样的变革,努力使自己的国力强盛,逐鹿天下。有时也不择手段,设计各种谋略去消灭敌国势力。

郑武公就是这样一个老奸巨猾的家伙。他先把自己的女儿嫁给胡国的国君,表面上达成姻亲关系让胡国国君放松警惕;接着又设计杀了大臣关其思,彻底赢得胡国的信任;最后偷袭灭了胡国,达到了自己发动战争的目的。他取得信任的方式是递进的。单纯结为姻亲不能让一个国君轻易放下戒心,但是为了两国的友好杀掉一个忠诚的大臣就不一样了。人们对于恶意总是比较敏锐,对于示好却不能总是保持清醒。人们都听过"无事献殷勤,非奸即盗"这句话,可到自己身上的时候,就容易糊涂,被糖衣炮弹迷惑了心智。

胡国国君被表面现象给迷惑了,他没有仔细思考郑武公做这事儿的目的:平白无故地为什么要把女儿嫁给你?为什么就凭一句话就杀了一个大臣?两国之间有没有利益之争?是否相互威胁?要知道,当时国家之间只有存亡之争,没有友谊可言。到最后,胡国国君把自己的国家给断送了。

俗话说,伴君如伴虎。做大臣的既要了解民间疾苦和百姓要求,还要知道国家形势并揣测统治者的意图。关其思对国家形势了解得很透彻,所以他和郑武公不谋而合,主张攻打胡国。可惜的是他没能领会郑武公的意图,导致自己被杀,成为郑武公设置障眼法的一个可怜的棋子。郑武公用一个臣子的性命去换取胡国国君的信任,是一件多么残忍的事情啊!

28 薛谭学讴

薛谭[1]学讴[2]于秦青,未穷[3]青之技,自谓尽之,遂辞归。秦青弗止,饯[4]于郊衢[5]。抚节[6]悲歌,声振林木,响遏行云[7]。薛谭乃谢[8],求反[9],终身不敢言归。

——《列子·汤问》

一、注释

[1]薛谭:传说中秦国善于唱歌的人。

[2]讴(ōu):无伴奏歌唱,这里指唱歌。

[3]穷:尽、完,用完。这里指学完。

[4]饯:用酒食设宴送行。

[5]郊衢(qú):郊外的大道边。郊,城外。衢,大路,四通八达的路。

[6]抚节:击节,打拍子。

[7]响遏行云:遏,使……停止,阻拦;行云,飘动的云彩。形容歌声嘹亮。

[8]谢:道歉。

[9]反:通"返",返回。

二、参考译文

薛谭向秦青学习唱歌,还没有彻底掌握秦青的歌唱技艺,就自以为学尽了,于是就告辞回去。秦青没有劝阻他,而是在城外大道旁设酒食给他送行。秦青打着节拍,高唱悲歌,歌声振动了林木,声音止住了流动的云。薛谭于是向秦青道歉,请求回来继续学习。从此以后,他一生都不敢再说要回去。

三、勤学善思

1. 秦青为什么一开始并没有挽留薛谭？

2. 薛谭为什么要向秦青道歉？他会对秦青说些什么？

3. 你认为"学无止境""浅尝辄止""迷途知返""知错就改""言传不如身教"等词语，哪个(些)更能表现这篇文章的主题？

4. 你有没有过类似的经历或者听说过类似的故事？

四、解读延伸

虽然很多人都知道"学无止境"这个成语，但是很少人能够躬身实践——在我们每个人的身上都有薛谭的影子。在现实生活中，我们有时候也不免犯眼高手低的错误。有的时候觉得自己已经彻底掌握了这个技巧，实际上还远远不够。虚心是学习的重要条件，正是因为知道自己不懂的东西太多了，才能去认真踏实地学习。

传说秦青是战国时期一个善于歌唱的人，历史上并没有关于这个人的记录，所以其歌唱技巧有多厉害我们不得而知。但是送别薛谭的时候他的歌声能让森林振动，让浮云停留，这已经超越了人类欣赏的境界，由此可见其高妙。俗话说，要给学生一滴水，老师要有一桶水。秦青就是这样的人。

作为老师，秦青也和别的老师不同。他没有劝说薛谭回心转意，因为有很多人只靠讲道理是说不通的。所以秦青不露声色，为薛谭高歌一曲，让薛谭自己认识到他和老师的水平还差很远，最后幡然醒悟，迷途知返，这是秦青作为老师的高妙之处。对于学生的浮躁，一味地训斥和警告，有的时候会适得其反。再者，薛谭也是有可取之处的，虽然犯了眼高手低的错误，但是能领会老师的深意，并知错就改，是可塑之才。

薛谭凭什么以为自己已经尽得真传了呢？故事里没有说，我们也不知道。老虎跟着猫学艺，以为尽得真传，要把猫师傅吃掉，结果猫还留了一招爬树的本领没有教给他。群鸟跟着凤凰学搭窝，除了燕子之外都学得皮毛就以为学会了、学好了，结果搭的窝乱七八糟，没法遮风避雨，更不用说温暖舒适了。我们编写了故事嘲笑老虎，嘲笑群鸟，其实不知道我们有时候也是那样的人。所以学无止境，要永远怀着孜孜不倦的精神去学习。

29 七录七焚

溥[1]幼嗜学,所读书必手钞[2]。钞已[3],朗诵一过[4],即焚之,又钞。如是者[5]六七始已。右手握管[6]处,指掌成茧。冬日手皲[7],日沃[8]汤[9]数次。后名读书之斋曰"七录"。

——《明史》

一、注释

[1]溥:张溥(1602 年—1641 年),字乾度,一字天如,号西铭,南直隶苏州府太仓州(今属江苏太仓)人,明朝晚期文学家。一生著作宏丰,编述三千余卷,涉及文、史、经学各个学科,精通诗词,尤擅散文、时论。代表作《七录斋集》《五人墓碑记》。

[2]钞:通"抄",抄写。

[3]已:停止,完。

[4]一过:一遍。

[5]如是者:像这样。

[6]管:笔管。

[7]皲(jūn):皮肤因受冻而开裂。

[8]沃:本意是浇灌,这里指洗、浸泡。

[9]汤:热水,开水。

二、参考译文

张溥从小就特别热爱学习,凡是读过的书一定要亲手抄写。抄完了,朗诵一遍之后就把它烧掉,又重新抄写,像这样反复六七次才停止。他右手手指和手掌握笔的地方都长了老茧。冬天他的手冻裂了,每天要在热水里浸泡数次。后来他把他的书房命名为"七录"。

三、勤学善思

1. 张溥为什么每次诵读之后要将抄写的书烧掉？

2. "右手握管处，指掌成茧。"这句话说明了什么？你对此有什么感想？

3. 除本书外，你还知道哪些刻苦学习的人物和故事？请讲给你的同学、朋友或者家人听。

四、解读延伸

范仲淹吃着冷粥、咸菜也要发奋读书，张溥抄书手指、手掌结了厚厚的茧，其他如凿壁偷光、负薪挂角等发奋苦读的例子不胜枚举，这些都是古人给我们树立的榜样。学习是一个非常艰苦的过程，不经过艰苦的历练，很难得到精神和思想的提升。人的智力千差万别，只靠天生的聪明就想达到一个很高的境界也是不太可能的，方仲永就是一个典型的例子。

在一些人看来，张溥的学习方法也许太费时费力，事倍功半。但是从张溥能成为一代大家来看，这种方法虽然表面看起来有些笨拙，但却是行之有效的。俗话说，好记性不如烂笔头就是这个意思。曾经有一个小偷潜入曾国藩家里，发现一篇文章曾国藩读了很多遍还在读。小偷忍不住跳了出来，当着曾国藩的面很流利地背诵完那篇文章后扬长而去。我们不知小偷姓甚名谁，但曾国藩却成为一代名臣。

不要迷信大师，孔子弟子三千，贤人也只有七十二个，最优秀的只有十个。不要迷信物质条件，你把一块石头放进再好的暖箱也绝不会孵出小鸡。复读机、学习机、学习机器人、网络辅导等都可以帮助我们学习，都可以促进我们进步，但是决定最终成功的是刻苦努力。不要觉得自己聪明就放下努力，要知道，世界上有那么多比你更聪明的人，他们还比你努力，你又有什么理由懈怠呢？

30 师旷论学

晋平公[1]问于师旷[2]曰："吾年七十，欲学，恐已暮[3]矣。"师旷曰："何不炳烛[4]乎？"平公曰："安[5]有为人臣而戏[6]其君乎？"师旷曰："盲臣安敢戏其君乎！臣闻之，少而好学，如日出之阳；壮而好学，如日中之光；老而好学，如炳烛之明。炳烛之明，孰与[7]昧行[8]乎？"平公曰："善哉！"

——《说苑》

一、注释

[1]晋平公：春秋时期晋国国君。

[2]师旷：字子野，春秋时期晋国乐师。他双目失明，仍热爱学习，对音乐有极高的造诣。

[3]暮：傍晚、天晚，这里指开始做事晚了。

[4]炳烛：点烛。当时的烛，只是火把，还不是后来的烛。

[5]安：怎么，哪。

[6]戏：作弄，戏弄。

[7]孰与：……跟（与）……哪个（谁）怎么样？

[8]昧行：在黑暗中行走。昧，黑暗。

二、参考译文

晋平公问师旷说："我已经七十岁了，想要学习，恐怕已经太晚了吧！"

师旷说："为什么不点起烛火（学习）呢？"

晋平公说："哪有做臣子的戏弄国君呢？"

师旷说："双目失明的我怎么敢戏弄君主呢？我听说，少年时爱好学习，如同初升的太阳（一样灿烂）；中年时爱好学习，如同正午的太阳（一样强烈）；晚年时爱好学习，如同拿着火把照明。点上火把走路和摸黑走路相比，哪个更好呢？"

晋平公说："说得好啊！"

三、勤学善思

1. 起初，晋平公为什么认为师旷的建议是戏弄自己？
2. "苏老泉，二十七。始发愤，读书籍。"你还知道哪些类似的例子？
3. "朝闻道，夕死可矣。"这句话是什么意思？你是否赞同？为什么？
4. 谈谈你对"活到老学到老"的认识。
5. 我们应当如何珍惜时间努力学习？

四、解读延伸

这其实是一个亡羊补牢的故事。英语也有句话叫"Better late than never."意思是迟来总比不来好。

人们总是有一种错觉，以为什么样的年龄应该干什么样的事情，否则就会让人觉得奇怪。比如小孩子忽然说出一句很成熟的话，大人们会觉得奇怪，迟暮的人忽然谈起了恋爱，人们也会觉得非同寻常。"三更灯火五更鸡，正是少儿读书时。"所以，晋平公七十岁了问师旷这句话也是人之常情。不是所有人都有能力和勇气在垂垂老矣之时去学习的，不是每个人都能吃这种苦去追求真理的。太在意他人的眼光就做不到这点。人们总是困于别人的看法，觉得年龄大了就该怎么样，但是实际上还是没有自己的坚持。

师旷说得多好啊！青少年时期自然是读书的好时候，这时候读书能够照亮人生。中年的时候读书虽然晚了点，但是依然可以助力自己的事业。老年才开始认真读书虽然很晚了，但是读书总比不读书要好。孔子曰："朝闻道，夕死可矣。"所以，追求真理和信仰无论什么年龄都不晚。热衷于自己所追求的，也不是什么可耻可笑的事情。如果什么事情都要讲究来讲究去，那不就太死板无趣了吗？生活可以循规蹈矩，也可以波澜壮阔。尊重每一种生活方式也是一种高尚的情怀。更何况，这样孜孜不倦的精神值得人们学习！

晋平公为什么认为师旷是戏弄他呢？他问师旷七十岁读书是否太晚了，看似征询意见，但是事实上他并没有想过要在这个年纪读书，所以听了师旷的回答就认为是戏弄他。从历史上看,晋平公统治的前期还是比较有作为的,到了后期大兴土木,不务正事,导致朝政败落。所以,在这篇文章的最后,晋平公虽然认为师旷说得好,但是也没有躬身践行——世界上很多事情就是这么知易行难啊!这也关乎个人的意志力和内心的坚持。说了不做,还不如不说。

31 寇准读书

初,张咏在成都,闻准入相,谓其僚属曰:"寇公奇材,惜学术不足尔。"及准出陕[1],咏适[2]自成都罢还,准严供帐[3],大为具待。咏将去,准送之郊,问曰:"何以教准?"咏徐[4]曰:"《霍光传》[5]不可不读也。"准莫谕[6]其意,归取其传读之,至"不学无术",笑曰:"此张公谓我矣。"

——《宋史》

一、注释

[1]出陕:当指寇准在澶渊之盟后遭诬陷被贬官到陕州做知州一事。

[2]适:恰好。

[3]严供帐:隆重地举行宴会。严:敬重。

[4]徐:慢慢地。

[5]《霍光传》:载于《汉书》,传末有"然光不学无术,暗于大理"之语。

[6]谕:明白。

二、参考译文

起初,张咏在成都做官,听说寇准入朝做了宰相,就对自己的同僚和下属说:"寇准是少见的人才,可惜他修为还不够啊!"等到寇准到陕州做官的时候,恰好张咏从成都罢官回来,寇准隆重设宴款待张咏。张咏要离开的时候,寇准一直把他送到郊外,寇准问他:"您有什么话要教导我吗?"张咏慢慢地说:"《霍光传》不能不看啊!"寇准没有领会到他的意思,回去以后拿出《霍光传》来看,看到里面有"不学无术"这句话的时候,才明白过来,笑着说:"这是张先生在说我呢!"

三、勤学善思

1. "不学无术"原为"不学亡术",是班固在《汉书》中评价霍光的,你知道这个故事吗?

2. 张咏说寇准不学无术,寇准为什么还"笑曰"?表现了寇准的什么性格特点?

3. 寇准是宋朝名相,但是宋朝朱复之写过一首《冬夜读书无油歌》:"君不见莱公酺歌彻清晓,银蜡成堆烧不了。"说的是寇准生性豪奢,厨房和厕所里大蜡烛彻夜不息。你如何评价寇准?

四、解读延伸

张咏虽出身寒门,但学习刻苦努力,是一个文武兼备的大才子。他为官清廉,政治清明,断案如神,爱民如子。有很多关于他的逸闻轶事,前文的"一钱斩吏"即其中之一。这也可以看出张咏疾恶如仇的性格特点。张咏年少时就行性慷慨,他生活在贫寒之家,但不以身份论人,自幼好书,而且骑射也相当不错。君子六艺——礼、乐、射、御、书、数,张咏显然比较精通。历史上他和寇准是典型的君子之交,当面指出过错也不相互恼怒。王安石评价他时说:"岂不以刚毅正直有劳于世如公者少欤。"

寇准是北宋明相,他出身书香门第,从小就表现出异于常人的才能,与唐朝名将张仁愿、大诗人白居易并称为"渭南三贤"。他也是中国历史十大名相之一,与房玄龄、魏征等人齐名。为官期间出类拔萃,刚直不阿,屡遭陷害而不改初衷。由于寇准为人太过刚直,遭到以丁谓为首的官僚派的记恨,后来一度被贬谪,客死雷州。不过后来宋仁宗在寇准死后为寇准正名,恢复官职,赐谥号为"忠愍"。

张咏为何说寇准知识学问还需要精进?甚至说他"不学无术"?金无足赤,人无完人,寇准也是如此。历史记载寇准生活比较豪奢,喜欢豪饮,喜欢歌舞,张狂不拘,挥金如土。从他和吕端等大臣的相处看,其心胸也不够宽阔,缺乏必要的包容心。张咏所说的"学术"不仅仅指学问修为,更指为官为政和为人处事之道,从寇准的生平看,张咏是说到点子上了。

君子坦荡荡,小人长戚戚。尽管寇准曾为宰相,但是张咏并没有忌惮他的地位讨好奉承,而是直言相告。开诚布公,坦言无忌,这是朋友和知己才能做到的啊!

　　张咏和寇准告别时让他看《霍光传》,寇准一开始并不明白是什么意思,直到看到"不学无术"的时候,才恍然大悟,这也印证了张咏一开始对寇准的评价。难能可贵的是,寇准不仅没有生气,反而哈哈大笑,这说明寇准也能够虚心接受别人的意见。

32 鲁人徙越

鲁人身[1]善织屦[2]，妻善织缟[3]，而欲徙于越。或[4]谓之曰："子必穷矣。"鲁人曰："何也?"曰："屦为履[5]之也，而越人跣行[6]，缟为冠之也，而越人被[7]发，以子之所长，游于不用之国，欲使无穷[8]，其[9]可得乎?"鲁人对曰："夫不用之国，可引而用之，其用益广，奈何穷也?"

——《韩非子》

一、注释

[1]身：自身，本人。

[2]屦：用麻、葛等制成的鞋。

[3]缟：白绢，周人用缟做帽子。

[4]或：有人。

[5]履：鞋，这里用作动作，指穿草鞋。

[6]跣(xiǎn)行：赤脚走路。

[7]被：通"披"，披散。

[8]穷：走投无路，困顿。

[9]其：通"岂"，难道。

二、参考译文

鲁国有个人自己擅长编织麻鞋，妻子擅长织白绢，他们想搬到越国去。有人对他说："你搬到越国去必定会陷入困顿。"鲁国人问："为什么呢?"那个人说："穿麻鞋是为了走路的，但是越国人光脚走路;白绢是用来做帽子的，但是越国人披散着头发（不戴帽子）。凭借你们的专长，跑到用不着它们的国家去。要想不困顿，怎么可能?"鲁国人回答说："不用这些东西的地方，我们可以引导他们使用（鞋帽），使用它们的人会更多，我们怎么会困顿呢?"

三、勤学善思

1. 你觉得两人谁说的更有道理？为什么？
2. 设想一下鲁国人到了越国之后会怎样？
3. 鲁国人的话对我们有何启示？

四、解读延伸

鲁国人是否去了越国，是否如其所料，韩非子没有告诉我们，谁是谁非最终不得而知。这样的故事不是要告诉你，这样之后是否会成功，而是让你去关注这个过程所展现的东西。

俗话说，好钢用到刀刃上。要拓展自己的事业就要找到一个能够让自己充分发挥个人所长的岗位，并终生努力为之奋斗。所以，一般人都不容易理解鲁国人的行为——到不穿鞋子的地方卖鞋子，到不戴帽子的地方卖帽子。这样的思维和正常人的不同，这样的事业似乎也不是一个可以为之努力奋斗的目标——毕竟市场情况摆在那里！古往今来，每个行业都需要开拓者。无论结果如何，敢于迈出那一步的人才具有改变和开创的能力。无数的历史和改变也正是从那一小步开始的。

看上去越国不适合发展鲁人的生意，毕竟没有人穿鞋，没有人戴帽子。但是事物总有其两面性，穿鞋子的人多，做鞋子的人也相对要多。那么这个鲁国人能开拓的市场空间是多大呢？一个人拥有了几双鞋子之后，可能要等很久才会去买下一双鞋子，可是如果所有人都没有鞋子，一旦开拓了市场，将有丰厚的利润！这样就会产生竞争，竞争会带来危机感，也能提高生产技术。但与此同时，竞争必然会导致一部分人破产，生活艰难甚至无以为继。现在看来，这个鲁国人的想法很大胆，很超前。用现在的话来说，他的这种行为就是"培育市场"，引导人们按照他的套路来进行消费——这已经是当下商业领域司空见惯的手段了。古人的智慧真是一点不输现代人啊。

地域不同，文化影响不同，所适用的经营方法也不同。影响成功和失败的因素很多。因此，关于这个故事的结果，我们不需要去追问。只要这种开拓的精神在，值得我们学习，就足够了！

32
鲁人徙越

33 盲人道涸溪

有盲子道[1]涸溪,桥上失坠,两手攀楯[2],兢兢[3]握固,自分[4]失手,必坠深渊。过者告曰:"毋怖[5],第[6]放下即实地也。"盲子不信,握楯长号。久之,力惫,失手坠地,乃自哂[7]曰:"嘻!蚤[8]知即实地,何久自苦耶!"

夫大道甚夷[9],沉空守寂,执一隅[10]以自矜严[11]者,视此省哉!

——《贤奕篇》

一、注释

[1]道:取道,走过。

[2]楯(shǔn):栏杆。

[3]兢兢:小心谨慎地。

[4]自分:自己估计。分,料想。

[5]怖:害怕。

[6]第:只要。

[7]哂(shěn):嘲笑。

[8]蚤:通"早"。

[9]夷:平实。

[10]隅:感受。

[11]矜严:矜持自负。

二、参考译文

有个盲人经过一条干涸的小溪,在桥上突然失足坠落。他两手攀住栏杆,小心谨慎地抓得紧紧的,自己料想只要失手,一定会坠入深渊。过路的人告诉他说:"别害怕,只管放手,下面就是实地了。"盲人不相信,握紧桥栏大声呼号。时间久了,力气渐渐用尽了,便失手坠落在地上。于是他自嘲道："哈！早知道下面就是实地，何必为难自己那么长时间呢！"

大道理其实很平实，陷在空想之中，执着一念而矜持自负的人，看看这个故事该醒悟啊！

三、勤学善思

1. 旁人已经告诉盲人脚下就是实地，他为什么还不放手？如果你是那个盲人，你会怎么做？

2. 你觉得盲人自我解嘲时是什么心情？

3. 生活中你有没有过这样的经历？如何才能避免固执己见？

四、解读延伸

有两句话形容危险在即：盲人骑瞎马，夜半临深池。盲人为什么不敢放手呢？首先是因为他看不见自己身处的环境，这是人之常情。有人害怕走夜路，怕撞见恶鬼，你跟他说没有恶鬼，他绝对不相信；有人害怕坐飞机，你跟他说飞机是最安全的交通工具，他也不相信；还有人害怕医生打针，你跟他说打针一点问题都没有，他还是战战兢兢，即使打过好多次了也还是害怕。

盲人不放手的第二个原因是不信任别人：虽然路人已经告诉他小河是干涸的，但是他还是不相信，直到自己失手坠落才放下心来，这也不能全怪盲人。人世凶险，就是明眼人也会上当受骗，何况一个生活在黑暗中的盲人呢？人和人之间的信任是有条件的：交往带来的经验判断、血缘关系带来的亲密感、社会地位的权威性、语言表达的逻辑性甚至相貌是否和善等。相信路人就放手，不相信就紧握栏杆坚持下去，一个盲人在他自认为生命危急之时，他是相信一个路人还是相信自己？

路人为什么不伸手把盲人给拉上来呢？因为他非常清楚小河是干涸的，即使掉下去也伤不到盲人。他好心劝告盲人，但是对方不信任他，也许他想借此给盲人一个教训，也许他想看个笑话，这些都是有可能的。"好心当作驴肝肺""不听老人言，吃亏在眼前"，生活中我们经常听到这些话，也会遇到这种事，再正常不过了。

以上都是我们为盲人所做的辩护，但是反过来想，情况又有不同。

作者认为盲人陷于空想，执着于一念而不肯放手，这是他可悲可笑之处。人的知识是有限的,阅历是有限的,思想也是有限的,生命更是有限的,如果仅凭我们已经拥有的、已经经历的去判断是非黑白,可能会误入歧途。我们的老祖先认为天是圆的,地是方的,现在看这是不对的。西方人一开始认为地球是宇宙的中心,哥白尼认为太阳是宇宙的中心,布鲁诺为此还被宗教裁判所给烧死了。结果呢? 太阳也不是宇宙的中心,连太阳系也算不上是宇宙的中心。从前有个爱斯基摩人给美国的探险家做向导之后,被邀请到美国大都市里参观了一圈。他回去之后给大家讲城市的奇闻异事:奔跑如飞的钢铁怪兽(汽车)、在空中飞翔的钢铁巨鸟(飞机)以及在海上飞快游动的钢铁巨鲸(轮船),等等。村民们认为他在吹牛,把他叫作"撒谎者"。这个"撒谎者"最终抑郁而死。

34 庚公留马

庚公[1]乘马有的卢[2]，或[3]语令卖去，庚云："卖之必有买者，即复害其主，宁可不安己[4]而移于他人哉？昔孙叔敖[5]杀两头蛇以为后人，古之美谈。效之，不亦达[6]乎？"

——《世说新语》

一、注释

[1]庚(yǔ)公：庚亮，字元规，东晋颍川鄢陵(河南鄢陵西北)人，美姿容，善谈论，好老庄，有德望。官至征西大将军、荆州刺史。

[2]的(dì)卢：骏马，性烈，马的额头有白色斑点，眼下有泪槽。按迷信说法，这是凶马，它的主人会得祸。

[3]或：有的，有的人。

[4]不安己：危害自己。

[5]孙叔敖：春秋时期楚国期思(今河南淮滨东南)人，芈姓，蒍氏，名敖，小时候曾斩杀一条双头蛇。官至令尹(宰相)，辅佐庄王独霸南方，使楚庄王成为春秋五霸之一。司马迁《史记·循吏列传》列其为第一人，毛泽东主席在视察淮河时多次提到孙叔敖，说他是一个了不起的治水专家。

[6]达：通达；旷达。

二、参考译文

庚亮所骑的马中有一匹的卢马，有人告诉他，叫他把这匹马卖掉。庚亮说："卖它，必定有买它的人，那就要害到它的买主了，怎么可以把对自己的不利转嫁给别人呢？从前孙叔敖杀死两头蛇，以保护后面来的人，这是古时候被传为美谈的事情。我学习他，不也很旷达吗？"

三、勤学善思

1. 的卢马真的会对主人不吉利吗？可阅读《三国演义》第三十四回"蔡夫人隔屏听密语 刘皇叔跃马过檀溪"做比较分析。

2. 古人为什么会有很多迷信思想？

3. 庾亮和孙叔敖在思想品质上有什么共同点？

四、解读延伸

古人因为生产力水平较低，缺乏对自然的深入了解，所以经常会有一些错误的论断，的卢马即其中一例。古人认为的卢是凶马："眼下有泪槽，额边生白点，名为的卢，骑则妨主。"在《三国演义》中，的卢马原为张武（一说张虎）所有，刘备看到张武骑的马颇为神骏，心向往之，后来赵子龙杀了张武，把马献给刘备。刘备又要献给刘表作为礼物，但是刘表手下蒯越说的卢马妨主，于是刘表没有收。后来刘备奔逃的时候的卢马走错了路，刘备想起刘表手下所说的"的卢妨主"的话，不由得悲从中来。就在刘备面对檀溪无可奈何的时候，的卢马纵身一跃，带着刘备摆脱了追兵。刘备便再也不相信"的卢马妨主"的话，对的卢马万分珍惜、倍加宠爱。后来刘备将马赠给庞统，结果庞统被误认成刘备而被乱箭射死于落凤坡。

与的卢马一样，古人以为遇到双头蛇是不吉利的。据贾谊《新书》载，孙叔敖小时候在路上看见一条两头蛇，回家哭着对母亲说："听说看见两头蛇的人一定会死，我今天竟看见了。"母亲问他蛇在哪里，孙叔敖说："我怕后面的人再见到它，就把它打死埋掉了。"他母亲说："你心肠好，一定会好心得好报，不用担心。"人们还认为乌鸦、猫头鹰、黑猫等都不吉祥，这是没有科学根据的。相比于相信人们日常认为的灾祸象征，不如去看生活中的具体情况。以客观的方式去看待事物，不要因为别人的评论而抱有偏见。

庾亮没有听信别人的话卖掉的卢马，他官至征西将军，都督七州诸军事，可谓功成名就。刘备骑的卢马越过檀溪，摆脱追兵，创立大业；孙叔敖杀埋双头蛇官至令尹，建功立业。吉凶祸福更多取决于个人的行为而非天定，若能心怀善美，兼爱天下，就不用疑神疑鬼，提心吊胆，而可以坦荡做事，开心做人。另外，庾亮即使知道的卢马不吉，也没有打算卖出转移祸害；孙叔敖以为见到双头蛇会死，但是他怕祸害后来人而打死双头蛇。这样的胸怀，这样的仁爱，不得不让人称道。在明知自己可能会遇到危险的情况下，还能考虑到他人，实在是君子啊！

35 俭啬老人

汉世有人，年老无子，家富，性俭啬。恶衣蔬食[1]。侵晨[2]而起，侵夜而息。营理产业，聚敛无餍[3]，而不敢自用。或人[4]从之求丐者，不得已而入内取十钱[5]，自堂而出，随步辄减[6]，比[7]至于外，才余半在，闭目以授乞者。寻[8]复嘱云："我倾家赡[9]君，慎勿他说，复相效而来！"老人俄死，田宅没官[10]，货财充于内帑[11]矣。

——《笑林》

一、注释

[1]恶衣蔬食：穿破旧的衣服，以蔬菜为食物。

[2]侵晨：天快亮时。侵，接近。

[3]餍（yàn）：满足。

[4]或人：有的人。

[5]十钱：十枚铜钱。

[6]随步辄（zhé）减：随着脚步减少（准备给乞者的钱）。辄，就、立即。

[7]比：等到。

[8]寻：不久，形容时间短。

[9]赡：资助。

[10]没官：被官府没收。

[11]帑（tǎng）：古代指收藏钱财的府库或钱财。

二、参考译文

汉朝时有一个人，年老了还没有儿子，他家很有钱，但他生性节俭吝啬。他穿破旧的衣服，以蔬菜为食物，很早就起床干活，很晚才睡觉。他忙于经营自己的产业，贪婪地赚钱毫不知足，但是自己却舍不得花。有一个人向他乞讨,他实在没办法了才进屋取了十枚铜钱。从屋里出来,他边走边减少给乞丐的钱,等到了屋外,钱只剩下一半了。他闭着眼睛把钱给了那个乞丐,然后又说道:"我把我的家产全都给了你,千万不要向他人说我有钱,免得别人也像你一样向我讨钱。"不久老人死了,房屋土地被官府没收,钱财货物都充了公。

三、勤学善思

1. 文学作品里有很多吝啬鬼,比如严监生、卢至、泼留希金和葛朗台等,你知道他们的故事吗?

2. "攥紧拳头,里面空空如也;张开双臂,世界尽在怀中。"这句话是什么意思? 你是否同意? 为什么?

四、解读延伸

古今中外的文学作品中有很多吝啬鬼,比如欧洲文学长廊中的四大吝啬鬼:迂腐的泼留希金、凶狠的夏洛克、多疑的阿巴贡、狡黠的葛朗台。在中国文学史上,庄子笔下的监河侯、吴敬梓笔下的严监生都是极度吝啬的家伙。在陈忠实的《白鹿原》中也有一个非常吝啬的家伙叫黄老五,他从早到晚监督长工们干活儿,大热天中午也不让休息,给他们吃最粗糙的食物。不仅如此,他还让长工们吃过饭以后把饭碗给舔干净:

"……说罢就扬起碗作示范。他伸出又长又肥的舌头,沿着碗的内沿,吧唧一声舔过去,那碗里就像抹布擦过了一样干净。一下接一下舔过去。双手转动着大瓷粗碗,发出一连串狗舔食时一样吧唧吧唧的响声,舔了碗边又扬起头舔碗底儿。黄老五把舔得干净的碗亮给他看:'这多好! 一点也不糟践粮食。'"

我们提倡节俭,但是绝不赞成吝啬。节俭是针对自己,吝啬则扩及他人。这个故事里的老人穿破旧的衣服,吃粗劣的饭菜,这是节俭。但是,拥有巨大财富的他在帮助乞丐的时候连十枚铜钱都舍不得给,给了几枚铜钱还煞有介事地说为此倾家荡产,这就是吝啬鬼,是守财奴。老人还生怕自己给钱的事迹传出去,会有别人来要钱,真是典型的吝啬鬼啊! 虽然钱财是自己所有的东西,我们也提倡金钱自主的观点,但是我们更歌颂那些慷慨又善良的人。如果每个人都一毛不拔,毫无温情,那这个世界会多么冰冷啊!

艰苦朴素是中华民族的传统美德,乐于助人是每个人应当具备的高尚品质,中华民族历史上从来不缺乏这样的人:范仲淹一生帮助穷困潦倒的人,虽最高做到参知政事(副宰相),但是去世以后连丧葬的钱都没有。北大之父蔡元培先生做北大校长和教育总长多年,1940年去世的时候身无分文,连医疗费和丧葬费都是朋友们凑的钱解决的。白方礼馒头就咸菜过日子,却把20年里蹬三轮积攒的35万元钱全部捐资助学了……这些人,都是国家的楷模,民族的脊梁。

　　故事中的老人舍不得吃,舍不得穿,更舍不得施舍和帮助别人,辛苦一生积累的财富死后都被官府没收了——他就是一个可笑的挣钱机器。

36 王罴[1]俭率

罴性俭率,不事[2]边幅。尝有台使[3]至,罴为[4]设[5]食,使乃裂去薄饼缘。罴曰:"耕种收获,其功已深,舂爨[6]造成,用力[7]不少。尔之选择,当是未饥。"命左右撤去之。使者愕然大[8]惭。又客与罴食瓜,客削瓜皮,侵肉稍厚,罴意嫌之。及瓜皮落地,乃引手就地取而食之。客甚愧色。

——《北史》

一、注释

[1]王罴:(? —541 年),字熊罴,京兆郡霸城县(今陕西省大荔县)人,北魏至西魏时期名将。

[2]事:修,这里指整理。

[3]台使:六朝时指朝廷使者,唐朝时指未正名的监察御史。

[4]为:给。

[5]设:摆设。

[6]舂爨(chōng cuàn):舂米与做饭。爨,烧火做饭。

[7]用力:花费精力。

[8]大:十分。

二、参考译文

王罴为人俭朴直率,不修边幅。曾经朝廷派来一位使者,王罴为他设下饭肴招待,使者竟然把薄饼的边缘撕去丢掉。王罴说:"耕种收获,需要付出很多劳动;把粮食去壳捣碎再做成食物,又要花费不少力气。你在这儿挑挑拣拣,想必是肚子不饿。"命令随从将饭肴撤走。使者非常惊愕又十分惭愧。

又一次,一位客人与王罴一起吃瓜,客人削掉瓜皮的时候连一部分瓜肉都削去了,王罴不高兴。等到瓜皮落到地上的时候,王罴伸手从地上拣起瓜皮吃掉了。客人看到之后感到很惭愧。

三、勤学善思

1. 台使是朝廷派来的人,王罴直接就把食物给撤掉了,这表现了他的什么性格特点?

2. 古人有很多爱惜粮食的诗词和故事,你知道哪些?

3. 现在社会发展了,物质丰富了,有人说"家大业大,浪费点没啥",你怎么看?

四、解读延伸

勤俭节约是中华民族的传统美德,无论物质匮乏的时代还是物质丰富的当下,都应当牢记"一粥一饭当思来之不易,一丝一缕恒念物力维艰",提倡艰苦朴素,反对铺张浪费。

王罴官高位显,俸禄优厚,在这样的情况下能保持勤俭节约确实难能可贵。有些人能铭记贫穷生活的经历,并以此自励,范仲淹就是榜样。而另一些人虽然曾经经历过贫穷困顿的生活,一旦富贵通达,常常会忘记过去,甚至认为过去受太多苦了,现在物质条件好了,该弥补一下。于是,他们大肆铺张浪费,甚至贪污受贿,搜刮民脂民膏,最终锒铛入狱或者走上断头台,落下千秋骂名。

朝廷使者到地方检查,地方官一般都战战兢兢,唯恐得罪他们。但是王罴却不这样,他秉性耿直,对使者浪费粮食的行为直接还击———撤掉饭菜。一方面体现了王罴不媚上的性格,一方面也说明他爱惜民力,关心百姓疾苦。

吃瓜皮的事情和罢宴相对照,说明王罴的耿直和节俭是他的习惯,而不是一时兴起。使者不能体会百姓的辛苦,王罴直接把饭菜都撤掉了,做得很决绝,给人印象很深刻。而他不满客人削掉果肉,直接把瓜皮捡起来吃了,是用自己的行动给对方以劝诫。

无独有偶,王安石当宰相时,一个姓萧的亲戚来拜望他。王安石招待的是粗茶淡饭,这个姓萧的亲戚也是富豪之家,见到这样粗劣的饭食自然难以下咽,只吃了胡饼中间的一小部分,把四边都留下了。王安石把剩下的饼拿过来自己吃了。王安石官至宰相,有奢华生活的条件和能力。但是他勤俭节约,连剩下的饼也自己拿过来吃。当一个人艰苦的时候节俭是可贵的,当一个人飞黄腾达的时候依然保持本心更加不容易。

国家发展了,百姓富裕了,铺张浪费的观念和现象也随之出现了。有人说,我们国家地大物博,资源丰富,浪费点怕啥。地大物博是没错的,但是人口众多,人均占有资源并不多。还有人说,家大业大,浪费点没啥。再大的家业也有败落的时候,再多的钱财也有花光的时候,就是沈万三那样的财主又能支撑多少年? 更何况我们普通的家庭?

人越追求物质生活享受就越靠近动物性,并且容易养成贪婪、吝啬等毛病。社会进步了,人们理当享受它带来的物质和精神财富,但是对物质的追求要适可而止,对精神的追求则永无止境。

37 蔡磷还财

蔡磷，字勉旃，吴县人。重[1]诺责[2]，敦[3]风义[4]。有友某以千金寄之，不立券。亡何[5]，其人亡。蔡召其子至，归之。愕然不受，曰："嘻！无此事也，安有寄千金而无券者？且父未尝语我也。"蔡笑曰："券在心，不在纸。尔翁[6]知我，故不语郎君。"卒[7]辇[8]而致之。

——《清稗类钞》

一、注释

[1]重：以……为重。

[2]诺责：诺言和责任。

[3]敦：重视。

[4]风义：情谊、风格和节操。

[5]亡何：不久。

[6]翁：父亲。

[7]卒：最终。

[8]辇(niǎn)：车子，这里是"用车子运"的意思。

二、参考译文

蔡磷，字勉旃，吴县人。他重视诺言和责任，重视朋友之间的情谊。有一个朋友寄放了千两白银在他那儿，没有立下任何字据。不久，他的朋友死了。蔡磷把他朋友的儿子叫来，要把白银还给他。他朋友的儿子非常吃惊，不肯接受："哎呀！没有这样的事情！哪里有寄放千两白银却不立字据的人？而且我父亲也从来没有告诉过我。"蔡磷笑着说："字据是在心里，不是在纸上。你的父亲了解我，所以不告诉你。"最终蔡磷用车子把银子运送给他。

三、勤学善思

1. 签订契约也会背弃，不签订契约也有人守诺，谈谈古人的诚信守诺在现代生活中的作用。

2. 古人重义轻利，你知道关公为什么被奉为财神吗？

3. 蔡磷要把银子归还给友人的儿子，但是他却"愕然不受"，表现了这位友人的儿子什么品格？

4. "不贪占别人的便宜，自己就不会吃亏上当。"你同意这句话吗？为什么？

四、解读延伸

轻财重义是古人的传统，如果违背道义传统获取财物，那就叫"不义之财"。《三国演义》里有三绝：诸葛亮的智绝、曹操的奸绝和关公的义绝。做生意的人讲究"义里求财真君子"，所以关公慢慢就成了商人崇拜的财神。曹操称关羽："事君不忘本，天下义士也。"关羽还是晋商文化代言人，这也奠定了他被称为财神的基础。

友人把千金之财寄放在蔡磷这里，没有证人也没有契约字据，更没有给自己的儿子提起过这件事。这不仅说明蔡磷的人格清正，还说明他的朋友能识人。如果不是信得过，怎么会不立字据而存放千金呢？如果不是信得过，又怎么会不跟儿子提一声呢？友人相信蔡磷会如约归还，相信蔡磷的君子之德，所以没有走任何的程序，甚至连一句叮嘱都没有。

世上有很多见利忘义的人，也不缺像蔡磷这样能坚守底线抵制诱惑的人。金钱、美色、权力、声望等都是试金石，有些人面对小财微利尚可瞻前顾后，但是当诱惑越来越大的时候，他们可能铤而走险，丧失人格底线，败下阵来，甘作俘虏。千金之财绝非小数目，完全可以改变人生，而且天知地知你知我知，没凭没据，即使蔡磷私吞了也不会有人知道，但他没有，这可以看出其品格多么高尚！

当蔡磷通知友人的儿子前来，要归还他财物的时候，友人的儿子什么表现呢？拒绝！理由还很充分：一是哪有存这么多钱不立字据的？二是他父亲并没有给他讲过存钱这件事情！友人的儿子看到这笔巨款，第一反应不是贪婪，不是占有，而是拒绝。这不仅仅是友人的儿子清正为人的体现，友人的家庭教育由此也可见一斑！如果是一个投机钻营的人，他会怎么做？如果是你，你会怎么做？如果你是蔡磷，你又会怎么做？

蔡磷很清正，友人很睿智，也许正因如此才有蔡磷还财，才有友人的儿子拒财。物以类聚，人以群分。君子之交，不过如是。

"千金"究竟是多少钱呢？先秦时期常以黄铜为金，千金是一千斤黄铜。汉代以一斤金为一金，值万钱。《清稗类钞》所记，上起清顺治皇帝，下至宣统皇帝。而清代以白银和铜钱为流通货币，以此推测"千金"多半指白银。又根据蔡磷用车子运送这些钱，说明未必只有千两，"千金"在此当指很多钱。

38 刮目相看

初，权[1]谓吕蒙[2]曰："卿今当涂[3]掌事[4]，不可不学！"蒙辞[5]以军中多务。权曰："孤岂欲卿治经[6]为博士[7]邪[8]！但[9]当涉猎[10]，见往事[11]耳。卿言多务，孰若[12]孤？孤常读书，自以为大有所益。"蒙乃始就学。

及鲁肃过寻阳[13]，与蒙论议，大惊曰："卿今者才略[14]，非复吴下阿蒙[15]！"蒙曰："士别三日，即更[16]刮目相待[17]，大兄[18]何见事[19]之晚乎！"肃遂拜蒙母，结友而别。

——《资治通鉴》

一、注释

[1]权：孙权（182年—252年），字仲谋，吴郡富春（今浙江富阳）人，三国时吴国的创建者，黄龙元年（222年）称王于武昌（今湖北鄂城），国号吴，不久迁都建业（如今在江苏南京），229年称帝。

[2]吕蒙（178年—220年）：字子明，三国时吴国名将。汝南富陂（今安徽省阜南县东南）人，东汉末孙权手下的将领。

[3]当涂：当道，当权。当，掌管，主持。"涂"通"途"，道路，仕途。

[4]掌事：掌管政事。

[5]辞：推托。

[6]治经：研究儒家经典。治，研究。经，指《周易》《诗经》《尚书》《礼记》《春秋》等书。

[7]博士：古代专门掌管经学传授的学官。

[8]邪（yé）：后写作"耶"，语气词，表示反问或疑问的语气。

[9]但：只，仅。

[10]涉猎：粗略地阅读。

[11]见往事：了解历史。见，了解。往事，指历史。

［12］孰若：与……相比如何；谁像（我）。孰，谁，哪个；若，比得上。

［13］寻阳：县名，在湖北黄梅西南。

［14］才略：（军事方面或政治方面的）才干和谋略。

［15］吴下阿蒙：指在吴下时的没有才学的吕蒙。吴下，一种说法是指吴县，在如今江苏苏州。另一种说法认为，应当指当时的吴郡，编者倾向于后者。阿蒙，指吕蒙，名字前加"阿"，有亲昵的意味。现指才识尚浅的人。

［16］更（gēng）：另外，重新。

［17］刮目相待：另眼相看，用新的眼光看待。刮目，擦擦眼睛。待，对待，看待。

［18］大兄：长兄，这里是对同辈年长者的尊称。

［19］见事：认清事物。见，认清，识别。

二、参考译文

当初，孙权对吕蒙说："你现在当权掌管事务，不可以不学习！"吕蒙拿军中事务繁多来推托。孙权说："我难道想要你研究儒家经典，成为学官吗？我只是让你粗略地阅读，了解历史罢了！你说军务繁多，谁能比得上我！我经常读书，自己认为很有好处。"吕蒙于是开始学习。

等到鲁肃路过寻阳的时候，和吕蒙一起谈论议事，鲁肃十分吃惊地说："你现在的才干和谋略，不再是原来的那个吴地的阿蒙了！"吕蒙说："读书人分别几天，就该刮目相看了，长兄你认识事物怎么这么晚呢！"鲁肃于是拜见吕蒙的母亲，和吕蒙成了好朋友，之后才分手作别。

三、勤学善思

1. 本文通过什么样的手法表现吕蒙学习之后进步很大？
2. "士别三日，当刮目相待"，读书学习在哪些方面能改变人？
3. 鲁肃为什么要和吕蒙成为朋友？你交朋友的目的和原则是什么？

四、解读延伸

《笑林》中记载了这么一个故事：一个鲁国人拿着长竿进城，竖着进不去，横着也进不去。这时候来了一个老头对他说："我虽然不是圣人，但是见多识广，你为什么不把它从中间锯断再进去呢？"庄子说："吾生也有涯，而知也无涯。"世界如此丰富，如果仅靠自身的经验积累认识世界，那是远远不够的，就像那个自以为见多识广的老头，提出把长竿锯断的愚蠢方法一样。要想更加全面深入地了解这个世界，就要不断地读书。书籍是人类智慧的结晶，通过读书获得进步也是最快的一条途径。但是读死书也不好，可能会像老头一样，弄出这样让人啼笑皆非的事情。

吕蒙重武轻文，十五六岁开始跟着姐夫邓当打仗，屡建战功。所以当孙权劝吕蒙读书的时候，他以军务繁忙为借口推托。好在孙权以自身经历说服吕蒙，吕蒙才开始读书。没想到他不仅带兵打仗很在行，读书进步也很快，没有多久就让鲁肃刮目相看了。要知道，鲁肃可是东吴文武双全的战略家、外交家！吕蒙虽然之前找借口推脱读书，但是经过孙权的劝说，他能放下偏见，努力刻苦去读书。这样的转变是大多数人做不到的。世界上存在各种各样的偏见，不是所有人都能放下偏见去正视一件事情的。很多人被劝说之后大概率是敷衍，而后一笑了之。吕蒙不仅听进去了劝说，而且端正态度去学习，去弥补自己不足的地方，这种精神我们每个人都应该去学习。

不想做一件事，总有很多理由，而要做一件事则不需要理由。俗话说：人怕干活儿，活儿怕人干。有些事情、有些困难并不像我们想象得那样艰难，重要的是要我们动手去做。吕蒙刚开始推脱读书的时候，也没有想到自己的进步能这么大吧？一旦走出了第一步，后面的事情就变得容易起来了。二万五千里长征难不难？路途遥远而艰险，武器、粮食极度匮乏，前有堵截后有追兵，天上有飞机轰炸……但是，扛着大刀梭镖、打着绑腿、穿着草鞋的红军战士英勇无畏地完成了这一历史壮举！路是一步步走出来的，饭是一口口吃下去的，书也是一页页翻过去的，所需要的只是行动、行动、行动！剩下的，就交给时间吧！

39 文侯乐音

魏文侯[1]与田子方[2]饮,文侯曰:"钟声不比[3]乎?左高[4]。"田子方笑。文侯曰:"何笑?"子方曰:"臣闻之,君明乐官[5],不明乐音。今君审于音,臣恐其聋于官也。"文侯曰:"善。"

——《战国策》

一、注释

[1]魏文侯:(前472年—前396年),姬姓魏氏,名斯(一名都),安邑(今山西夏县)人,魏桓子之孙。是魏国百年霸业的开创者,战国时期魏国开国君主。

[2]田子方:名无择,学于子贡,为魏文侯师。

[3]不比:不和谐,不协调。

[4]左高:左面的声音高。一种说法是,当时宫中乐器大多为编钟,应该是左边的编钟挂得高了,声音不和谐。

[5]乐官:以治官之事为乐。

二、参考译文

魏文侯与田子方饮酒,文侯说:"编钟的乐声不和谐吧,左边高。"田子方笑了。魏文侯问:"你笑什么?"田子方说:"臣下我听说,贤明的国君以选拔人才为乐,而不贤明的国君才以欣赏音乐为乐。现在国君您精通音乐,我担心您会疏忽了选用人才。"魏文侯说:"说得好!"

三、勤学善思

1.南唐后主李煜善词作而国亡,宋徽宗善书法而国亡。你还知道历史上有哪些"不务正业"的故事?

2.你认为田子方的话是否有道理?为什么?

3.你赞同"多才多艺"还是"术业有专攻",为什么?

四、解读延伸

孔子说:"不在其位,不谋其政。"言外之意,在其位一定要谋其政。但是历史上有很多皇帝君临天下,想的却不是治国理政,而是典型的不务正业:北齐后主高纬喜欢当乞丐,他在后宫的华林苑设立了贫穷村舍,令人穿上破衣烂衫当乞丐,自己也参与其间;晋怀帝喜欢杀猪,他让王宫里的人和他一起杀猪卖酒;宋徽宗赵佶喜欢书法绘画,南唐后主李煜喜欢填词作曲,明熹宗朱由校喜欢当木匠盖房子……

如果不当皇帝,晋怀帝就是一个好屠夫,据说他用手掂量一下就知道肉有几斤几两,分毫不差。如果不当皇帝,赵佶就是个好的画家和书法家,他的瘦金体独步天下。如果不当皇帝,李煜就是很不错的词人,朱由校就是个很不错的木匠。可惜的是,他们占着皇帝的位置却没有干皇帝应该干的事情。农夫要种好庄稼,渔夫要捕好鱼,老师要教好书,工人要做好工,只有把自己的事情做好了,才能再谈别的,否则就是不务正业。不务正业听起来似乎没那么糟糕,但是要知道,身处一个位置却不做好自己的本职工作是一件很可怕的事情。宋徽宗被掳入辽,受尽屈辱;南唐后主李煜被宋俘虏,弄得国破人亡;明熹宗朱由校因为宠信魏忠贤造成党争祸国的后果……

人的精力有限,时间有限,才学有限,所以历史上全才很少,苏轼算一个,但专才很多,文学家、哲学家、科学家、政治家、军事家等不可胜数。人生不过百年,能在某一领域做出突出(杰出)贡献已经很不容易了。人生在世,不用去追求十全十美,各方面都要做到最好。要找到适合自己的最愿意为之奋斗一生的事业和理想,忠于人生忠于自己,这样才是最好的。我们不反对拓展自己的知识,但是本职工作一定要适合自己,一定要做好。

田子方听到魏文侯谈论乐曲,仅此一句,他便眼光长远地考虑到国君治国的问题,不得不说真是考虑深远、忧国忧民啊!这可能就是臣子的细心和敏感吧!为人臣子,应当时时刻刻关注国家的情况,关注国君的情况。田子方无疑做到了这一点。

从历史上看,魏文侯和前文的齐景公一样特别善于听取别人的意见,魏国也是从他这里开始强大起来的。一个能听纳谏言的国君也是一个国家的幸运啊!

40 黄犬之叹

使者来,会[1]职责相下吏,高皆妄为[2]反辞[3]以相傅会[4],遂具[5]斯五刑[6],论腰斩咸阳市。斯出狱,与其中子俱执[7]。顾谓其中子曰:"吾欲与若[8]复牵黄犬,俱出上蔡东门逐狡兔,岂可得乎!"遂父子相哭。

——《资治通鉴》

一、注释

[1]会:正当。

[2]妄为:捏造。

[3]反辞:谋反的罪状。

[4]傅会:把不相干的事物说成有关系,或本来没有这个意思说成有这个意思。这里指赵高捏造李斯的儿子李由造反。

[5]具:写出,写下。

[6]五刑:指墨(刺配)、劓(割鼻子)、剕(斩削犯人的脚)、宫(阉割)、大辟(处死)。

[7]执:押解。

[8]若:你。

二、参考译文

(调查李由的)使者回来,正逢李斯受审。赵高捏造李由谋反罪名,并把父子二人所有证据合在一起。于是写下李斯各种罪状,判决在咸阳街市腰斩。李斯走出监狱,与次子一同被押解。李斯回头对次子说:"我真想和你再牵上黄狗,同出上蔡东门追逐狡兔,但哪儿能办得到!"于是父子相对痛哭。

三、勤学善思

1. 想象一下李斯说最后那段话时的心情,用自己的话描述一下。
2. 你如何理解"少时总觉为官好,老来始知行路难"这句话?
3. 查阅历史资料回答:李斯之死的真正原因是什么?

四、解读延伸

李斯是秦朝著名的政治家,为相约14年。正是在他的谋划下,秦朝开始实行郡县制,统一货币、文字和度量衡,对中国第一个集权制的封建王朝秦朝统治起到了巨大的推动作用,也从此奠定了两千多年封建制国家的框架和基础。李斯当年做小吏的时候,看见厕所里的老鼠吃粪便还要躲着人和狗,官仓里的老鼠却当着人的面肆无忌惮地吃粮食,他非常感慨。后来他为了追求名利不择手段,比如逼死嬴政长子扶苏、大将蒙恬以及同学韩非子等。这与他早期见惯人情冷暖的经历不无关系。不可否认,李斯为秦朝的发展做出了很大的贡献,但是秦始皇去世后的朝堂动荡也跟他不无关系。

李斯之死是权势倾轧的结果,当时秦二世胡亥昏庸无能,李斯想独揽大权,这就与赵高、姚贾等人发生了冲突。所以,赵高找人组织罪名陷害李斯。李斯以为凭自己的地位和对秦朝的贡献可以让胡亥网开一面,赦免自己。他在狱中写了很多信,但是秦朝法令,狱中囚犯不得上奏冤情,李斯也不例外,他写给胡亥的信都被赵高给截留了。所以最后只能走上刑场。赵高作为宦官,企图把持朝政。他先同李斯合谋逼死了嬴政培养的长子扶苏,拥立幼子胡亥为帝。接着过河拆桥,设计陷害李斯,逼胡亥自杀,企图称帝。可惜诸臣不同意,赵高只能立子婴。子婴深知赵高的罪行,在上位之后第一时间诛杀赵高,夷其三族。

腰斩是历史上很残忍的一种刑罚,李斯是受这一刑罚的第一人。最后一个是清朝的俞鸿图,他因为科场弊案被腰斩。当时俞鸿图并未完全断气,上半身蘸着自己的血写了七个半"惨"字。皇帝可能觉得太残忍,于是废除了这种死刑。

俗话说伴君如伴虎。在民主和法制不甚发达和健全的时代,生杀予夺全在皇帝一人之手,加上贪官污吏横行作祟,所以即使像李斯这样的人也无法掌握自己的命运,更何况普通百姓?! 所以,当李斯走上刑场的时候,他想过老百姓那种牵狗猎兔的悠然生活也不可能了。除了几次所谓的"中兴""盛世"出现过很短的安乐太平日子，老百姓大部分时间都生活在水深火热之中。就在李斯死后不久，秦朝就灭亡了。这跟秦二世昏庸、宦官专权有很大的关系。秦末战争从公元前209年到公元前202年西汉建国初期，共历八年。秦朝末年有2000多万人，到汉初，原来的万户大邑只剩下两三千户，损失了原来人口的70％，一些大城市人口剩下原来的十分之二三了！

41 慧眼识人

山公[1]与嵇、阮[2]一面，契若金兰[3]。山妻韩氏，觉公与二人异于常交，问公，公曰："我当年可以为友者，唯此二生耳。"妻曰："负羁之妻亦亲观狐、赵[4]，意欲窥之，可乎？"他日，二人来，妻劝公止之宿，具酒肉。夜穿墉[5]以视之，达旦忘反。公入曰："二人何如？"妻曰："君才致殊不如，正当以识度相友耳。"公曰："伊辈亦常以我度为胜。"

——《世说新语》

一、注释

[1]山公：山涛（205年—283年），字巨源。河内郡怀县（今河南武陟西）人。三国至西晋时期名士、政治家，"竹林七贤"之一。他每选用官吏，皆先秉承晋武帝意旨，且亲作评论，时人称之为"山公启事"。山涛前后选举百官，都能选贤用能。

[2]嵇、阮：嵇康和阮籍。嵇康（224年—263年，一作223年—262年），字叔夜，谯国铚县（今安徽省濉溪县）人。三国时期曹魏思想家、音乐家、文学家。阮籍（210年—263年），三国时期魏国诗人，字嗣宗，陈留尉氏（今河南开封）人。"竹林七贤"之一。曾任步兵校尉，世称阮步兵。

[3]金兰：原指牢固而融洽的友情，后来用作结拜为兄弟姐妹的代称。

[4]负羁之妻亦亲观狐、赵：典出《左传·僖公二十三年》，指晋公子重耳遭骊姬之谗，流亡到曹国。曹大夫僖负羁的妻子仔细观察了他的随从狐偃、赵衰后认为他们都是相国之才，一定能帮助重耳回国，并成为霸主。

[5]穿墉（yōng）：打破墙壁。墉，高墙。

二、参考译文

山公（山涛）和嵇康、阮籍一见面，就情投意合。山涛的妻子觉得丈夫和这两个人的交往非比寻常,就问他怎么回事,山公说:"眼下可以作为我朋友的,只有这俩人了。"妻子说:"从前僖负羁的妻子也曾亲自观察过狐偃、赵衰,我也想看看他们,可以吗?"有一天,二人来了,妻子劝山公留他们过夜,给他们准备了酒肉。晚上,她打通墙壁去观察这两个人一直到天亮,都忘记回来了。山公过来问道:"你觉得这二人怎么样?"妻子说:"你的才智情趣比他们差得太远了,只能以你的见识气度和他们交朋友。"山公说:"他们也总认为我的气度胜过他们。"

三、勤学善思

1. 山涛、嵇康、阮籍为什么因一面之缘就成了朋友?

2. 山涛的妻子观察嵇康和阮籍,为什么"达旦忘反"?

3. 山涛的妻子认为山涛的气度见识超过嵇康和阮籍,这与他二人对山涛的评价非常契合,这说明了什么?

四、解读延伸

曹魏时期,嵇康、阮籍、山涛、向秀、刘伶、王戎及阮咸七个人经常在河南焦作修武县一代的竹林里纵酒狂歌,放浪形骸,世人称之为"竹林七贤"。这七个人当中,阮籍、阮咸、山涛、向秀是河南老乡,阮籍和阮咸是叔侄,山涛和向秀是同县。嵇康和刘伶都是安徽人,王戎是山东人。因为这几个人不仅喜欢喝酒清谈,还喜欢写作讽刺朝廷,所以为后来的司马氏不容。后来嵇康被杀,阮籍佯狂避世,王戎、山涛则投靠司马朝廷,"竹林七贤"最后各散西东。

据《晋书·嵇康传》记载:"(嵇康)所与神交者惟陈留阮籍、河内山涛。"为什么山涛和阮籍、嵇康仅一面之缘就成了好朋友呢?可以用另外一个例子来佐证——一见钟情。有研究表明,一见钟情其实是比较可靠的。因为在"一见"之前每个人心里对自己未来的那一半有了比较固化的标准:身高、容貌、气质甚至服饰爱好等,一旦符合内心要求,就免不了"钟情"于他(她)了。苏轼说,腹有诗书气自华。每个人都因为自己的经历、学识以及其他修为形成自己的气质,这种气质会表现在举手投足之间,看似无形,却会实实在在地影响到其他人。这也许就是他们三人一见面就成为好朋友的原因吧!

41
慧眼识人

097

山涛的妻子观察嵇康和阮籍一整夜，甚至到了天亮都忘记回去了。为什么呢？一来说明她观察得很仔细，也只有这样才能得出后面那样准确的结论。二来说明两个人确实有素养有内涵，不是那种浅薄得一眼就可以看穿的人。

阮籍和嵇康都是大才子，是名垂千古的人。而山涛的妻子对三个人的评价和阮、嵇二人不谋而合，说明她和僖负羁的妻子一样具有一双能识人的慧眼。

从三个人的生平看，山涛在曹魏政权结束后效力于司马氏的晋朝，官做得很大。而嵇康宁折不弯，坚决不与司马朝廷合作。山涛不做选官（相当于唐以后的礼部侍郎）后，举荐嵇康接任，嵇康写下《与山巨源绝交书》，拒绝出仕。他的这种态度遭到忌恨，后因为朋友吕安作证被钟会陷害，慨然赴死。阮籍既不像山涛那样出仕做官，也不像嵇康那样刚直不阿。他也不跟司马氏合作，但是采用的方法是装糊涂：权臣钟会询问对政事的看法，他装醉；司马昭找他聊天，他玄言深远，不着边际；司马昭想跟他联姻，他大醉六十多天，最终不了了之。山涛活到七十九岁去世，嵇康四十岁，阮籍五十四岁。不管是曹魏政权还是司马氏政权，不能以是否服务朝廷来论气节，也不能以此来品评三人品格。山涛一生为官清廉，理政有方，侍母极孝，清贫而终，算得上是一个通达时务的好人。因此，说他气度见识要超过嵇康和阮籍还是有道理的。

山涛的妻子姓韩，不仅能识人，还有良好的品质。当初嫁给山涛的时候，山涛还没有做官，家里非常穷困。韩氏没有嫌弃山涛家徒四壁，而是和他一起安贫乐道。山涛后来位列三公，爵同千乘之君，但夫妻恩爱，从不养婢妾。不仅如此，还把俸禄赏赐都散给亲戚故人以接济他们，而自己清贫而终。

42 刘睦朝贺

睦[1]少好学，光武[2]及上皆爱之。尝遣中大夫诣京师朝贺，召而谓之曰：“朝廷设问寡人，大夫将何辞以对？”使者曰：“大王忠孝慈仁，敬贤乐士，臣敢不以实对[3]！”睦曰：“吁，子危[4]我哉！此乃孤幼时进趣之行也。大夫其对以孤袭爵以来，志意衰惰，声色是娱。犬马是好，乃为相爱耳。”其智虑畏慎如此。

——《资治通鉴》

一、注释

[1]睦：刘睦，为北海靖王刘兴之子，生年不详，卒约汉明帝永平十七年。少好学，博通书传。

[2]光武：汉光武帝刘秀（公元前5年—公元57年），字文叔，南阳郡蔡阳县人。汉高祖刘邦九世孙，东汉建立者（公元25年—57年在位）。

[3]对：回答。

[4]危：危害。

二、参考译文

刘睦自幼喜爱读书，光武帝和明帝对他都很宠爱。他曾派中大夫进京朝贺，召这位使者前来，对他说：“假如朝廷问到我，你将用什么话回答？”使者说：“大王忠孝仁慈，尊敬贤才而乐与士子结交，我怎敢不据实回答！”刘睦说：“唉！你可要害我了！这只是我年轻时的进取行为。你就说我自从袭爵以来，意志衰退而懒惰，以淫声女色为娱乐，以犬马狩猎为爱好。你要这样说才是爱护我。”刘睦就是这样聪明多虑和小心谨慎。

三、勤学善思

1. 刘睦为什么认为中大夫的表扬会害了自己？

2. 当皇帝知道刘睦沉溺于声色犬马会怎样？

3.《三国演义》里有"青梅煮酒论英雄"的故事，请阅读并思考：为什么刘备要装作害怕雷声？

四、解读延伸

木秀于林风必摧之，这是前人总结出来的一点经验：才能学识既可以帮助一个人实现理想抱负，但同时也可能招致祸患。三国时期的祢衡很有些才学：嫌刘表写的奏章不严密，挥笔立就；在黄祖那里处理文书，黄祖也佩服得五体投地。但是无论挟天子以令诸侯的曹操还是割据一方的霸主都被他骂过，因为这些都不入他的法眼。曹操很奸诈，他不想背上杀才子的骂名，把祢衡给了刘表，刘表受不了祢衡又把他送给黄祖，黄祖受不了就把他杀了，祢衡死的时候只有二十六岁。祢衡这辈子最佩服两个人，一个是孔融，一个是杨修。孔融才情盖世，曹丕认为他的文学水平可以和扬雄、班固比肩。杨修也是当时名士名臣，才思敏捷，洞察世事。但是这两个人都恃才放旷，最后被曹操找了个借口处死。孔融死的时候四十五岁，杨修死的时候三十四岁。

作为皇帝，为了稳固自己的统治，既要选拔任用有才德、有能力的人，又要时刻提防他们。没有这些人，国家没法治理，但是这些人实力太强，拥兵自重甚至独霸一方也影响皇帝统治。七国之乱、安史之乱、王敦之乱、三藩之乱等，从皇亲国戚到文臣武将，这种事情防不胜防。因此，上至宫廷，下至群臣，彼此之间的权力争斗是非常血腥和残酷的，像李世民这样的千古一帝也发动了玄武门之变，亲手射杀了自己的哥哥——当时的太子李建成。明成祖朱棣发动靖难之变，把自己的侄子当时的皇帝朱允炆赶下了皇位，自己当了皇帝。南唐后主李煜本来已经是宋太祖的阶下囚，但是因为酒宴上南唐旧臣抒发故国之思引起宋太宗不满，因此就赐毒药给李煜——就连亡国之君都难以幸免。

因此，不难理解刘睦为何让使者说谎——这是韬光养晦、寻求自保的一种方式。

刘睦从小博学多才,按文中所说又能礼贤下士,笼络人才,这是皇帝最担心的。所以他故意让使者说自己沉溺于声色犬马之中,把自己塑造成一个"废物",这样就不至于遭到皇帝猜忌,以便安稳度日。皇帝不在乎你花天酒地,怕的是你威望越来越大,势力越来越强,说不定哪一天就会取而代之。刘睦是非常明白这个道理的。

这不禁让人想起了以"乐不思蜀"而知名的蜀汉后主刘禅,他被俘以后迁往洛阳居住,靠装疯卖傻混得个无疾而终。后人因为"乐不思蜀"一词嘲笑刘禅,又怎知一个亡国之君还不如一个普通的阶下囚徒。靖康之变后徽、钦二帝被掳至金太宗完颜阿骨打陵寝前,赤身裸体披着血淋淋的羊皮,一步一磕头绕着陵墓一圈又一圈。

当然,以上所说都是历史上我国各民族之间的纷争,无关民族气节。在倭寇入侵、八国联军侵华等战争中,千千万万英勇无畏的中华儿女前赴后继,坚贞不屈,谱写了一曲曲壮烈的赞歌。寻求自保是每个普通人面临危险时的正常反应,但人毕竟是人,不同于动物,当人格底线和道德原则遭到挑战,或者被逼入绝境,也不要丧失舍命一搏的勇气。这个时候,恐惧和逃避都是没有用的,或许,反戈一击之后,正是柳暗花明。

43 卿卿我我

王安丰妇常卿安丰[1]。安丰曰："妇人卿婿,于礼为不敬,后勿复尔。"妇曰："亲卿爱卿,是以卿卿,我不卿卿,谁当卿卿[2]?"遂恒听之。

——《世说新语》

一、注释

[1]卿安丰:称安丰为卿。按照礼仪,妇人应以"君"称其夫,称"卿"是不敬。安丰:王戎。

[2]"亲卿"句:按礼法,夫妻要相敬如宾,而王妻认为夫妻相亲相爱,不用讲客套。卿卿:称你为卿。第一个卿是动词,称呼……为卿,第二个是代词,你。

二、参考译文

王戎之妻常以"卿"称呼王戎,(按照礼仪,妇人应以"君"称其夫,称"卿"是不敬。)王戎就说:"妻子用'卿'来称呼丈夫,从礼数上讲是不敬,往后不要再叫了。"妻子说:"亲你爱你,所以才称你为卿。我不称你为卿,还有谁可以称你为卿呢?"于是王戎只好听任她经常这样称呼自己。

三、勤学善思

1.古人对人际交往有比较严格的规定,请查阅资料,了解"三纲五常"的含义,你认为这些规定有什么积极的意义和不合理的地方?

2.称呼不当显得无礼,影响交流,请举例说明。

3.汉语的同音字、多音字、多义字等能组成很多有趣的句子,你能读准下面句子并理解它们的意思吗?

人要是行,干一行行一行,一行行行行行,行行行干哪行都行。要是不行,干一行不行一行,一行不行行行不行,行行不行干哪行都不行。

今天下雨,我骑车差点摔倒,好在我一把把把把住了!

来到杨过曾经生活过的地方,小龙女动情地说:"我也想过过过儿过过的生活。"

多亏跑了两步,差点没上上上上海的车。

用毒毒毒蛇毒蛇会不会被毒死?

校长说:"校服上除了校徽别别别的,让你们别别别的别别别的你非别别的!"

四、解读延伸

王戎是魏晋时期竹林七贤之一,出身琅琊王氏,父亲是曹魏凉州刺史王浑,世袭父亲的爵位贞陵亭侯。王戎从小聪慧过人,《世说新语》里记载的"王戎识李"的故事充分说明了这一点。不仅如此,他六七岁时到演武场看表演,当时笼中猛兽怒吼,旁人吓得乱跑,只有他安如泰山,不动声色。

王戎的一生颇有争议。他是竹林七贤之一,但是他和山涛都出仕为司马朝廷效力,并不像其他人一样远离官场,保持清高的品格。一生官场浮沉,虽然官也做得不小,但是几乎没有什么可圈可点的政绩。据《世说新语》记载,王戎还非常吝啬:侄子结婚,他送了一件单衣做贺礼,回头又讨要回来;家里的李子吃不完,要卖给别人又怕得了种子,于是就把李子的核挖了再卖;女婿向他借了点钱,女儿回家的时候他就没有好脸色,女儿赶快还了钱这才改变态度。

我国传统文化中对人际关系提出了一系列的原则,比如"三纲五常"就是封建礼教提倡的人与人之间的道德规范。"纲"本意是指网绳,这里是表率的意思。"三纲"是君为臣纲,父为子纲,夫为妻纲。"五常"指的是"礼、义、仁、智、信"。"三纲五常"目的在于建立一个君明臣贤、父慈子孝、夫和妻顺、兄友弟恭、朋友信义的和谐社会。但是每个统治者都按照自己统治的需要对此提出新的内容和要求,企图控制人们的思想行为,为自己的统治服务。所以,这些规定慢慢就变成了禁锢人们思想行为的牢笼。

家庭关系应该是和谐幸福而不是冰冷的,应该靠血缘和情感来维持,而不是法律制度。如果夫妻之间、父子之间、兄弟之间连称呼都要循规蹈矩、小心翼翼,那估计很难从家庭中得到真正的温暖和爱。通过这个小故事可以看出当时生活中一些规矩过于严苛而对人们造成的影响。王戎的妻子没有因礼教纲常就放弃自己称呼丈夫的权利，实在是一位开朗可爱的女子。

今天，我们已经很少受到如此严苛的要求，思想和行为都比较自由，家庭关系也和从前大不相同，夫妻、父子、兄弟、朋友之间比较自由和谐。但是恰当的礼貌用语是必不可少的，这显示了一个人必须具备的素质。"您好""谢谢""请""对不起""再见"是我们提倡的最基本的十字礼貌用语。在不同的场合与不同的人交往的过程中，我们还需要注意得当的称呼、自然的体态语以及礼貌用语，这不是繁文缛节，是营造和谐交往气氛必须具备的。所以，我们要辩证地对待传统文化，取其精华去其糟粕，既亲密又不毁坏规矩，明理知礼，亲疏得当，关系和谐。

44 食枣餐豆

王敦[1]初尚[2]主,如厕,见漆箱盛干枣,本以塞鼻,王谓厕上亦下果,食遂至尽。既还,婢擎金澡盘盛水,琉璃碗盛澡豆[3],因倒著水中而饮之,谓是干饭。群婢莫不掩口而笑之。

——《世说新语》

一、注释

[1]王敦:(266年—324年),字处仲,琅琊郡临沂县(今山东临沂)人,东晋将领、宰相、权臣。

[2]尚:仰攀婚姻,高攀。

[3]澡豆:我国古代民间洗涤用的粉剂,以豆粉添加药品制成,呈粉状,用以洗手、洗面,能使皮肤光滑。

二、参考译文

王敦刚和公主结婚时,上厕所时看见漆箱里装着干枣,这本来是用来堵鼻子的,王敦以为厕所里也摆设果品,便吃起来,竟然吃光了。出来时,侍女端着装水的金澡盘和装澡豆的琉璃碗,王敦便把澡豆倒入水里喝了,以为是干粮。侍女们都捂着嘴笑话他。

三、勤学善思

1. 王敦为什么会闹出这样的笑话?生活中我们该怎样避免这样的尴尬?

2. 据说孔子既问礼于老子,还向只有七岁的项橐请教,谈谈你对"学"与"问"的认识。

四、解读延伸

王敦出身于琅琊王氏家族,这是一个非常了不起的家族,自东汉的王吉开始到明清时期的1700多年里共出现了92位宰相以及包括王羲之、王戎在内的600多位文人名士,在政治管理、伦理道德、朝章国典、文学艺术方面产生了重要影响。但是即使出身这样有名的家族,王敦也闹了这么一个笑话。

为什么呢?

世界之大无奇不有,没有谁能通晓一切,即使孔子、老子这样的圣贤也会遇到不懂的问题,比如列子的"两小儿辩日"中,关于太阳到底是中午离地球更近还是早上离地球更近的问题,"孔子不能决也。"不知者不为过,不知者不为怪,看起来似乎也不能怪王敦。

但是,事实并非如此。王敦是犯了想当然的错误:枣子是吃的,豆粉也是吃的,这是常识。可是仔细想想,谁会在厕所里放吃的东西呢?为什么会在厕所里放吃的东西呢?如果王敦能再仔细琢磨琢磨,或者不懂不要装懂,问问别人,也许这个笑话就不会出现。

《雪涛谐史》上讲过一个笑话:一个北方人到南方做官,没见过菱角的他把菱角连皮都吞了下去。别人告诉他要剥壳,他遮掩说带壳吃清热。别人又问北方有菱角吗?他说前山后山到处都是。这最后一句彻底露了马脚。

人们常说,第一个吃螃蟹的人是英雄。原因就在于在他之前没有人尝试过这件事,谁也不知道会不会把自己毒死,这是开拓者的骄傲。但是人类之所以能发展到今天,就在于不断积累和借鉴前人的经验。不懂装懂有时候会闹笑话,有时候会丢命,甚至有时候会亡国灭种。

赫拉克利特说,人不能两次踏入同一条河流,这真是一句至理名言:当你第二次踏入那条河流的时候,当初的河水早已经流走,甚至连一些泥沙也已经带走,这和你第一次踏入的河流显然不是同一个了。世界上万事万物随时都在变化之中,如果仅凭经验办事,那就和刻舟求剑差不多。

王敦这个人非常有个性,他曾当众表演击鼓,面色自若。有一次石崇请王敦吃饭,让美女劝酒,王敦不喝。石崇接连杀掉了三个劝酒的美女,但是王敦依然如故。当时有个人叫潘滔,字阳仲,博学多才,他曾经对王敦说:"你蜂目已露,但豺声未发。今后一定会吃人,也一定会被别人吃掉。"没想到一语成谶,王敦后来做了宰相,以诛奸臣为名,起兵攻入京师,尽掌朝政内外大权,完全没把皇帝放在眼里。由于犯上作乱,诛杀异己,他死后尸体还被挖出来砍头示众,一生浮沉若是,实在令人感叹不已!

45 陶母退鲊

陶公[1]少时作鱼梁吏[2]，尝以坩鲊[3]饷母[4]。母封鲊付使，反书[5]责侃曰："汝为吏，以官物见饷[6]，非唯不益，乃[7]增吾忧也。"

——《世说新语》

一、注释

[1]陶公：陶侃(kǎn)，东晋名将，据传为陶渊明的曾祖父。

[2]鱼梁吏：管理河道及渔业的官吏。

[3]坩鲊(gān zhǎ)：一坛腌鱼。坩，用泥土烧制而成的器具。鲊，一种用盐和红曲腌的鱼。

[4]饷(xiǎng)母：赠送给母亲。饷，以食物赠送。

[5]反书：回信。书，信。

[6]见饷：赠给我。见，具有第一人称代词(我)的作用，并表示"我"是动作的接受者。

[7]乃：反而。

二、参考译文

陶侃年轻时做过管理河道及渔业的官吏，他曾派人送一陶罐腌鱼给母亲。他母亲把原罐封好交给来人退还，同时附了一封信责备陶侃说："你做了个小官，就拿公家的东西来给我，不但对我毫无裨益，反倒使我担心。"

三、勤学善思

1. 陶母最后说"非唯不益，乃增吾忧也"，她担心什么呢？

2. 陶侃收到母亲的书信后会怎样？这对他的未来会有什么样的影响？

3. "父母是孩子最好的老师"，你怎样理解这句话？

四、解读延伸

陶母为什么要把腌鱼还回去？她担心什么呢？小时偷针，大了偷金。刚做了一个小官就开始贪小便宜，将来官做大了，贪的可就不是这一罐腌鱼了！多行不义必自毙，要想人不知除非己莫为，一旦事情败露，撤职查办事小，丢了性命或者祸及九族再后悔就来不及了。

千里之堤毁于蚁穴，即使那些巨贪也往往不是一开始就狮子大张口的。今天贪一罐腌鱼，明天贪二两银子，接下去欲壑难平，想收手一是自己不忍，二是别人不愿，最后只能自取灭亡。所以为了防微杜渐，必须从一开始就坚守底线，不能懈怠。

从这一点上看，陶母比儿子具有更清醒的认识。

陶侃从小家境贫困，母亲曾剪发剉荐支持他走上仕途施展抱负，这份养育之恩何其深厚！所以，陶侃急于报恩也是可以理解的。但是他选择的方式错了，因为他没有区分公私界限。无论是一坛腌鱼还是一坛黄金，在性质上都是因公徇私，都是违法乱纪，都是坏了规矩。轻则毁掉个人前程，重则误家误国。一颗蛋如果没有裂纹，那可以保持比较久的时间。但是一旦产生裂纹，就很容易坏掉。1927年10月，毛泽东率部向井冈山进军时规定了三项纪律：行动听指挥，不拿群众一个红薯，打土豪要归公。这三项纪律随后形成了我军的传统——三大纪律八项注意。后来，"不拿群众一个红薯"改为"不拿群众一针一线"，这铁的纪律让党的军队赢得了老百姓的普遍拥护和支持，逐渐发展壮大，赢得抗战胜利和解放战争的胜利，建立了新中国。

父母是人生的第一任老师，也是最重要的老师。十年树木，百年树人，我们常把种树和育人相比较，这两者有着共通之处。一棵树苗，栽下去的时候如果没有扶正，它就可能长歪了。随着时间的推移，树越长越大，根深蒂固，也就越来越难以扶正。人也是一样，俗话说，一岁看大，三岁知老。年纪越小，经历的事情对他的影响越大。在前文《芒山盗临刑》中，作者说："教子婴孩"，也是在强调早期教育的重要性。但是人非圣贤，无论你多大年纪，经历多少，在任何阶段都是有可能犯错误的，这需要时刻自省，更需要有人提醒。魏征经常提醒太宗，晏子经常提醒景公，这就是很经典的案例。小时候父母是启蒙老师，长大了老师、父母、亲戚朋友甚至路人的一句规劝和提醒都可能让你避免祸患。所以要虚心听取别人的意见和建议，闻过则喜，从善如流，光明磊落地走完一生。

46 魏武杀妓

魏武[1]有一妓,声最清高,而情性酷恶。欲杀则爱才,欲置则不堪[2]。于是选百人,一时俱教。少时[3]果有一人声及之,便杀恶性者。

——《世说新语》

一、注释

[1]魏武:魏武帝曹操。
[2]不堪:无法忍受。
[3]少时:不久。

二、参考译文

曹操养有一歌妓,声音清越高昂,但是脾气很坏。曹操想杀掉她,又爱惜她的才华,想宽免她却又不能忍受。于是,曹操找来 100 个人同时训练。不久,果然发现有一个歌女的声音赶上了她,于是曹操就把那个坏脾气的歌女给杀了。

三、勤学善思

1.曹操起初为什么不杀那个歌妓?
2.歌妓之死的根本原因是不是后来有人赶上了她?为什么?
3.你知道"知人者智,自知者明"是什么意思吗?从这个角度出发对歌妓做评价。

四、解读延伸

本文出自《世说新语》的"忿狷"部,"忿"是愤怒、愤恨的意思,"狷"指的是心胸狭窄、性情急躁。这部分主要讲的是一些因为小事闹别扭、增嫌隙,甚至嫉妒杀人的故事。

曹操被称为"乱世之奸雄，治世之能臣"，他是历史上杰出的政治家、军事家、文学家，但是也有很多关于他心胸狭隘、无比奸诈的故事，比如梦中杀人、杀吕伯奢、杀杨修等。在这个故事里曹操仅仅因为歌妓脾气不好就杀了她，也从侧面反映了当时的统治阶级视人命为草芥的残酷现实。

歌妓为什么被杀？因为她脾气不好，曹操对她一忍再忍。为什么脾气不好？文章并没有直接交代，但是我们知道一个细节是她歌声清越高昂，谁都比不过。二者联系起来不妨这么猜想：因为一枝独秀，所以有了骄傲的资本，有了骄傲的资本就忘乎所以，因为忘乎所以就盛气凌人，因为盛气凌人就丢了性命。不是吗？如果她的歌声普普通通，她哪儿还敢有坏脾气？如果她脾气不坏，哪里能丢了性命？她的脾气能有多坏？文章也没有说。但是可以从曹操的态度看得出来不是一般的坏——坏到曹操想宽免她但不能忍受。她的歌声有多么好听？也不是一般人能相提并论——好到曹操想杀掉她但是却爱惜她的才华。所以，如果她是普普通通的歌女，没有被曹操注意，也许她就可以保住性命，所谓木秀于林风必摧之，这样优秀又有明显缺点的人最容易遭受打击。如果她既非常优秀，又非常谦虚谨慎，也不会丢掉自己的性命。再者，这个歌女没有清醒地认识到自己所处的地位，她只知道自己天资卓越，一般人比不上，却忘了说到底她也不过是一个歌妓，她的性命全在曹操的股掌之间。若不是曹操还有点爱才之心，她早就被杀了。

有人曾经开玩笑说，这世界上三条腿的蛤蟆难找，两条腿的人多的是。由此推论，人多，人才的比例也就更高。唯物史观认为，历史不是英雄创造的，是人民创造的，英雄对历史的发展仅仅具有推动作用而没有决定作用。换句话说，没有了唐宗宋祖，照样有彪炳千古的唐宋盛世。无论你的才能多么卓越，一定要清醒地认识到自己的位置，一定要记住天外有天，人外有人。曹操只是集中训练了100名歌妓，就有人赶上了那个坏脾气的歌妓，要是再多一点，可能还有更多优秀的人才出现。一个人如果躺在功德簿上睡大觉，如果不能居安思危，那也就离衰亡不远了。

47 行佣供母

江革[1]字次翁，齐国临淄人也。少失父，独与母居。遭天下乱，盗贼并起，革负[2]母逃难，备经阻险，常采拾以为养。数遇贼，或劫欲将去，革辄涕泣求哀，言有老母，辞气愿款[3]，有足感动人者。贼以是不忍犯之，或乃指避兵[4]之方，遂得俱全于难。革转客下邳[5]，穷贫裸跣[6]，行佣以供母，便身之物，莫不必给。

——《后汉书》

一、注释

[1]江革：东汉时期齐国临淄人，官至谏议大夫，以孝闻名天下。

[2]负：背。

[3]愿款：诚挚、恳切。

[4]兵：关于战争或军事的，这里指战乱。

[5]下邳：东汉置国，南朝宋改郡，治下邳，辖苏、皖北部各一部分。

[6]裸跣(xiǎn)：露体赤脚。裸，光着身子。跣，光着脚。

二、参考译文

江革，字次翁，是齐国临淄人。他从小失去父亲，和母亲一起生活。那时正逢乱世，盗贼并起，江革背着母亲四处逃难。经历了很多艰难险阻，经常靠采摘野果或者捡拾庄稼为生。他们多次遇到强盗。有的强盗想劫持江革入伙，每次江革都哭着哀求他们，说自己还有老母亲需要奉养，语气非常恳切，足以打动人。强盗们也因此不忍心强迫他，甚至有人告诉他躲避战乱的方法，他们就这样在战乱中得以保全。后来江革辗转流落到下邳，这时候他非常贫穷，衣不蔽体，连鞋子也没有，只能靠给别人帮工来供养母亲。但是，母亲所需的生活物品，没有不全部供给的。

三、勤学善思

1. 行佣供母是二十四孝之一，你还知道其他二十三个故事吗？查阅资料，讲给家人和朋友听。

2. 江革为什么能在战乱中得以保全？

3. 江革的这种品质在今天有什么积极的意义？

四、解读延伸

二十四孝是元代郭居业根据古人事迹辑录的涉及帝王将相、文人士子以及普通百姓的二十四个孝道故事，在封建时代是孝道的楷模和标准。但是今天看来，里面既有精华，也有糟粕。比如子路百里负米供养父母、汉文帝侍奉母亲亲尝汤药以及杨香为救父亲跟老虎搏斗等故事值得学习，但是王祥卧冰求鲤有点迂腐，郭巨埋儿过于残忍，孟宗哭竹生笋太过玄虚，这些都是不可取的。江革的"行佣供母"是二十四孝中的第十五个故事。

"百善孝为先，论心不论迹，论迹寒门无孝子；万恶淫为首，论迹不论心，论心天下没好人。"这是非常有名的一副对联。孝文化是中国传统文化的核心内容之一，它以强大的力量维系着血缘宗法社会的家庭关系。孝道的核心是内心境界，而不是供养厚薄。若以供养多少来评论，那么寒门之家就没有孝子了。所以，江革遭逢乱世，衣不蔽体，食不果腹，但是对待母亲至纯至孝，堪称万世典范。

《后汉书》里关于江革的孝行还有一些补充：因为有母亲需要奉养，所以他不参加县里的选拔面试；太守备了礼物来请江革做官，江革因为老母亲的事情还是没有答应；母亲行动不便，他亲自拉车为母亲代步；母亲去世之后，他在坟旁打了个草屋守孝。守孝结束还不忍拆掉草屋，是郡守派人除去他的丧服，他这才开始出来做官。由此可见，他的孝是贯通始终的，也是发自内心的。

文章结尾说，江革连鞋子都没有，但是母亲所需要的一切都准备得妥妥当当的。江革给别人当佣人也要顾全母亲的饮食起居，非常令人尊敬。现在时代发展了，物质条件越来越好，社会保障体系也越来越好，赡养不再是令人为难的问题，但是内心的孝敬和顺从却渐渐被淡化了。两千多年前，孔子就已经对此提出了自己的真知灼见："今之孝者，是谓能养。至于犬马，皆能有养;不敬,何以别乎?"赡养父母和养马养狗有什么区别呢? 就是发自内心的尊敬,如果没了尊敬之心,那就没法区别了。

这个故事里还有一个特别有意思的情节,就是江革屡次被强盗逼迫入伙,他都以赡养母亲为由恳求强盗放过。强盗不仅大为感动,而且还为其指点躲避战乱的方法! 乱世之中,那些落草为寇者也许并不是罪大恶极的江洋大盗,而是为生活所迫走投无路的人。从他们对待江革的表现来看,一来可见孝道的力量多么强大,二来也体现出乱世之中被迫落草为寇者的脉脉温情。

48 出尔反尔

华歆[1]、王朗[2]俱乘船避难，有一人欲依附，歆辄难之[3]。朗曰："幸尚宽，何为不可?"后贼追至，王欲舍[4]所携人。歆曰："本所以疑[5]，正为此耳。既已纳[6]其自托[7]，宁可[8]以急相弃邪?"遂携[9]拯如初。世以此定华、王之优劣。

——《世说新语》

一、注释

[1]华歆:(157年—232年)，字子鱼，汉族，平原郡高唐县人(今山东省高唐县)。汉末至三国曹魏初年名士、重臣。

[2]王朗:(? —228年)，本名王严，字景兴。东海郡郯县(今山东省临沂市郯城县)人。汉末至三国曹魏时期重臣、经学家。

[3]难之:感到很为难。

[4]舍:舍弃。

[5]疑:迟疑，无法决定。

[6]纳:接受。

[7]自托:托身。

[8]宁可:怎么能。

[9]携:携带。

二、参考译文

华歆和王朗一同乘船避难，有一个人想搭乘他们的船，华歆当即表示不同意。王朗却说:"好在船还比较宽敞，为什么不可以呢?"后来强盗追来了，王朗就想丢下那个搭船的人不管了。华歆说:"开始我之所以犹豫不决，正是考虑到了这一点。但是现在既然允许他搭我们的船，怎么可以因为情况

解古通今

危急便把他扔下呢?"于是仍像当初那样关照那个人。世人凭这件事来判定华歆、王朗品格的优劣。

三、勤学善思

1. 华歆为什么一开始拒绝那人搭船?

2. 华歆开始不同意那人搭船,但是后来"出尔反尔",你是否赞成他的这种行为? 为什么?

3. "世以此定华、王之优劣。"试对华歆和王朗做评价。

四、解读延伸

俗话说,"杀人杀死,救人救活"。意思是做事情一定要始终如一,不能出尔反尔,半途而废。在这个故事中,王朗之所以被诟病,就是因为他开始答应别人搭顺风船,后来遇到危险时又要丢下别人逃命。而华歆比王朗更有远见,也更有原则——他事先就考虑到了可能发生的一切。

这则故事的结尾说,世人就凭这件事情来评论华歆和王朗品格的优劣,这是不合理的。人本身就是很复杂的,而且还会随着时间和环境的变化而改变,如果不能用发展的眼光去看待,那就难免会失之偏颇。

《世说新语》还有一则"管宁割席"的故事:管宁和华歆同窗读书的时候,锄地时刨出了一块金子,管宁视而不见,华歆拿起来看了看才丢掉。后来又有个衣着华丽的人乘坐豪车经过,华歆急忙出门去看热闹,管宁忍无可忍把坐席割成两半儿,要跟华歆绝交。按照管宁的标准,喜欢金子、爱看热闹这些人之常情的东西对他而言都是难以接受的。其实这并不是涉及道德品行的原则性的东西,只是管宁厌恶这些行为而已。

关于"管宁割席"和"出尔反尔"这两则故事,《世说新语》并没有再往后讲。其实,华歆最后成为汉末至曹魏时期的名士重臣,清正廉洁,颇有政绩,且和管宁、邴原并称"一龙",华歆为"龙头"。本故事中的王朗学识渊博,是当时著名的经学家,为曹魏重臣,并代华歆为司徒。其孙女嫁给了晋文帝司马昭,生晋武帝司马炎以及齐献王司马攸,他们是西晋王朝的奠基者和建立者。

金无足赤,人无完人。即使像孔子那样的圣人也有轻视劳动者的思想局限,也有忍不住骂宰予的时候。有时候就是要就事论事,不能以偏概全。

所以在这个故事里，华歆显然要比王朗有远见：乱世之中自身难保，携带一个陌生人如果遭遇强盗势必雪上加霜。同时，华歆比王朗具有更坚定的信心、意志和更宽厚的胸怀，更加注重信守承诺：杀人杀死，救人救活，既然承诺了，就不能因为面临危险就放弃承诺，这是值得我们学习的。

近些年来，"爱狗人士""放生人士"等成为广受大家关注的一些群体，他们为救助小狗、放生动物不惜金钱、时间和精力，甚至舍弃家庭、事业和生活。但是另一方面，大家还在为老人倒地"扶不扶"而争论不休，一些人冷眼旁观，一些人视而不见，一些人避之不及，甚至还有一些人幸灾乐祸。

为什么呢？小善易为，大善难做。这就像王朗一样，可以同甘苦，难以共命运。搭船这样举手之劳的小善容易做，但是真正面临强盗的追逼，能坚守承诺舍命相救的又能有几个呢？

49 举筵得印

裴晋公[1]在中书[2]，左右忽白以印失所在，闻之者，莫不失色。度即命张筵举乐，人不晓其故，窃怪之。夜半饮酣，左右复白以印存焉，度不答，极欢而罢。或问度以其故，度曰："此出于胥徒[3]盗印书券耳，缓之则存，急之则投诸水火，不复更得之矣。"时人服其弘量，临事不挠。

——《玉泉子》

一、注释

[1]裴晋公：裴度（765年—839年），字中立，河东闻喜（今山西闻喜东北）人。唐代中期杰出的政治家、文学家。以功封晋国公，世称"裴晋公"。

[2]中书：即中书省，古代皇帝直属的中枢官署之名，封建政权执政中枢部门。汉朝始设，唐宋以中书令为长官，任首席宰相；以中书侍郎为副长官，为固定编制的宰相；以中书舍人为核心官职，掌管省内机枢政务。

[3]胥徒：本指为民服徭役者，后泛指官府衙役。

二、参考译文

裴度担任中书令的时候，下属忽然告诉他官印被盗，听到这事儿的人，没有一个不大惊失色。但裴度立即让人举办筵席，奏起音乐。人们不知道他为什么这样做，私下里感到很奇怪。大家喝酒喝到半夜，下属又告诉他官印已经放回来了，裴晋公也不应答，一直到尽兴才结束宴会。别人问他其中的原因，裴晋公说："这一定是手下人偷去盖书券用了。如果不急于追查，印就不会丢；如果追查得急，那人就会把印扔在河里或投入火中，官印就再也回不来了。"当时的人都非常佩服他宽大的胸怀度量以及处变不惊的性格。

三、勤学善思

1. 了解裴度其人，并背诵《奉和令公绿野堂种花》。
2. 这则故事表现了裴度的哪些品质？
3. 生活中也有很多事情需要"热问题，冷处理"，试举例说明。

四、解读延伸

裴度是唐朝中期杰出的政治家、文学家，曾荐引李德裕、李宗闵、韩愈等名士，重用过李光颜、李愬等名将，还保护过刘禹锡等人，其卓著的政治才能、文学才华和光辉人格深受时人敬仰。白居易和元稹是非常要好的朋友，史上有"元白"之称。但是因为元稹争夺权力，欲弹劾裴度，白居易思考后与元稹绝交，选择站在裴度一边。直到后来，元白二人在宴会上再次相逢时，才又重归于好。由此可见裴度的人格魅力有多大！

处变不惊的前提是胸有成竹，是对所面临的事件有全面深入的了解、判断，并且有正确的应对措施。《三国演义》中周瑜给诸葛亮下了个套，要他十日之内造十万支箭。诸葛亮立下军令状三天搞定，于是就有了"草船借箭"这个经典的故事。诸葛亮为什么敢立下军令状？因为他通过观测天象知道三天后必有大雾，同时也知道曹操的士兵大多来自北方，不习水战，大雾天不敢贸然出击，而且曹操素来多疑，所以故布疑阵，留下这一传唱千古的奇事。

官印遗失这种事情不是个案，据《资治通鉴》记载，宋朝的宰相吕夷简、蔡京都丢过，而且他们的处理办法和裴度几乎一模一样。为什么呢？因为古代官府戒备森严，尤其是官印管理更是非常严格，一般小偷飞贼不会来偷官印。因此，盗取官印者基本上都是府中小吏，一旦严格追查，小吏们惊慌失措，难免狗急跳墙。如果装作什么事都没有发生，小吏们也会存在侥幸心理，以为上面没有察觉，偷偷放回去，天不知，地不晓，以此逃脱惩罚。

这个故事还有一个背景。当时裴度是在流放期间被朝廷重新起用为宰相，这引起了当时的权臣李逢吉及其党羽的不满，他们编造了"绯衣小儿祖其腹，天上有口被驱逐"这样的图谶（一种宣扬迷信的预言、隐语，作为吉凶的符验或征兆。）来阻挠裴度为相。丢失官印是重罪，非同小可，幸亏裴度机智过人，胆略过人，顺利地找回了官印，否则这件事可能正好成为李逢吉等人的把柄,不知道裴度又会被怎样处罚。

在政治上,裴度做宰相二十多年,这二十多年被赞为"出入中外,以身系国之安危、时之轻重者二十年"。在文学上,裴度主张朴实自然的文风,并且奖掖文士。他晚年在洛阳建了一个别墅,叫"绿野堂",和白居易、刘禹锡宴饮赋诗,很多文人都喜欢聚集在这里,以至于有官员进京,大家会问:"你见过裴度没?"白居易为此写过一首诗叫《奉和令公绿野堂种花》:

> 绿野堂开占物华,路人指道令公家。
>
> 令公桃李满天下,何用堂前更种花。

绿野堂开着占尽了万物的精华,路人说那就是令公的家,令公的学生遍布天下,何须在房前再种花呢? 是啊,像裴度这样的人世界上又能有多少呢?

50 汉书佐酒

苏舜钦[1]字子美，豪放不羁，好饮酒。在外舅[2]杜祁公[3]家，每夕读书以饮一斗为率[4]。公使人密觇[5]之，闻子美读《汉书·张良传》。至"良与客狙击秦皇帝，误中副车[6]"，遽[7]抚掌曰："惜乎！不中！"遂满饮一大杯。又读至"良曰：'始臣起下邳，与上会于留，此天以授陛下。'"又抚案曰："君臣相与，其难如此。"复举一大杯。公闻之大笑曰："有如此下酒物，一斗不足多也。"

——《研北杂志》

一、注释

[1]苏舜钦：(1008年—1049年)，北宋诗人、书法家，字子美，汴京(今河南开封)人。

[2]外舅：岳父。

[3]杜祁公：杜衍(978年—1057年)，字世昌。越州山阴(今浙江绍兴)人。北宋名臣，唐朝名相杜佑之后。

[4]率：标准。

[5]觇(chān)：偷看。

[6]副车：皇帝的随从车辆。

[7]遽(jù)：赶忙，马上。

二、参考译文

苏舜钦，字子美，他为人豪放不羁，喜欢饮酒。他在岳父杜祁公的家里时，每晚上读书(边读边饮酒)以喝完一斗为限度。杜祁公派家人去偷偷观察他，正听到子美在读《汉书·张良传》。读到张良与刺客偷袭行刺秦始皇，(刺客抛出的大铁锤)误砸在秦始皇的随从车辆上时，他突然拍手说："可惜呀！没有打中。"于是喝了满满一大杯酒。又读到"张良说：'自从我在下邳起义后与皇上在陈留相遇，这是天将我送给陛下呀！'"（苏子美）又拍桌子说："君臣相遇，竟如此艰难呀！"又喝下一大杯。杜祁公听说后大笑说："有这样的下酒菜，一斗也不算多啊！"

三、勤学善思

1. 你还知道哪些"奇特"的下酒菜？

2. 杜衍为什么说一斗酒不多？他当时是什么心情？

3. 有些人读书是为了民族和国家，有些是为了功名利禄，有些是为了炫耀谈资，还有些则是迫不得已。想一想：你为什么读书？

四、解读延伸

历史上有不少刻苦读书的故事，如头悬梁锥刺股、凿壁偷光、囊萤映雪、负薪挂角等。因为无论隋唐以前的举荐制还是后来的科举考试，读书都是普通人走入仕途实现抱负的一种必不可少的途径。当然，有些人读得比较辛苦，比如车胤、孙康、王冕之类。也有些人读书比较雅致，比如红袖添香，惬意无比！像苏舜钦一边读书一边饮酒，算是既豪放又雅致的读书方式了。

自仪狄和杜康发明了酒以后，中国便开始了几千年的酒文化。上至帝王将相，下至黎民百姓都有饮酒的习惯，而文人士子更是将酒作为抒发情怀、吟诗作赋、应对离别以及消解愁肠的必需品。他们有的对月独酌，有的临风把盏，有的曲水流觞，有的歃血为盟，不一而足。陶渊明在东篱下菊花丛中饮酒，陆游在山西村吃肉喝酒，孔乙己用一碟茴香豆下酒，形形色色，林林总总，这是文人的酒。王翰视死如归，醉卧沙场；曹操对酒当歌，横槊赋诗；岑参开怀大笑，相逢醉倒；这些是勇士的酒。

一斗酒在唐代大约为 4 公斤，而在宋代大约为 6.4 公斤。但是北宋时期还没有蒸馏技术，酒的度数比较低。杜祁公家在绍兴，推想起来当时苏舜钦喝的酒大约和今天的黄酒差不多，而且他每次喝酒以一斗为限，至多微醺而已，不至烂醉。因此，当杜祁公得知女婿把酒当作读书的下酒菜时，自然对这样雅致的事情很满意，所以说一斗酒也不算多——如果能多读点书，再多喝一点也没什么。对苏舜钦而言，读到精彩之处，心潮澎湃也是理所当然的，能痛饮一杯岂不快哉！

张良出身于韩国贵族，先辈五代为韩王的国相，因为韩国被秦国所灭，所以他密谋为国复仇。他为一个大力士打造了一个重达120斤的大铁锤，在博浪沙（今天的河南原阳东郊）实施刺杀计划。当时天子乘坐六匹马拉的车，大臣乘坐四匹马拉的车。但是秦始皇准备了好几辆与自己同规格的车，张良和大力士击中的恰恰不是秦始皇的马车。因此，这次复仇计划落空，张良潜逃。今天看来，秦始皇统一六国是有着非常积极的意义的。但当时苏舜钦不会有这样的认识高度，和张良一样，他也会秉持为国复仇的思想，所以读到此处，难免心有灵犀，豪饮一杯。张良刺杀失败后隐名埋姓，藏匿到下邳。当时景驹自立为王，刘邦和张良都去投奔，两人在路上相遇，张良直接追随刘邦，做了负责后勤部队的厩将，从此以后辅佐刘邦建立了西汉王朝。君臣相遇，波折重重，而后呕心沥血，建功立业，真是不容易，所以又当满引一杯。

读书时，难免心生感慨，所以有的人击节长叹，有的人涕泗横流，有的人苦思冥想，有的人啸傲高歌……读书到这种地步，往往神游其间，与书中所记所论心有戚戚，尽享书中妙处，真是令人羡慕！

51 挥毫对饮

元祐[1]末，米芾知[2]雍丘县，子瞻[3]自扬州召还京，米乃具[4]饭。既至，则对设长案，各以精笔、佳墨、妙纸三百列其上，而置馔[5]于旁。子瞻见之，大笑就座。每酒一行[6]，即展纸共作字。二小史[7]磨墨，几不能供。薄暮，酒行既终，纸亦书尽，更相易携去。

——《东山谈苑》

一、注释

[1]元祐：宋哲宗赵煦的第一个年号。北宋使用这个年号共九年，即1086年—1094年。

[2]知：做知县。

[3]子瞻：苏轼的字。

[4]具：准备。

[5]馔：饭食。

[6]行：斟酒，这里是喝酒。

[7]小史：童仆，官府的差役。

二、参考译文

元祐年末，米芾到雍丘县做知县，苏轼从扬州奉召回京城（要路过这里），米芾就准备了饭菜。苏轼到了以后，两人就面对面摆上长长的桌案，每张桌子上都放着精笔、好墨以及三百张好纸，却将饭菜放在旁边。苏轼看到之后，大笑就座。每对饮一次酒，就铺开纸张一起写字。两个小差役磨墨几乎都供不上了。傍晚的时候，酒已经喝完了，纸张也写完了，于是二人相互交换了各自所写的书法然后带着离开了。

三、勤学善思

1. 你知道苏门四学士是哪些人吗？他们有什么成就？
2. 为什么他们喝酒、写字那么快？他们当时是什么心情？
3. 你还知道哪些古人喝酒和写书法的故事？

四、解读延伸

米芾和苏东坡是非常要好的朋友，苏轼被贬黄州，米芾去拜访请教；苏轼生病，米芾亲自熬制麦门冬饮子送去。苏轼是精通诗词歌赋、书法文章甚至医药美食的全才，米芾是工于书画的奇才，两人惺惺相惜，所以才会有这段佳话。

当时米芾担任雍丘知县，苏轼此前已经因为乌台诗案和不满王安石变法遭当权者陷害屡次被贬。这次路过雍丘恰逢知己，心中一定非常高兴。所以米芾安置酒菜招待苏轼。当时民间有很多游戏娱乐，诸如高跷、舞龙、舞狮、赛龙舟、荡秋千等。军队里有投壶这样的游戏，文人士大夫则玩射覆、曲水流觞之类的游戏。因此，只喝酒是无法表达两人的心情的，因此边饮酒边挥毫泼墨，这才是文人雅士应该有的。

人逢知己，酒逢知己，俩人甭提多开心了！文中有一个细节："二小史磨墨，几不能供。"对饮一次就写一次字，酒喝得很快，字写得更快，以至于差役们磨墨都差点供不上了！为什么喝这么多酒？为什么写这么多字？除了开心之外，会不会也有很多人生慨叹在其中呢？

据说，写完之后苏轼说，今天写的字怎么和平时不太一样呢？米芾说，酒能通神，饮酒之后写的字是平时比不了的！这是真的吗？唐代有个被后世尊为"草圣"的书法家张旭，他就非常喜欢喝得微醺甚至大醉才写字，而且写得很好。不过有时候喝酒喝得太多了，酒醒之后，他连自己写的字也不认识了！

52 许金不酬

济阴之贾人[1]，渡河而亡其舟，栖于浮苴[2]之上，号焉。有渔者以舟往救之。未至，贾人急号曰："我济阴之巨室[3]也，能救我，予尔百金！"渔者载而升诸[4]陆，则予十金。渔者曰："向许百金，而今予十金，无乃不可乎[5]！"贾人勃然作色曰："若，渔者也，一日之获几何？而骤得十金，犹为不足乎？"渔者黯然[6]而退。

他日，贾人浮吕梁而下，舟薄[7]于石又覆，而渔者在焉。人曰："盍[8]救诸[9]？"渔者曰："是许金而不酬者也！"立而观之，遂没。

——《郁离子》

一、注释

[1]贾人：商人。

[2]苴（chá）：水中浮草。

[3]巨室：世家大族。

[4]诸：相当于"之于"或"之乎"。

[5]无乃不可乎：恐怕不行吧？

[6]黯然：失望的样子。

[7]薄：通"搏"，搏击；拍；击，这里指撞击。

[8]盍：何不？

[9]诸：相当于"之"，他。

二、参考译文

从前，济水的南面有个商人，渡河时从船上落下了水，在水中的浮草上大喊求救。有一个渔夫用船去救他，还没有靠近，商人就急忙喊道："我是济水一带的世家大族，你如果能救了我，我给你一百两金子。"渔夫用船把他救上岸后,商人却只给了十两金子。渔夫说:"当初你答应给我一百两金子,可现在只给十两,恐怕不好吧?"商人勃然大怒道:"你一个打鱼的,一天的收入有多少?你突然间得到十两金子还不满足吗?"渔夫失望地走了。

后来有一天,这商人乘船顺吕梁湖而下,船触礁又沉没了。原先救过他的那个渔夫也在那里。有人问渔夫:"你为什么不去救他呢?"渔夫说:"他就是那个答应给我一百两金子而不兑现承诺的人。"大家站在岸边看着,那个商人就沉入水底了。

三、勤学善思

1. 富翁为什么说自己是世家大族?
2. 富翁在呼救时和被救上岸以后心情有何不同?
3. 最后渔夫见死不救你觉得做得对吗?
4. 你还知道哪些不讲诚信的故事?

四、解读延伸

人是非常善变的,环境不同、地位不同、时间不同的情况下,即使是同一个人也会有不同的表现。历史上著名的起义领袖陈胜、吴广当初跟大家约定"苟富贵,勿相忘"。可是后来就把这话忘记了,这是可以同患难,不能共富贵的人。写下千古名句"锄禾日当午"的李绅仕途腾达之后也忘了本,穷奢极欲,一顿饭要吃掉三百个鸡舌头。不仅如此,他还草菅人命,横征暴敛,死后落得个被剥夺爵位、子孙不得为官的下场。

当富翁被困在水中的浮草上性命难保的时候,他肯定是愿意不惜一切代价来保住自己的小命的,所以这时候他可以付出百两黄金给来拯救自己的人。但是当他上岸之后,威胁解除了,他马上就忘记了刚才所处的险境,自食其言,只给了渔夫十两金子。当渔夫质问他的时候,他甚至勃然大怒,绝口不提自己的承诺,还认为十两金子比起渔夫一天的收入已经不少了。生活中有些人也常常如此:需要别人的时候求爷爷告奶奶,但是难关一过就原形毕露,忘恩负义甚至落井下石。

富翁没想到自己还会再一次落水,也没有想到会再一次遇到渔夫。然而因为有了上次的教训,渔夫决定袖手旁观,富翁因此溺水死亡。也许有人认为这都是编纂的故事,世界上怎么会有那么巧的事情?其实,如果一个人不守信用,今天在这件事上欺骗别人,明天在那件事上欺骗别人,到头来总是要自食其果的,这就叫多行不义必自毙。

　　细看文章,渔夫一开始去救富翁的时候并不是因为金钱。因为"未至,贾人急号",这说明富翁是在渔夫去救自己的途中而不是一开始就承诺给钱的。从这一点看,渔夫救人完全是见义勇为。可是当富翁失信后,渔夫却见死不救,最终让富翁淹死了。从前后事件的关联上看,这有点说不过去。即使富翁少给了九十两金子,也不能因此见死不救——钱是钱的事儿,人命关天,何况富翁也没有坏到该死的地步。当然,故事中恰当的夸张也不失为一种警戒的方式。

53 济盗成良

曹州[1]于令仪者，市井人[2]也。长厚不忤物[3]，晚年家颇丰富。一夕，盗入其家，诸子擒之，乃邻舍子也。令仪曰："尔素[4]寡悔，何苦而为盗耶？""迫于贫尔。"问其所欲，曰："得十千足以衣食。"如其欲与之。既去，复呼之，盗大惧，语之曰："汝贫甚，夜负十千以归，恐为人所诘[5]。"留之，至明使去。盗大感愧，卒[6]为良民。乡里称君为善士。

——《渑水燕谈录》

一、注释

[1]曹州：现在的山东菏泽。

[2]市井人：普通百姓；商人。

[3]长(zhǎng)厚不忤物：长厚，为人忠厚。忤，触犯。

[4]素：向来，一直。

[5]诘：盘问、追问，斥责。

[6]卒：最终，最后。

二、参考译文

于令仪是曹州（今山东菏泽）的一个商人，他为人忠厚不得罪人，晚年时的家道颇为富足。有天晚上，一个小偷侵入他家中行窃，结果被他的几个儿子逮住了，发现原来是邻居的孩子。于令仪问他说："你平常很少做错事，今天做贼是有什么苦衷呢？"小偷回答说："因贫困所迫罢了。"于令仪问他想要什么东西，小偷说："能得到十千钱足够穿衣吃饭就行了。"于令仪就按照他想要的如数给了他。小偷正要出门离去时，于令仪又叫住他，小偷大为恐惧。于令仪对他说："你那么贫穷，夜晚带着十千铜钱回去，恐怕会被人盘问的。"于是将小偷留下，天亮后才让他离去。那小偷深感惭愧，后来终于成了良民。邻居乡里都称于令仪是好人。

三、勤学善思

1. 于令仪为什么没把小偷送官府反而还要资助他十千钱呢？
2. 你如何理解"饱暖思淫欲,饥寒起盗心"？
3. 你认为教育感化和法制管理哪个更重要？为什么？

四、解读延伸

老鼠过街人人喊打,于令仪为什么没有把小偷送进官府治罪反而帮助了他呢？

首先,这小偷并不是惯犯,更不是江洋大盗。文中于令仪说:"尔素寡过,何苦而盗耶?"由此可知,这个小偷只是偶然犯错。人非圣贤孰能无过,只要知错能改,也不是一件坏事。

其次,小偷是街坊四邻的孩子。大家抬头不见低头见,如果把这孩子送到官府治罪,孩子的前程毁掉了,他的家人也可能从此无颜见人。

再次,这孩子并不是游手好闲、不劳而获的人。"饱暖思淫欲,饥寒起盗心。"他只是因为家庭太过窘困,没吃没穿,生活不下去了才铤而走险。而且第一次偷盗就被抓住了,没有造成什么损失。

最后,尽管有以上种种理由,但并不能改变小偷犯罪的事实。于令仪超乎寻常的处理方式与他个人"长厚不忤物"的行为准则密不可分。有些人处理人际关系斤斤计较、睚眦必报,有些人处理问题则宽大为怀、以德报怨。国有国法,家有家规,但是法律再完备也有鞭长莫及的地方,这些地方就需要传统道德的力量来弥补,二者相得益彰,一起维护着社会的安定祥和。对于那些屡教不改者,使用法律、警察、监狱等暴力手段使其受到惩罚,警诫他人,这是必须的。但是对于那些一时糊涂犯下错误的人,如果还没造成严重的影响,不妨给他们一次悔过自新的机会。于令仪这么做了,也达到了劝人向善的目的。

故事虽短,但一波三折,从中可见于令仪宅心仁厚的品质:小偷被抓,见是邻居的孩子就把他放了;问明小偷盗窃原因,居然按照他想要的给了他十千铜钱;小偷刚要离开,又考虑到他的安全让他留宿一晚。比照我们自己,有些人也许能做到第一步,有些人能做到第二步,但是能做到第三步的人可能就很少了。为什么呢？原谅别人不难，以德报怨不易。

　　读过《东郭先生和狼》《农夫和蛇》的人都会为狼和蛇的忘恩负义而恨得咬牙切齿，历史上和生活中也有这样的人。但是那样虎狼之心、蛇蝎心肠的人毕竟是少数，更多的人是可以通过教育受到感化改正缺点和错误重新开启人生新阶段的。蔺相如的宽容感动了廉颇，成就一段将相和的美谈。蒋琬宽容了杨戏，留下了"宰相肚里撑舟船"的佳话。诸葛亮七擒七纵，最终让孟获心悦诚服，率众来归，平息战争。所以，宽容不仅是一种品格，更是一种智慧和力量。

孙叔敖疾,将死,戒[1]其子曰:"王数[2]封我矣,吾不受也。为我死,王则封汝,必无受利地。楚、越之间有寝之丘[3]者,此其地不利,而名甚恶。荆人畏鬼,而越人信禨[4]。可长有者,其唯此也。"孙叔敖死,王果以美地封其子,而子辞,请寝之丘,故至今不失。孙叔敖之知[5],知不以利为利矣,知以人之所恶为己之所喜。此有道者之所以异乎俗也。

——《吕氏春秋》

一、注释

[1]戒:通"诫",告诫。
[2]数:多次,屡次。
[3]寝之丘:地名,含有陵墓之意。
[4]禨(jī):迷信鬼神,向鬼神求福。
[5]知(zhì):同"智",智慧。

二、参考译文

孙叔敖病危,临死前,告诫他的儿子说:"楚王多次封赏我,我没有接受。假如我死了,楚王就会封赏你,你一定不要接受肥沃的封地。楚国和越国交界的地方有个名叫寝之丘的地方,这地方贫瘠,而且名字寓意不好。楚国人敬畏鬼神,而越国人信鬼神以求福。可以长时间拥有的,大概只有这个地方。"孙叔敖死后,楚王果然把肥沃的土地封给他的儿子,孙叔敖的儿子推辞了,请求楚王把寝之丘封给自己,所以到现在也没有失掉这块封地。孙叔敖的智慧,在于明白不把世人所认为的利益作为利益,懂得把别人所厌恶的作为自己所喜欢的。这就是有道的人比普通人高明的原因。

三、勤学善思

1. 孙叔敖辅佐楚庄王富国强兵,功劳很大,可是他为什么不接受封赏呢?

2. 孙叔敖为什么告诫儿子不要肥沃的土地,却要那贫瘠且名字也不吉利的土地呢?

3. 历史上还记载有孙叔敖斩两头蛇的故事,请找来阅读,并结合本文对孙叔敖做评价。

四、解读延伸

先解释一下"处恶近道"的意思。《老子》第八章里讲:水滋润了万物,但是"人往高处走,水往低处流",水总是默默无闻地停留在大家不喜欢的地方,这就接近道家所说的"道"。

以狩猎文明为思想支撑的人喜欢张扬个性,喜欢超越和征服;以农耕文明为思想支撑的人讲究天人合一,讲究和谐团结。因此,中国人历来注重含蓄内敛,不喜欢张扬,即使才高八斗、学富五车也要韬光养晦。正因为这样,一个人如果太过张扬,即使你确实有通天彻地的本事,有造福万民的功劳,那也可能遭到打击。民间把这叫作"露头的椽子先朽",斯文一点叫"木秀于林,风必摧之"。这是孙叔敖做出这一决定的原因之一。

其次,无论社会多么清平,各阶层之间总是存在着种种矛盾的,争权夺利在上至皇亲国戚下至黎民百姓中都普遍存在。孙叔敖所处的春秋时期更是战争频繁、社会动荡不安的时期,同时因为当时的民主和法治不像今天这么健全,统治者的一时喜怒就可以决定一个人甚至一个家族的生死存亡。如果孙叔敖的儿子占有肥沃的土地,普通人会眼红,大小官吏会眼红,甚至诸侯也会眼红,一旦发生变故,丢掉的可能就不仅仅是土地,还可能是身家性命。历史上并不缺乏这样的例子:卧薪尝胆的勾践杀了文种,刘邦杀了韩信,朱元璋更厉害,因为胡惟庸一案牵连十几年,诛杀三万多人。这些都是血淋淋的教训。

孙叔敖说,楚国人敬畏鬼神,越国人相信鬼神求福。到底应该怎样对待鬼神呢?有没有鬼神呢?即使真的有鬼神的存在,他们又怎么能做得了主呢?"寝之丘"名字不吉利,这不过是人们的思想作怪罢了。正因为认识到了这一点,孙叔敖才比普通人高明一些,才能让自己的孩子不会因为陷入争夺而平安生存。这真的是了不起的智慧!

55 常羊学射

常羊学射于[1]屠龙子朱。屠龙子朱曰："若欲闻射道[2]乎？楚王田[3]于云梦[4]，使虞人[5]起[6]禽而射之。禽发[7]，鹿出于王左，麋交[8]于王右。王引[9]弓欲射，有鹄[10]拂王旃[11]而过，翼若垂云[12]。王注矢于弓[13]，不知其所射。养叔[14]进曰：'臣之射也，置一叶于百步之外而射之，十发而十中。如使置十叶焉，则中不中非臣所能必矣！'"

——《郁离子》

一、注释

[1]于：向。

[2]道：道理。

[3]田：同"畋"，打猎。

[4]云梦：古代湖泽名，这里泛指春秋战国时楚王的游猎区。

[5]虞(yú)人：古代管山泽的小官吏。

[6]起：赶起。

[7]发：跑出来。

[8]交：交错，这里指麋鹿交错出现。

[9]引：拉。

[10]鹄(hú)：天鹅。

[11]旃(zhān)：赤色的曲柄旗。

[12]垂云：低垂下来的云。

[13]注矢于弓：把箭搭在弓上。注，附着。

[14]养叔：名养由基，楚国善射者。

二、参考译文

常羊跟屠龙子朱学射箭。屠龙子朱说："你想听射箭的道理吗？楚国国王在云梦打猎，让掌管山泽的官员去轰赶禽兽出来射杀它们。禽兽们跑出来了，鹿在国王的左边出现，麋在国王的右边出现。国王拉弓准备射，有天鹅掠过国王的赤色旗，翅膀大得犹如一片低垂的云。国王将箭搭在弓上，不知道要射谁。养叔上奏说道：'我射箭的时候，把一片树叶放在百步之外射它，十发十中。如果放十片叶子，那么能不能射中我就没有一定的把握了。'"

三、勤学善思

1. 那么多的禽兽在楚王面前，他为什么竟然手足无措了？

2. 养由基是神射手，可以百步穿杨，但是为什么放上十片树叶他就不敢确定能不能射中呢？

3. 陆游在《示子遹》中说"汝果欲学诗，功夫在诗外"。请结合本文谈谈你的想法。

4. 你还知道哪些关于射箭的故事？

四、解读延伸

陆游在《示子遹》中说"汝果欲学诗，功夫在诗外"，意思是，要想把诗写好，仅仅掌握写诗的技巧还不行，还要了解现实生活，全方位提高自己的修养，这样的诗才有思想。

常羊向屠龙子朱学射箭，但是屠龙子朱一开始并没有教他如何拉弓瞄准，如何射中猎物，而是讲了楚王打猎的这个故事，目的就是要告诉常羊：要想成为神射手，不仅仅要练习好射箭的技巧，更需要用心专一。

老鹰去抓麻雀，一只就很容易抓到，但是几百上千只麻雀一起就会扰乱老鹰的视线。沙丁鱼总是数万数十万条一起游动，因为这样对付鲨鱼非常有效。楚王打猎的时候，飞禽走兽交错出现，所以不知道该射哪一个。不仅楚王如此，就连神射手养由基也这样：一片叶子他可以十发十中，但是放上十片叶子他就不敢保证能射中了——因为叶子太多扰乱视线，精力也不能集中了。

人生也是一样的啊！袁隆平先生把自己的一生献给杂交水稻的研究，钟南山一生致力于医学事业，都成为他们所在行业里的精英。反过来，今天喜欢这个，明天喜欢那个，就像《小猫钓鱼》或者《猴子下山》里的小猫和猴子一样，最终什么都得不到。

历史上有很多关于射箭的故事，比如"列子学射""纪昌学射""卖油翁"等等，每个故事都表现了不同的主题，分别从不同角度阐述了治国理政、用心专一以及熟能生巧等道理。我们也要能够并且善于观察生活，并能够从生活现象中体会做人做事的道理，这样就能够有更大更快的进步。

56 泰然自若

谢太傅[1]盘桓[2]东山时与孙兴公诸人泛海[3]戏。风起浪涌,孙、王[4]诸人色[5]并遽[6],便唱[7]使还。太傅神情方王[8],吟啸[9]不言。舟人以公貌闲意说[10],犹去不止。既风转急,浪猛,诸人皆喧动不坐。公徐云:"如此,将无[11]归?"众人即承响[12]而回。于是审其量,足以镇安朝野。

——《世说新语》

一、注释

[1]谢太傅:谢安。谢安在出任官职前,曾在会稽郡的东山隐居,时常和孙兴公、王羲之、支道林等畅游山水。

[2]盘桓:徘徊;逗留。

[3]泛海:坐船出海。

[4]王:指王羲之。

[5]色:神情。

[6]遽:惊慌。

[7]唱:通"倡",提议。

[8]王:通"旺",指兴致高。

[9]吟啸:同啸咏。啸是吹口哨,咏是歌咏,即吹出曲调。啸咏是当时文士的一种习俗,更是放诞不羁、傲世的人表现其名士风流的一种姿态。

[10]说:通"悦",愉快。

[11]将无:莫非;恐怕;难道。

[12]承响:应声。

二、参考译文

太傅谢安在东山居留期间和孙兴公等人坐船到海上游玩。海风骤起,浪涛汹涌,孙兴公、王羲之等人惊恐失色,便提议回去。谢安这时精神振奋,兴致正高,又朗吟又吹口哨,却不发一言。船夫因为谢安神态安闲、心情舒畅,便仍然摇船向前。一会儿,风势更急,浪更猛了,大家都叫嚷骚动起来,坐不住了。谢安慢条斯理地说:"如果乱成这样,我们就回不去了吧?"大家立即响应(不再骚动),才回去了。从这件事里人们明白了谢安的气度,认为他完全能够镇抚朝廷内外,安定国家。

三、勤学善思

1. 风高浪急众人惊慌失措的时候,谢安为何说"如果乱成这样,我们就回不去了吧?"

2. 近年来不断有驴友野外被困、受伤甚至死亡,谈谈你对探索自然和自我保护的认识。

3. 你还知道谢安的哪些轶事? 这些轶事表现了谢安怎样的性格和品质?

四、解读延伸

谢安是历史上一个非常传奇的人物,关于他的最著名的轶事莫过于淝水之战。淝水之战是历史上以少胜多的经典战例,当时身为丞相的谢安推荐了自己的弟弟谢石和侄子谢玄阻击前秦的军队,结果大获全胜。捷报传来时,谢安正和朋友下棋,他看了信随手就丢在一旁。朋友问是什么信,谢安淡淡地回答说,是孩子们把前秦打败了。淝水之战是决定东晋命运的生死之战,谢安竟能如此淡定,这让朋友非常佩服。

果真若此? 非也! 据《世说新语》记载,谢安送走朋友之后,急急忙忙往内宅走,因为心情激动,脚步踉跄,以至于过门槛的时候把脚上木屐的齿都碰断了,于是后人就用"屐齿之折"来形容内心激动、喜悦难耐。

乘船出海临风吟啸本是一件雅事,但是与雅兴相比,自身安危当然要放在第一位。最初遭遇风浪时,王、孙等人惊恐变色而谢安毫不在意,这是非凡气度。当风浪更大更急,大家确实处于危险之中的时候,王、孙等人吓得乱作一团,这恰是大忌——风高浪急,惊慌失措最容易导致小船失衡而翻覆。关键时候,谢安及时提醒大家不要慌乱,最终让大家安全返回岸上,这是沉着冷静。以上两点足以表现出谢安的与众不同。

56

泰然自若

137

近些年来,一些人热衷于野外生存、野外探险,这本来无可厚非。但是如果缺乏对大自然最基本的了解、研究,缺乏必要的生存训练和技能,缺乏对自然最起码的敬畏,这就可能导致悲剧发生。与大自然的巨大力量相比,单个人的力量是非常渺小的。一些驴友仅凭一腔热情深入无人区,最终被困、受伤甚至丢掉性命,这实在是不可取的。无动力漂流、无保护攀岩、极限跳水等项目确实非常刺激,但是如果不能保证最基本的安全,建议还是不要尝试——毕竟,生命仅有一次。

57 墨鱼自祸

海有虫,拳然[1]而生者,谓之墨鱼。其腹有墨,游于水,则以墨蔽其身,故捕者往往迹[2]墨而渔之。噫!彼所自蔽者,乃所以自祸[3]也欤?人有恃智,亦足以鉴。

——《田间书》

一、注释

[1]拳然:通"蜷",屈曲;卷曲。一说长得像拳头那样。

[2]迹:动词,沿着……的轨迹;跟踪。

[3]祸:动词,给自己带来灾祸。

二、参考译文

海里有一种生物,蜷成一团生长,叫作墨鱼。它的腹部里面有墨汁,在水里游泳,就用墨汁掩护自己,所以捕鱼的人往往跟踪着墨迹就能逮到它们。啊!它们用来掩护自己的东西,竟然给自己带来了灾难?人也有觉得自己智力很高而自负的,他们应该以墨鱼为鉴了。

三、勤学善思

1. 墨鱼逃生的本领也同时招致了祸患,你还知道哪些类似的故事?

2. 在生活中如何避免这类"聪明反被聪明误"的问题出现?

四、解读延伸

1083 年,苏轼的侍妾王朝云为苏轼生了一个儿子,苏轼很开心,因为这是他自乌台诗案屡次被贬之后最开心的事情。他对政治的黑暗和官场的勾心斗角早已心生厌倦,于是给这个孩子取名为苏遁。"遁"是遁的异体字,意思同"遁"。他希望孩子远离官场，平安一生。还写了一首《洗儿》诗：

> 人皆养子望聪明，我被聪明误一生。

> 惟愿孩儿愚且鲁，无灾无难到公卿。

大意是：人们生了孩子都希望他们聪明，而我被聪明连累了一辈子。所以现在我希望我的孩子资质愚钝，平平安安做到公卿。这就是"聪明反被聪明误"的来历。

三国时期曹操的手下杨修是才华横溢的名士，《世说新语》里记载一个故事：曹操和杨修路过曹娥碑，上面写着"黄绢幼妇，外孙齑臼"八个字，杨修当时就猜出了这个字谜是"绝妙好辞"，而曹操走了三十里才解出来。后来因为军中口令"鸡肋"猜出曹操意图，被曹操以扰乱军心为名杀掉了，这就是聪明惹的祸。

壁虎遇到敌人会自动断掉尾巴，海参遇险会吐出部分内脏，墨鱼受到攻击的时候会喷出墨汁扰乱敌人视线，并趁机逃脱，这是动物自保的一种本能。但是万事万物通常利弊相连，墨汁扰乱了敌人的视线，却给渔夫留下了追踪的痕迹。

墨鱼生活在水中，它很清楚水中世界的事情，但是不知道海面以上还有人的存在。它只知道释放墨汁可以躲避敌人，但是却不知道水面以上还有人在伺机而动。"螳螂捕蝉，黄雀在后"，谁能料得到呢？

人为万物灵长，凭借智慧而不是生理优势统治地球。拥有智慧并没有错，但有时这种智慧也会成为"墨鱼的墨汁"。因此，还是要韬光养晦，不要锋芒毕露，不然可能会因此受到牵连。

58 郭伋[1] 守诺

（郭伋）始至行部[2]，到西河美稷[3]，有童儿数百，各骑竹马，道次迎拜。伋问："儿曹何自远来？"对曰："闻使君到，喜，故来奉迎。"伋辞谢之。及事讫，诸儿复送至郭外，问："使君何日当还？"伋谓别驾从事[4]，计日告之。行部既还，先期一日，伋为违信于诸儿，遂止于野亭[5]，须期乃入。

——《后汉书·郭伋传》

一、注释

[1]郭伋（jí）：（公元前39年—公元47年），字细侯，扶风茂陵（今陕西兴平市）人，东汉官员。游侠郭解玄孙、蜀郡太守郭梵之子。建武元年（25年），光武帝刘秀以为雍州牧、尚书令。三年（28年），出任中山太守。四年（29年），转任渔阳太守。八年（33年），征为颍川太守。十年（公元35年），调任为并州牧。建武二十二年（46年），被征召为太中大夫。二十三年（47年），去世，时年八十六岁。

[2]行部：巡行所属部域，考核政绩。

[3]西河美稷：地名，今汾阳市西北境。

[4]别驾从事：也叫别驾从事史，是刺史的佐官。

[5]野亭：郊野外的亭子。

二、参考译文

郭伋刚到任时去所辖地域巡视，到达西河美稷，有数百名儿童各自骑着竹马在道旁拜迎。郭伋问："你们为何远道而来？"儿童们回答说："听说使君到来，我们很高兴，所以前来欢迎。"郭伋向他们表示感谢。等到事情办完后，众儿童又将他送出城，并问："使君何时回来？"郭伋告诉别驾从事史，算好日子告诉他们。巡视后返回，比预计日期提前一天。郭伋不想失信于儿童们,于是在野外亭中留宿,等到了约定日期才进城。

三、勤学善思

1.有人说中国人没有契约精神,但也有人说中国人最讲诚信,你如何看待这些言论?

2.郭伋到任,几百个儿童骑着竹马来迎接说明了什么?

3.有人说郭伋这样做太古板了,你是否认同?为什么?

4.郭伋的这种做法在今天有什么积极的意义?

四、解读延伸

古代造福一方的清官离任,百姓们为表示感谢,通常会立德政碑、送万民伞、遗爱靴。据说著名的书法家米芾离任的时候,老百姓送的伞有上千把。但若是贪官污吏被罢免,也会有老百姓立"遗臭碑""遗臭匾"之类。民国时期云南省一个叫许良安的县长被罢免后,老百姓恨之入骨,立了一个"路南县贪官许良安遗臭碑",碑文上说他是"空前绝后的大贪官",这也算是一件趣事。

郭伋到任,几百个儿童骑着竹马夹道欢迎,这说明他非常有政声。我们有个成语叫"妇孺皆知",意思就是连妇女和小孩都知道,指某件事物众所周知,流传得很广。郭伋做官治理地方,他的政绩连孩子们都知道,他多么受老百姓的拥戴就可想而知了。

郭伋和孩子们约定了回来的日期,结果提前一天回来。为了守诺,他宁愿在野外的亭子里辛苦地待一夜,也不愿违约。也许有人会认为郭伋的这种做法有点刻板:这不是一件什么大事,而且是跟孩子们的约定,有这个必要吗?但是孩子们不这样认为,郭伋也是。如果我们对孩子爽约,会对孩子造成什么影响呢?曾子杀猪的故事中曾子的解释就足以说明。守诺不分贵贱尊卑,不分男女老幼,那不仅仅是对别人的承诺,也是对自己的约束。原则就是原则,承诺就是承诺,违约的理由可以形形色色,然而无论大事小情,一次爽约就是开了一个坏头:千里之堤毁于蚁穴,最终整个信用崩塌也说不定。承诺是不分男女老少的,做出了承诺就要去实现,这也是郭伋的君子本性。

人是活在仪式当中的。试想一下,郭伋如果提前进城,第二天孩子们早早迎候在城门口,满怀期待地眺望着远方。郭伋睡足了吃饱了,这时候从府衙里出来,跟孩子们说,不好意思,我昨天晚上就已经回来了——那将会是一个怎样的场面?

59 失贤亡国

晋献公欲伐虞[1]，宫之奇[2]存焉，为之寝不安席，食不甘味，而不敢加兵焉。晋赂虞君以宝玉骏马，虞君甚喜。宫之奇谏而不听，言而不用，越疆而去。荀息[3]伐之，兵不血刃，抱宝牵马而去。故守不待渠[4]堑而固，攻不待冲降[5]而拔，得贤之与失贤也。

——《淮南子》

一、注释

[1]虞：虞国，今陕西省平陆县东北。
[2]宫之奇：春秋时虞国大臣。
[3]荀息：春秋时晋国相国。
[4]渠：沟渠。
[5]冲降(jiàng)：也叫冲隆，古时兵车。

二、参考译文

晋献公将要攻打虞国，但虞国有宫之奇在，晋献公为此睡不安稳，吃不好饭，但也不敢发兵。晋献公向虞国国君贿赂美玉、骏马，虞君很高兴。宫之奇进谏（虞君）不听，进言（虞君）不采用，就离开了虞国。晋将荀息讨伐虞国，兵不血刃地拿下虞国，把美玉、骏马抢了回去。所以防守不靠沟堑的坚固，攻城取胜不只凭借兵车的高大，就看能得到贤人还是失去贤人。

三、勤学善思

1. 对比阅读《左传》中的《宫之奇谏假道》，了解宫之奇的智慧。
2. 虞国国君因为贪财而丢了国家，历史上不乏这样的糊涂虫，你还知道哪些类似的故事？

3. 文中说贤能的人才是安国定邦的关键,而不是靠武器和防御设备,你是否同意? 能否举例说明?

四、解读延伸

周王朝建国之后采用分封制建立了很多小的诸侯国,在"公、侯、伯、子、男"几个等级中,虞国属于"公"一级。当时"公、侯"的封地通常是方圆一百里,"伯"一级的封地大约为方圆七十里,"子、男"的封地大约为方圆五十里。这是周王朝开始分封时的情况,但是到了春秋战国时期,周王室衰微,诸侯国之间征伐不断,大鱼吃小鱼,小鱼吃虾米。晋国从晋献公时开始崛起,"并国十七,服国三十八"。虞国无论疆土还是综合国力都远不是晋国的对手。所以,从这一点上看,无论宫之奇是否出走,虞国的灭亡也只是迟早的事情——后来战国群雄争霸也证明了这一点。当然贤才也对一个国家的历史进程有着重要的影响。

宫之奇的存在虽然只是延缓了虞国的灭亡,但这已经是很不容易的事情了。

历史上,虞国有两个很了不起的人物,一个是宫之奇,另一个是百里奚。宫之奇忠心耿耿,料事如神,主张联合虢国抵抗晋国。他清醒地意识到晋献公的狼子野心,力谏虞国国君拒绝晋国借道虞国去灭虢国,"唇亡齿寒"的成语就来自于此。

百里奚经宫之奇推荐也参与了虞国的治理,虞国灭亡之后几经转折被秦穆公引入秦国,他殚精竭虑,实现了秦国的崛起。

然而,虞国国君昏聩无能,目光短浅,没有听从他们的建议,最终亡国灭种,从一国之君变成了美玉骏马的奴隶。

无论帝王将相还是黎民百姓,无论封建时代还是当今社会,每个人、每个单位、每个国家总会面临种种诱惑,总要做出种种选择。这时一定要理性,一定要慎重,一定要认清事实,一定要善于听取各方面的意见和建议,做出理想的选择。

1937 年"七七事变"之后,日寇长驱直入,大片国土沦陷,一时间"亡国论"甚嚣尘上。然而还不到一年时间,在 1938 年的五六月份,毛泽东同志就发表了著名的《论持久战》,他指出:"兵民是胜利之本""战争的伟力之最深厚的根源,存在于民众之中"。本文作者刘安认为,国家存亡取决于是否有贤能的人。而毛泽东同志则看得更加高远深刻:贤能的人固然有推动作用,但决定不了国家的未来,危急关头,国家和民族的生死存亡取决于民心向背。

60 文侯罢猎

魏文侯与虞人^[1]期^[2]猎。是日，饮酒乐，天雨。文侯将出，左右曰："今日饮酒乐，天又雨，公将焉^[3]之?"文侯曰："吾与虞人期猎，虽乐，岂可不一会期哉!"乃往，身自罢之。魏于是乎始强。

——《资治通鉴》

一、注释

[1]虞人:管理山林的小官员。

[2]期:约定。

[3]焉:何,哪里。

二、参考译文

魏文侯和掌管山泽的人约定好去打猎。(约定的)那天,(魏文侯和大臣们在宫中)喝酒喝得很开心,天下起了雨。魏文侯将要出去。大臣们说:"今天喝酒这么开心,天又下大雨,大王要去哪里呢?"魏文侯说:"我和管理山林的人约好去打猎。虽然现在很快乐,但是我怎么能不去赴约呢?"于是他就出去了,亲自取消了这次打猎活动。魏国从此变得强大。

三、勤学善思

1. 比较郭伋和魏文侯诚信言行的异同。

2. 魏文侯本来让手下人去通知管山林的人取消打猎就可以了,他为什么要亲自去? 表现了他的什么品质?

3. 作者把魏文侯讲诚信和魏国从此强大起来联系在一起,你认为这二者之间存在什么关系?

四、解读延伸

孔子说:"人而无信,不知其可也。"意思是一个人如果失去了信用或不讲信用,不知道他还可以做什么。郭伋没有对孩子们失信,魏文侯没有对管理山林的人失信,这些都是诚实守信的榜样。

魏文侯是诸侯,管理山林的人只是一个小吏,地位非常悬殊。魏文侯可以当作没这回事儿,虞人也不敢吱声;魏文侯也可以派人去通知虞人取消约定,这是正常程序;但是两个解决途径他都没有采取,而是亲自冒雨出去,与虞人取消了约定。当时,他正和群臣们开心地宴饮,而且天还正在下雨,为这件小事冒雨出行是不是有点小题大做?

非也。魏文侯不仅是魏国的开创者,也正是他使魏国成为战国七雄之一。魏文侯最大的特点之一就是能够礼贤下士,发掘和重用人才。西门豹、乐羊、吴起、李悝等一大批人才集中在他的手下,在他在位的五十年里为魏国的强大做出了巨大的贡献。即使对那些不愿做官的隐士,魏文侯也非常尊重。当时的段干木非常有才但是不愿做官,魏文侯月夜拜访他,段干木却翻墙跑了。后来魏文侯每次路过段干木居住的地方都行礼表示尊重,最后才感动了段干木。秦国当时意图攻打魏国,但因为段干木辅佐魏文侯而心有忌惮,最终也没有敢出兵。

孟子说,得道多助,失道寡助。什么是道?对于统治阶级来说,爱民如子,实施仁政,让老百姓过得富足自由就是王者之道。爱民如子如何体现?首先是让他们衣食无忧,然后是给他们应有的权利和尊重。虽然当时很少有人会想到民主、自由、平等,但是魏文侯冒雨取消约定的事情不仅能让虞人感到无限的光荣和温暖,也会让更多知道这件事情的人感同身受,最终形成巨大的向心力和凝聚力——这种精神的力量在关键的时候甚至能决定一个国家的前途命运。也许,魏文侯想到过这些,也许没想到,只是性格使然。

诚实守信是做人的基本原则,可是现实生活中很多人并没有认真对待。"改天请你吃饭。"改了很多天了再也没有消息;"生日给你买个玩具!"生日到了却没有一点行动;"我今后一定要好好学习!"转过身就去玩手机游戏……有时候许诺的对象太过亲近了,即使毁约也没有人提醒和计较,时间长了就形成了坏习惯;有时候觉得就是那么顺口一说,连自己都忘记了;有时候觉得事情不大,践约与否都无关大局;有时候求人的事情办完了,过河拆桥,再不理睬……凡此种种,不一而足。

前面《许金不酬》里,那个商人因为一次失信导致溺水身亡,希望我们永远不要犯这样的错误。

61 碎金鱼

陈尧咨[1]善射，百发百中，世以为神，常自号曰"小由基[2]"。及守荆南回，其母冯夫人问："汝典郡[3]有何异政？"尧咨云："荆南当要冲，日有宴集，尧咨每以弓矢为乐，坐客罔[4]不叹服。"母曰："汝父教汝以忠孝辅国家，今汝不务行仁化而专一夫之伎[5]，岂汝先人志邪？"杖之，碎其金鱼[6]。

——《宋史》

一、注释

[1]陈尧咨：(970年—1034年)，字嘉谟，书法家，善于射箭，北宋阆州阆中人。陈省华第三子，陈尧叟、陈尧佐弟，兄弟三人都是进士出身，陈尧叟和陈尧咨都是状元，世称"三陈"。卒谥康肃，所以又叫陈康肃公。

[2]由基：养由基，战国时楚国的神箭手。

[3]典郡：掌管郡务。

[4]罔(wǎng)：无，没有。

[5]伎：通假字，同"技"。

[6]金鱼：自唐朝到明朝时期较高官阶的一种表示身份的佩饰，金鱼袋饰以金银，内装鱼符。鱼符用金、银、铜等做成，刻有官吏姓名、官位，出入宫廷时须经检查。至宋代，不再用鱼符，而直接于袋上用金银饰为鱼形。

二、参考译文

陈尧咨擅长射箭，百发百中，世人把他当作神射手，(陈尧咨)常常自称为"小由基"。等到驻守荆南回到家中，他的母亲冯夫人问他："你掌管郡务有什么新政？"陈尧咨说："荆南是重要的地方，常常有宴会，我每次用射箭来取乐，在座的人没有不叹服的。"他的母亲说："你的父亲教你要以忠孝来报效国家，而今你不致力于施行仁化之政却专注于个人的射箭技艺，这难道是你死去的父亲的心愿吗?"(于是)用棍子打他,摔碎了他的金鱼配饰。

三、勤学善思

1. 治国理政和骑马射箭相互矛盾吗?陈尧咨的母亲为什么要打碎儿子的金鱼?

2. 体会陈尧咨金鱼被母亲打碎后的心情。

3. 对比阅读本文和欧阳修的《卖油翁》。

四、解读延伸

在欧阳修写的《卖油翁》中,陈尧咨射箭十中八九和卖油翁的油"自钱孔入,而钱不湿"都说明了同一个道理:熟能生巧。在本文中,陈尧咨还是以射箭自乐,不仅大家把他当作神射手,他自己也洋洋得意。虽然卖油翁说:"无他,惟手熟尔!"但是历史上除了养由基、陈尧咨、李广之外,名传于世的神射手并不多。甚至到了火器时代,那些手持带有高精度瞄准设备步枪的人也未必见得能够百发百中,这又是为了什么呢?射中一枚铜钱容易,射中一片树叶很难,因为树叶是不停随风摆动的;射中一片树叶容易,射中一只飞鸟很难,因为树叶虽然飘动,但是总是有树枝的牵绊;射中一只飞鸟容易,射中一只兔子很难,因为飞鸟在空中毫无遮拦,而兔子有草丛、灌木的遮挡;射中一只兔子很容易,射中一个敌人很难,因为要杀死活生生的人需要充分的心理准备;射中一个敌人容易,但是在很多敌人中射中一个更难,就像"常羊学射"中讲的,目标太多容易花了眼、走了神,不能用心专一。由此看来,很多事情远比我们想象的更复杂。

陈尧咨镇守荆南,作为地方行政长官,他需要做的是了解民生疾苦,施行仁政,让老百姓安居乐业。这是他父亲的期望。但是他做了什么呢?在宴会上炫耀自己的射箭本领,并在众人的喝彩声中满足自己的虚荣心。骑马射箭固然重要,百发百中固然神奇,但是陈尧咨的练习只是为了宴会取乐。这不是一个地方长官应该做的。因此,他的母亲认为他这是不务正业,用棍子打他,还摔碎了他的金鱼。

打得好!

前文我们讲过擅长书法绘画的皇帝,喜欢做屠户的皇帝,喜欢做木匠的皇帝等等,如果不是身为皇帝,喜欢书法绘画、杀猪宰羊或者修房盖屋都没有错,值得好好表扬——通过自己的诚实劳动养活自己是生活的根本。但是生活中很多人在其位并没有谋其政,这样往往容易出问题。做学生的不好好读书,做农民的不好好种庄稼,做官的不好好为老百姓服务,到头来总会自食其果。

岳飞的母亲、陶侃的母亲、陈尧咨的母亲、曾子的母亲、苏轼的母亲都是历史上非常杰出的女性。"子不教,父之过。"父母不仅是孩子的第一任老师,也是终身的老师。良好的家庭教育不仅能给孩子一个良好的启蒙教育,也将让他们终生受益。

62 任元受事母

任元受[1]事母尽孝，母老多疾病，未尝离左右。元受自言："老母有疾，其得疾之由，或以饮食，或以燥湿，或以语话稍多，或以忧喜稍过。尽言皆朝暮候之，无毫发不尽，五脏六腑中事皆洞见曲折，不待切脉而后知，故用药必效，虽名医不迨[2]也。"张魏公作都督，欲辟[3]之入幕，元受力辞[4]曰："尽言方养亲，使得一神丹可以长年，必持以遗老母，不以献公。况能舍母而与公军事耶？"魏公太息而许之。

——《老学庵笔记》

一、注释

[1]任元受：宋代医生，字尽言，精于医术，名噪一时。事母至孝，亲尝汤药。

[2]迨(dài)：达到。

[3]辟：征召。

[4]辞：推辞。

二、参考译文

任元受侍奉母亲孝顺到了极点，他的母亲年老，生了很多病，他从未离开过母亲身边。元受自己说："我的老母生病了，她生病的原因，要么是饮食上的，要么是天气原因，要么是讲话太多了，要么是情绪波动太大了。我早晚都侍奉在身边，没有任何细微的地方是我考虑不到的。母亲的五脏六腑的各种问题我都能看明白其中的道理，不用等到切脉之后才知道，所以我用药都必定有效，即使是名医也比不上我。"张魏公当都督的时候，想要征辟他做自己的幕僚。元受坚决推辞道："我正在侍奉我的母亲，假如我得到了一个可以使人长命百岁的神丹，我一定拿来献给我的老母，不会拿来献给您。

哪里还能舍弃老母而来参与您的军政之事呢？"魏公叹息着答应了他。

三、勤学善思

1. 任元受给母亲治病为何特别有效？

2. 施展政治抱负、安国富民是很多人的梦想，任元受因为母亲之故不做官，你对此如何评价？

3. 孝有多重含义，在你心目中什么是孝？搜集孔子关于孝的论述，并理解其含义。

四、解读延伸

孝道是中华民族的传统美德。虽然时代在发生变化，但是孝的基本含义和要求并没有变。"孝"字是一个会意字，最初的形状是一个孩子搀扶着老人。在中国最早的解释词意的词典《尔雅》中，"孝"被定义为"善事父母为"。经过社会不断发展，孝逐渐成为一个非常丰富的概念，成为制约人们行为的重要准则之一。

孝有多重含义。孔子说，现在人们所谓的"孝"只不过是能够养活父母而已。喂一匹马、养一只狗也是让它们活着，这跟孝的区别在哪里呢？在于尊敬。既能养活父母又尊敬他们，这是孝的表现之一。孔子还说，要做到孝顺，最难的是在伺候父母的时候和颜悦色，这只有发自内心的孝才能做到。孝和顺常常连在一起，虚心听从父母的意见和建议，顺从而不顶撞，这就是孝顺……类似的论述不胜枚举，都有一定的道理。

为了给世人树立孝顺的榜样，历史上出现了很多孝子故事和书籍，如据说是孔子编写的《孝经》、西汉时期刘向编写的《孝子传》，以及元代出现的《全相二十四孝诗选集》等。在"二十四孝"故事里，既有虞舜、汉武帝等帝王，也有曾子、黄庭坚、陆绩、江革等文臣武将，每个故事都表现了孝道的一个方面。但是这里面既有芦衣顺母、行佣供母等令人非常感动的故事，也有郭巨埋儿、哭竹生笋这样的不适宜拿来学习的故事。在物质生活日益丰富的今天，尤其是全国实现脱贫之后，赡养已经不是问题，重要的是如何和颜悦色地尊敬父母，让他们开心愉悦地度过晚年。

任元受为什么说他给母亲开药治病连当时的名医都比不上呢？因为他最了解他的母亲。我国中医诊治疾病的四个基本方法是"望、闻、问、切"，任元受不分昼夜侍奉母亲,密切关注她的一举一动,对她的饮食和生活规律了解得非常透彻,更知道她生病的原因。所以,并不是任元受比当时的名医技高一筹,只是他对母亲更了解而已。

任元受为什么不去做官施展自己的抱负呢?因为在他的心中,母亲只有一个,尽孝事大,做官事小。这跟李密的思想差不多,李密在《陈情表》中说,祖母养活他很不容易,为国家出力的时间还长,但是祖母年纪大了,如果再不尽孝就没有机会了。尽孝须趁早,古语说的"树欲静而风不止,子欲养而亲不待"就是这个道理。

没有科举考试的朝代采用举荐制选拔人才,"孝廉"是其最重要的标准:既要孝顺父母,又要廉洁奉公,这样的人才有做官的资格。如果一个人连生他养他的父母都不孝顺,还能谈什么爱民如子?一个人如果不能廉洁奉公,当了官难免忍受不住诱惑,行贿受贿,贪赃枉法,留下千古骂名。

魏公为什么叹息着答应了呢?叹息是因为他欣赏任元受这个人才,但是遗憾他不能成为自己的左膀右臂。答应是因为在当时尽孝是头等大事,甚至皇帝也将孝道当作治理天下的重要方法,因此任元受以此推辞实在无法勉强。

飞[1]事亲至孝,家无姬侍。吴玠[2]素[3]服飞,愿与交欢[4],饰名姝[5]遗[6]之。飞曰:"主上宵旰[7],宁大将安乐时耶!"却不受。玠大叹服。或问:"天下何时太平?"飞曰:"文臣不爱钱,武臣不惜死,天下太平矣!"师每休舍[8],课将士注坡跳壕[9],皆铠以习之。卒有取民麻一缕以束刍[10]者,立斩以徇[11]。卒夜宿,民开门愿纳,无敢入者。军号"冻死不拆屋,饿死不掳掠"。卒有疾,亲为调药。诸将远戍,飞妻问劳其家;死事者,哭之而育其孤。有颁犒[12],均给军吏,秋毫无犯。凡有所举,谋定而后战,故所向克捷。猝遇敌不动,故敌为之语曰:"撼山易,撼岳家军难。"……每调军食,必蹙额曰:"东南民力竭矣!"好贤礼士,雅歌投壶,恂恂[13]如儒生。每辞官,必曰:"将士效力,飞何功之有!"

——《续资治通鉴·宋纪》

一、注释

[1]飞:岳飞(1103年—1142年),字鹏举,相州汤阴(今河南省汤阴县)人。南宋时期抗金名将、军事家、战略家、民族英雄、书法家、诗人,位列南宋"中兴四将"之首。

[2]吴玠:(1093年—1139年),字晋卿,德顺军陇干县(今甘肃省静宁县)人。南宋名将。

[3]素:素来,一向,一直。

[4]交欢:结交朋友而相互欢悦。

[5]名姝:著名的美女。姝:美好,美丽的女子。

[6]遗(wèi):赠送。

[7]宵旰:天未亮就起床穿衣,天黑了才吃饭,形容人非常勤奋。

[8]休舍:休息。

[9]注坡跳壕:军事训练内容。注坡,从斜坡上急驰下去。跳壕,跃过壕沟。

[10]刍:拔草,割草,这里指喂马的草料。

[11]徇:当众宣示。

[12]颁犒:用酒食或财物分赏下属,这里指朝廷的封赏。

[13]恂恂:恭谨温顺的样子。

二、参考译文

岳飞伺候父母极为孝顺,家里没有侍女侍奉。吴玠一向佩服岳飞,希望与他交好,把有名的美女打扮好赠送给他。岳飞说:"皇上整天辛苦勤于政事,难道现在是大将安心享乐的时候吗?"推辞不接受。吴玠由此更为叹服钦佩。有人问(岳飞):"天下什么时候能太平?"岳飞说:"文臣不贪图钱财,武臣不吝惜生命,天下就太平了!"军队每次休整,(岳飞)督促将士跑下山坡、跃过壕沟,命令将士都穿着沉重的铠甲来训练。士兵假若拿百姓一缕麻来捆束牲口草料,立即被斩首示众。士兵晚上宿营,百姓开门希望接纳,没有人敢进去。军队的号令是"冻死也不拆(百姓的)房屋,饿死也不抢劫掠夺"。士兵生病,(岳飞)亲自为他们调药。将领们到远方戍守,岳飞的妻子便慰问犒劳他们的家人;为国而牺牲的,岳飞亲临哭丧并抚育他们的遗孤。(皇上)有赏赐犒劳,都分给军中官吏,自己丝毫不侵占。凡是有军事行动,必定召集部下谋划商定后才出兵作战,因此所向披靡。突然遇到敌人也不慌乱,敌人因此说:"撼动大山容易,撼动岳家军难。"每次调集军粮,一定皱着眉头说:"东南百姓的财力用尽了!"岳飞尊敬贤士,吟诵诗歌,做投壶游戏,恭顺谦和得就像一介书生。每次推辞升官,他一定说:"将士出力,我岳飞有什么功劳!"

三、勤学善思

1. 岳飞为什么说"文臣不爱钱,武臣不惜死,天下太平矣!"?
2. 岳家军所向披靡的原因有哪些?
3. 本文表现了岳飞的哪些优秀品质?
4. 阅读《岳飞传》。

四、解读延伸

抗金名将、军事家、战略家、书法家、诗人、"中兴四将"之首……用这些词语来评价岳飞不仅毫不为过,而且还不足够。

岳飞是一个孝子。文中说他"事亲至孝",就是对父母非常孝顺,一个细节就是他们家里没有侍女。在那个时代,不要说岳飞这样的名将,就是一般的富裕家庭,使用几个仆人和丫鬟都是正常的。岳飞为什么没有使用侍女呢?因为亲力亲为更能体现出孝道的本质。在"二十四孝"的故事里,汉文帝的母亲病了三年,汉文帝亲自熬药,亲尝汤药,关心备至。现在看来,这样的行为也依然具有其现实意义。社会进步了,物质发达了,人们的生活圈子变大了。孔子说:"父母在,不远游,游必有方。"但是现在有很多人工作、生活在距离父母千里万里之遥的地方,为了父母生活幸福快乐,雇保姆,雇家政,虽然也是出于孝心,但父母真的开心快乐吗?也许吃穿住用满足了之后,他们更需要的是承欢膝下、含饴弄孙。

岳飞是一个心怀家国的人。吴玠送他一个美女,他坚辞不受,理由是皇帝每天还为了国家大事宵衣旰食,自己还不到享受生活的时候。西汉时期的霍去病也说过同样的话:"匈奴未灭,何以家为?"只有心怀家国和天下苍生的人才有这样的气度!

岳飞是一个具有浪漫政治情怀的人。他的理想是"文臣不爱钱,武将不惜死"的太平社会。文臣武将不贪钱财,不惜牺牲,一心为公,老百姓自然安居乐业,天下太平。他的这句话成为之后很多政治家的远大抱负,并被尊为治国理政的信条。可惜的是,这种愿望在封建时代是没法实现的。

岳飞是一个杰出的军事家和战略家。敌人为什么说"撼山易,憾岳家军难"?岳家军为什么"所向克捷"?岳飞治军有方:一是丝毫不侵犯老百姓的利益,这样就如毛泽东同志所说:"军民团结如一人,试看天下谁能敌?"二是加强军队战斗力,每次休息都亲自督促将士操练,丝毫不敢懈怠。三是爱惜将士,士兵生病了,他亲自熬药;将士到边远地区戍守,岳飞的妻子慰劳他们的家人;将士牺牲了,岳飞抚养他们的遗孤。这种全面治理军队的策略怎能不打造出一支勇敢无畏的军队?四是每次作战他都要详细策划,集思广益,只有运筹帷幄,才能决胜千里。如果不是朝廷牵制,岳飞直捣黄龙指日可待。

岳飞还是一个体恤民情的人。战争时期调集军粮供应前线是理所应当的事情,但是每次岳飞看到调集来的军粮总是想到后方百姓的疾苦。他不仅是这么想的,也是这么做的。据史料记载,岳飞行军打仗总是和士兵同甘共苦,吃穿住用,一律平等。文中说朝廷发来的犒赏物资他全部发放,秋毫无犯,这就是一个明证。

岳飞更是一个不慕功名的人。每次推辞升官他都谦逊地把功劳归在将士们身上,而实际上每个人都知道,即使士兵再勇敢,没有优秀将领的指挥也不可能打胜仗。

在我国五千年光辉灿烂的历史上,像岳飞这样优秀的人还有很多很多,他们都是我们民族的骄傲和榜样。虽然时代不同了,但是那种精神依然在指引我们前进奋斗的道路上熠熠闪光。

64 共挽鹿车

勃海鲍宣[1]妻者,桓氏之女也,字少君。宣尝[2]就少君父学,父奇其清苦[3],故以女妻之,装送资贿甚盛。宣不悦,谓妻曰:"少君生富骄,习美饰,而吾实贫贱,不敢当礼。"妻曰:"大人以先生修德守约,故使贱妾侍执巾栉[4]。即奉承君子,唯命是从。"宣笑曰:"能如是,是吾志也。"妻乃悉归侍御[5]服饰,更着短布裳,与宣共挽鹿车[6]归乡里。拜姑[7]礼毕,提瓮出汲。修行妇道,乡邦称之。

——《后汉书》

一、注释

[1]鲍宣:(前30—3年),西汉大夫,字子都,渤海高城(今河北盐山东南)人。

[2]尝:曾经。

[3]清苦:清贫而刻苦。

[4]巾栉:毛巾和梳子。

[5]侍御:侍从婢女。

[6]鹿车:古代的一种小车。

[7]姑:这里指婆婆。

二、参考译文

渤海鲍宣的妻子,是桓氏的女儿,字少君。鲍宣曾经跟随少君的父亲学习,少君的父亲为他的清贫刻苦而惊奇,因此把女儿嫁给了他。(少君出嫁时)嫁妆陪送得非常丰厚,鲍宣不高兴,就对妻子说:"你生在富贵人家,习惯穿戴漂亮的衣服和装饰,可是我实在贫穷低贱,不敢担当大礼。"妻子说:"我父亲因为您的修养品德,信守约定,所以让我拿着毛巾梳子(服侍您)。既然侍奉了您,(我)听从您的命令。"鲍宣笑着说:"(你)能这样,这是我的心意了。"少君就全数退回了那些侍从婢女、服装首饰,改穿(平民的)短衣裳(汉代贵族的衣服是长衫),与鲍宣一起拉着小车回到家里。(她)拜见婆母礼节完毕后,就提着水瓮出去打水。她修习妇道,被乡里的人们称赞。

三、勤学善思

1. 面对丰厚的嫁妆,鲍宣为什么不开心?
2. 从鲍宣妻子的行为可以看出她是怎样的一个人?
3. 结合本文谈谈该如何理解"静以修身,俭以养德"。

四、解读延伸

古人认为一个真正高尚的人应该追求更高层次的精神境界,应该把毕生奉献给黎民百姓,决不能贪恋物质享受,更不能被物质左右。因此,虽然鲍宣得到了岳父家的很多嫁妆,但是他并不开心,所以要妻子退回陪嫁的所有资财,这展示了当时一个君子的处事标准。

少君的父亲把女儿嫁给鲍宣不是因为他贫穷,而是因为他虽然贫穷但刻苦上进,这显示了一个人的远大志向和坚定意志。耐得住清贫,守得住底线,这就是鲍宣最突出的性格特点。事实上,鲍宣虽然屡次被人陷害,但是他无论是做人还是做官,都守住了这个底线,为官清廉,刚正不阿。

这个故事记录在《后汉书·列女传》中,主要表现的主角是鲍宣的妻子桓少君。桓少君从小生活优渥,嫁给清贫的鲍宣却无怨无悔。习惯了富足生活的她退掉了父亲陪嫁的钱财、仆从甚至服饰,和丈夫一起推着小车回家,这是需要极大的勇气的。不仅如此,回家拜见婆婆之后立马换上平民的服装去打水,丝毫没有勉强之意。一个开朗大方接地气的女子形象跃然纸上。

《后汉书》的作者范晔是南北朝时期的人。自西汉"罢黜百家,独尊儒术"开始,儒家教条渐渐成为约束人们思想行为的重要原则。在此之前关于妇女的行为就有"三从四德"之说,三从指的是"未嫁从父,既嫁从夫,夫死从子。"一个女人没出嫁的时候听从父亲的,嫁出去之后听从丈夫的,丈夫死了之后听从儿子的——从来没有自己当家作主过!在这个故事里,因为鲍宣不开心,少君就按照丈夫的意思办:"即奉承君子,唯命是从。"这或多或少能够反映出那个时代夫权影响下"嫁鸡随鸡,嫁狗随狗"的影子。

今天,假如我们是鲍宣或者少君,我们会怎么做?

首先,也许我们会被贫困的生活压倒,得过且过,碌碌无为而了此一生。平淡也是生活,三轮车夫、农民、小贩甚至拾荒者都是普普通通的人,这无可厚非。但是如果能在贫困的生活中坚守理想,也许更能为自己的人生增光添彩:快递员雷海为、保安张俊成、大衣哥朱之文等都是很好的例子。

其次,也许我们会不管三七二十一,拿来再说。既然是夫妻,既然岳父家已经送来了,为什么不收呢? 有总比没有好啊! 或者假如我们是少君,已经习惯了衣来伸手的日子,忽然要自食其力,能否受得了? 要不要跟鲍宣一刀两断? 这都是可能的。

再次,假如我们接受了丰厚的嫁妆会怎么样? 还能耐得住清贫吗? 还能坚持发奋上进吗? 生活中人们常常说"如果"——如果我能重返二十岁,我一定好好学习;如果我能成为百万富翁,我一定要扶危济困;如果我能管理一方,我一定造福百姓……但是事实往往并非如此。优渥的物质条件常常会消磨我们的雄心壮志,烦琐的日常生活会磨平我们的棱角,世俗的裹挟也会让我们不知所从,要保持独立的人格,秉持人生的理想,对我们大多数人来说总是阻力重重。

梭罗认为人们常常被物质生活左右而并不觉醒,比如农民要饲养牲畜,他们要为牲畜搭棚子,要为它们割草加料,清扫棚圈,梳理毛发,饮水治病等等,看起来我们不像是牲口的主人反而像是它们的仆人! 他在《瓦尔登湖》里写道:"当农人拥有了自己的房子,他不见得因此而更富,反而会是更穷了,是房子拥有了他。"所以很早的时候荀子就说过一句话:"君子役物,小人役于物。"如果我们能够明白其中的道理,也许我们能更加透彻地理解鲍宣以及像鲍宣那样的人。

65 曾子却邑

曾子衣[1]敝衣[2]以耕。鲁君使人往致邑[3]焉,曰:"请以此修衣[4]。"曾子不受,反[5],复往,又不受。使者曰:"先生非求于人,人则献之,奚[6]为不受?"曾子曰:"臣闻之,'受人者畏人;予人者骄人。'纵[7]子有赐,不我骄[8]也,我能勿畏乎?"终不受。孔子闻之,曰:"参之言足以全[9]其节也。"

——《说苑》

一、注释

[1]衣(yì):穿。
[2]敝衣:破旧衣服。
[3]邑:封邑,封地。
[4]修衣:添置衣物。
[5]反:同"返",返回。
[6]奚:什么,疑问词。
[7]纵:纵然。
[8]不我骄:即"不骄我",不对我显露骄色。
[9]全:保全,使……得以保全。

二、参考译文

曾子穿着破旧的衣裳在地里耕种。鲁国的国君派人到他那里去给他一块封地,并带话说:"请用这封地的收入,修饰一下你的服装。"曾子没有接受,使臣便返回了,不久后又来了,可曾子仍然没有接受。使臣说:"先生不是向国君求取的,是国君自己封赠给你的,为什么不肯接受呢?"曾子说:"我听说,接受了人家赠送的东西,就怕得罪人家;给人家东西的人免不了会骄横。纵然鲁君赠送我采邑,没有对我表现出骄横,但我能不畏惧他吗?"最终还是没有接受。孔子知道了这件事,说:"曾参的话足以保全他的气节。"

三、勤学善思

1. 你认为鲁国的国君为什么要给曾子封地?

2. 你认为曾子的话有没有道理?能否举例说明?

3. 孔子认为曾子的话足以保全他的名节,你认为孔子所说的名节是什么?

4. 阅读鲁迅先生的《拿来主义》,你认为鲁迅先生和曾子的观点哪一个更对?为什么?

四、解读延伸

人们常说,孔子弟子三千,贤人七十二。而在这七十二个所谓的贤人中又有十个最杰出的,被称为"孔门十哲",曾子即其中之一。有关曾子的故事,大家耳熟能详的就有很多:曾子杀猪、啮指痛心、曾子避席等。曾子所处的春秋时代各诸侯国之间征伐不断,人才争夺是国家发展壮大的重要途径之一。像曾子这样的人如果衣不蔽体、食不果腹,那么鲁国国君就会落下一个不重视人才的名声,无法笼络人才而导致国家衰落。因此,鲁国国君才会给曾子封邑,借此笼络人才,树立名声。

曾子不愧为先贤大哲,面对封邑他是非常清醒的——坚辞不受。曾子的理由是,接受了别人的馈赠就会产生畏惧或者担忧,不敢得罪别人,而给与别人东西的人难免因此而骄横。这的确是人之常情,所以有句俗话叫作"拿人家的手短,吃人家的嘴软"。一旦平白无故接受了别人的馈赠,往往就会掉入泥沼而无法干净脱身。古往今来那些贪官污吏无不如此:拿人钱财,替人消灾。常常是消到最后触犯刑律,把自己给消灭了。所以人们常说无功不受禄,但这还只是一个低级层次,更高一级的是施恩不图报,这样的境界才能带来更多愉悦和快乐。

古人很讲究名节,而关于名节的理解各有不同:一个还没过门的女孩未来的丈夫死了,她可能一辈子再不嫁人,这是守住贞节;明朝的方孝孺宁可被灭十族也不为朱棣起草诏书,这是守住臣节;像曾子这样宁愿过贫穷的生活也不接受国君的馈赠,这是守住士人之节;还有许许多多人在抵抗外族入侵时前赴后继,这是守住民族气节……如今,我们可以把古人的名节去其糟粕,取其精华,更加凝练地吸收。我们也可以把名节理解为做人做事的底线,没有底线,人和事儿就变了味儿,人不能自立,事不能成功。

鲁迅先生在《拿来主义》里提出一个观点:不管怎样,拿来再说!这和本文所提倡的名节存在冲突吗?没有!鲁迅这篇文章所提倡的是在文化发展的过程中,对待传统文化和西方文化,不要一味拒绝,也不要一味接纳,而要在先拥有(拿来)之后再有选择地吸收,取其精华,去其糟粕,古为今用,洋为中用。这是文化融合和发展的问题,不是国家民族或个人气节问题。

社会发展到今天,人们面临的诱惑也越来越多。"人为财死,鸟为食亡",我们一定要认清各种诱惑的陷阱,坚守自己的底线,做一个坦坦荡荡、自由自在的人。

66 飞将军李广

广[1]出猎，见草中石，以为虎而射之，中石没镞，视之石也。因复更射之，终不能复入石矣。广所居郡闻有虎，尝自射之。及居右北平射虎，虎腾伤广，广亦竟射杀之。广廉，得赏赐辄[2]分其麾下[3]，饮食与士共之。终广之身，为二千石四十余年，家无余财，终不言家产事。

——《史记》

一、注释

[1]广：李广（？—前119年），陇西成纪（今甘肃天水秦安县）人，西汉时期的名将，人称"飞将军"。他将门出身，善骑射，历任7个郡的太守。其平吴楚之乱，名声显扬；抗击匈奴，使匈奴数年不敢侵犯。前119年，漠北之战中，因迷失道路，未能参战，愤愧自杀。唐朝皇帝李渊、李世民追其为先祖，宋徽宗追尊李广为怀柔伯。

[2]辄：就。

[3]麾下：指将帅或者将帅的部下，这里指李广的部下。

二、参考译文

李广出外打猎，看见草丛中的石头，以为是虎就射去，箭头没入石中，近看原来是石头。于是又重射，却再不能射进石头里了。李广所在的郡有虎，他曾经亲自去射杀。他在右北平射虎，虎曾跳起来伤过他，李广最终还是把虎射死了。李广为官清廉，得到赏赐就分给他的部下，饮食总与士兵在一起。李广一生做二千石俸禄的官共四十多年，家中没有多余的财物，始终也不谈及家产方面的事。

三、勤学善思

1. 为什么李广第二次没能把箭射进石头里去？

2.“冯唐易老，李广难封”，了解李广其人其事并对此做一评价。

3.你还知道关于李广的哪些诗词或者故事？

四、解读延伸

现在流行一句话:"不逼一把，你就不知道自己有多优秀!"人的智力、体力的潜力非常大，只有遇到特殊的机会才会被完全激发。曹植能够七步成诗，首先自然归于他的才华，其次是曹丕的威逼激发了他的潜能，这大概最能佐证"急中生智"这个成语。其实这样的例子还有很多。27岁的切默季尔是肯尼亚的一名农妇，为了能得到7000英镑的奖金让四个孩子接受教育而开始练习马拉松，结果只用了一年多的时间就获得了内罗毕马拉松大赛的冠军。当李广误将石头当作老虎的时候，他的潜能被激发出来，爆发出前所未有的勇气和力量，所以可以将箭头射进石头里。《水浒传》里武松打虎也是一样，面对老虎他走投无路，只有拼命一搏，最终赤手空拳打死了老虎。但是等潜力发挥过后，李广再也没法将箭射进石头，而武松手脚也都酥软了。

关于李广射石头这件事，唐代诗人卢纶曾写道:"林暗草惊风，将军夜引弓。平明寻白羽，没在石棱中。"尽管后来李广没有能够再把箭射进石头，但是从本文看他的胆识和射箭的技能还是非常厉害——即使受了伤最终还是射杀了老虎。唐高祖李渊、唐太宗李世民把李广追认为自己的先祖，《水浒传》中神射手花荣的诨号叫"小李广"，可见李广对后世的影响有多大。

"冯唐易老，李广难封。"出自王勃的《滕王阁序》。冯唐是一个很有智慧的人，前后共经历过三个皇帝，但是官并没有做多大。汉武帝时要征召冯唐，可是当时他已经九十多岁了。李广曾说过，汉朝跟匈奴的战争他都参与了，手下军功不及自己的很多人封侯了，而他自己却没有封侯，不知道是命该如此还是生不逢时。李广虽然没有封侯，但是也拿着每年二千石的俸禄，人生哪儿能事事都得到满足呢？更何况，李广虽骁勇善战，但是谋略欠缺；虽爱兵如子，但心胸狭窄；虽战功卓著，但也有不足:他曾孤军深入，自己被擒，差点丢掉性命；他失意时被人嘲讽而怀恨在心，得意时杀人报私仇；他曾诱降八百敌人，而当天又将他们全部杀死。到最后竟因为被卫青责骂而自杀，留下终生遗憾。所以，人无完人啊！要想真正认识这个人，要从多方面去了解，不能单凭一篇文章一概而论。

66

飞将军李广

67 书 巢

吾室之内，或栖于椟[1]，或陈于前，或枕藉于床，俯仰四顾，无非书者。吾饮食起居，疾痛呻吟，悲忧愤叹，未尝不与书俱。宾客不至，妻子不觌[2]，而风雨雷雹之变有不知也。间[3]有意欲起，而乱书围之，如积槁枝[4]，或[5]至不得行，辄自笑曰："此非吾所谓巢者邪。"乃引客就[6]观之，客始不能入，既[7]入又不能出，乃亦大笑曰：信[8]乎其似巢也！

——《渭南文集》

一、注释

[1]椟：柜子，匣子。

[2]觌（dí）：相见。

[3]间：偶尔。

[4]槁枝：枯树枝。

[5]或：有时。

[6]就：走，靠近。

[7]既：已，已经。

[8]信：确实。

二、参考译文

我屋子里（的书），有的藏在木箱里，有的陈列在眼前，有的排列在床头，俯仰观看，环顾四周，没有不是书的。我的饮食起居，疾病呻吟，悲伤忧虑，愤激感叹，没有不和书在一起的。客人不来，妻子和儿女都不相见，连风雨雷雹等天气的变化，也都不知道。偶尔想站起身，可乱书围着我，如同堆积的枯树枝。有时甚至到了不能走路的地步，于是自己笑着说："这不就是我所说的巢吗？"于是带领客人进屋观看。客人开始不能进来，进来了又不能出去,于是也大笑说:"确实是像巢一样啊!"

三、勤学善思

1. 你如何理解"文字的发明使人类最终成为万物之灵长"?
2. 你知道"拥书南面"这个成语的意思吗?你是否赞同?为什么?
3. 你还学过陆游的哪些诗词?

四、解读延伸

人类历史上有很多发明,但是最了不起的发明是文字。动物之间的知识、经验和技能的传承大多是上一代传下一代,像大象这样长寿的动物也不过能隔代相传。但是文字的发明可以使人类的智慧跨越时空传承,并通过一代代的积累和发展,从量变到质变,最终使人类成为万物灵长。人类没有猎豹的速度,没有鲨鱼的凶猛,更不能像鹰隼一样自由翱翔,但是他们制造了汽车、轮船、潜艇、航天飞机等等,这远远超越了动物所能达到的极限。

这就是知识的力量。

北魏有个著名的大学问家、藏书家李谧,他13岁即通音律、五经、历数、方技诸学。18岁时求教于博士孔璠并很快超越了老师,以至于数年后孔璠却要向他请教疑难。但是他还是感觉读书不够,于是就开始阅读、收藏、编校图书,最后经他校订的藏书达到4000多卷。他曾说"丈夫拥书万卷,何假南面百城",意思是一个人如果能读书破万卷,为什么要做统治百座城池的君主呢?人生在世总要有所追求,有人追究钱财,有人追求权力,有人追求名声,也有人把毕生的精力倾注在对精神自由的追求上。理想没有高低贵贱之分,只要是对人类和国家的发展有益的追求都值得肯定。只要不危害他人、社会、国家,我们都不应当打击。

陆游是我国著名的爱国诗人,他的《示儿》《卜算子·咏梅》《游山西村》《钗头凤》等都是脍炙人口的名篇。而本文又从另一方面给我们展示了诗人"书痴"的一面:桌边床头俯仰之间全是书,饮食起居言谈举止都伴着书,因为读书连妻子儿女都很少见,连风雨阴晴都不知道!书堆得太多了,以至于客人很不容易进来,而一旦进来了又不容易出去,所以陆游把书房叫作书巢,客人也笑着说"确实像鸟巢一样"。

据统计,世界上最爱读书的国家是以色列,平均每人每年读书六十多本,而我们国家每人每年平均读的纸质书还不到五本。经济发展了,生活富裕了,精神生活也要丰富起来。有些人喜欢买书,办公室里高高地排起几个大书柜,各种书摆得满满的,但是一年到头也许连一本书都没有打开看过。笔者的哥哥很早以前就注意到这个情况,他还写过一首打油诗来讽刺那些把书当作装饰品的人:

汗牛充栋堆如山,桌边床头尽书卷。蛛网尘灰有寸许,可曾翻开一页看?

是文字的发明让人类成为众生之王,是知识改变了世界、改变了人类、改变了人生,可是,扪心自问,我们是不是离它们却越来越远了呢?

孔子曰:"吾死之后,则商[1]也日益,赐[2]也日损。"曾子曰:"何谓也?"子曰:"商好与贤己者[3]处,赐好说[4]不若己者。不知其子,视[5]其父;不知其人,视其友。不知其君,视其所使;不识其地,视其草木。"故曰:与善人居,如入芝兰之室,久而不闻其香,即与之化[6]矣。与不善人居,如入鲍鱼之肆[7],久而不闻其臭,亦与之化矣。丹之所藏者赤,漆之所藏者黑。是以君子必慎其所与处者焉。

——《孔子家语》

一、注释

[1]商:卜商(公元前507年—?),姒姓,卜氏,名商,字子夏,南阳郡温邑(今河南温县黄庄镇卜杨门村)人。春秋末期思想家、教育家,名列"孔门七十二贤"和"孔门十哲",尊称卜子。子夏个性阴郁勇武,好与贤己者处,求学于孔子,以"文学"著称。

[2]赐:端木赐(公元前520年—公元前456年),复姓端木,字子贡。儒商鼻祖,春秋末年卫国黎(今河南省鹤壁市浚县)人。孔子的得意门生,孔门十哲之一,善于雄辩,办事通达,曾任鲁国、卫国的相。还善于经商,是孔子弟子中的首富,被尊为"财神"。

[3]贤己者:比自己贤良的人。

[4]说:谈论。

[5]视:看,比照。

[6]化:融和。

[7]鲍鱼之肆:卖咸鱼的店铺。

二、参考译文

孔子说:"我死之后,子夏会比以前更有进步,而子贡会比以前有所退步。"曾子问:"为什么这么说呢?"孔子说:"子夏喜爱和比自己贤明的人在一起,子贡喜欢同才智比不上自己的人交流。如果不了解孩子如何,看看孩子的父亲就知道了;不了解本人,看他交往的朋友就可以了;不了解主人,看他手下的人就可以了;不了解一个地方,看该地的草木就可以了。"所以说,常和品行高尚的人在一起,就像置身于满是芝兰的屋里,时间长了便闻不到香味,因为已经和芝兰融合在一起了。和品行低劣的人在一起,就像到了卖咸鱼的店铺,时间长了也闻不到腥臭了,这也是因为融入里面了。藏丹的地方时间长了会变红,藏漆的地方时间长了会变黑。所以君子必须谨慎地选择与自己相处的人。

三、勤学善思

1. 举例说明"近朱者赤,近墨者黑"。

2. 如果我们能经常跟高水平的人一起,得到他们的指点,就可以不断迅速进步。所以从另一个角度看,班门弄斧也是对的。你是否同意这一观点?

3. 我们在日常生活、工作和学习中与人交往应当坚持什么样的原则?

四、解读延伸

一个人的成长不仅与自身的品行、毅力、意志有关,也离不开环境的影响,这就是"近朱者赤,近墨者黑"的道理。孔子在这里做了个比喻:和不同的人相处,或者像处于芝兰之室,或者像处于鲍鱼之肆,时间长了,有的人满身芬芳,有的人一身腥臭。在这一点上,荀子也有类似的看法:"蓬生麻中,不扶而直;白沙在涅,与之俱黑。"孟子的母亲三次搬迁,就是为了给少年孟子一个良好的学习环境。

读万卷书,行万里路,阅无数人。在工作、生活和学习中,我们会遇到不同的人,他们总会以这样或那样的方式影响着我们,所以,与人交往一定要谨慎。跟阳光的、积极的、高尚的人在一起,你可能也会变得积极、阳光、高尚;跟阴郁、消极、卑劣的人在一起,你也许会因此变得和他们一样。物以类聚,人以群分,多跟优秀的人在一起,你也会变得更优秀。俗话说,宁为鸡头,不为凤尾。但是为何不可以"宁为凤尾,不做鸡头"呢?因为,即使你是鸡头,也不过是一只鸡。而即使你是凤尾,也还是凤凰,本质是完全不一样的。

"班门弄斧"这个成语本来是讽刺那些水平泛泛偏偏喜欢卖弄结果贻笑于大方之家的人。但是我们反过来想想，如果我们抱着虚怀若谷的态度，低下头来，把我们的不足显露给行家里手，让他们给我们指导和帮助，那不是进步得更快吗？子夏喜欢和比自己更厉害的人相处就是这个道理。子贡总喜欢与不如自己的人交流，我们是不是也有这样的毛病？为什么这样？孟子看得很清楚——"人之患在好为人师。"与不如自己的人交流很容易满足虚荣心，但是对自己的人生能有什么促进吗？

　　所以，在人生道路上如何与人交往，如何选择朋友是一门学问。孔子说："见贤思齐焉，见不贤而内自省也。"遇到比自己优秀的人，一定要向人虚心学习；遇到不如自己的，一定要反躬自省。遇到旗鼓相当的人呢？既要看到他的长处，也要看到他的问题，这就像对镜自照一样。"三人行必有我师焉，择其善者而从之，其不善者而改之。"这是我们应该时刻牢记的原则。

69 不材之木

匠石[1]之[2]齐，至于曲辕，见栎社树[3]。其大蔽数千牛，絜[4]之百围[5]。其高临山[6]，十仞[7]而后有枝，其可以为舟者旁[8]十数。观者如市，匠伯不顾，遂行不辍。弟子厌观[9]之，走及匠石，曰："自吾执斧斤[10]以随夫子，未尝见材如此其美也。先生不肯视，行不辍，何邪？"曰："已矣[11]，勿言之矣！散木[12]也，以为[13]舟则沉，以为棺椁[14]则速腐，以为器则速毁，以为门户则液[15]樠[16]，以为柱则蠹[17]。是不材之木也，无所可用，故能若是之寿[18]。"

——《庄子》

一、注释

[1]匠石：名叫"石"的匠人。

[2]之：往。

[3]栎社树：意思是把栎树当作社神。栎（lì），树名。社，土神。

[4]絜（xié）：用绳子计量周围。

[5]围：周长一尺。

[6]临山：接近山巅。

[7]仞：八尺。

[8]旁：通"方"，将的意思。

[9]厌观：看了个够。厌，满足。

[10]斤：斧之一种，后称"锛"，即横口斧。

[11]已：止。"已矣"相当于"算了"。

[12]散木：指不成材的树木。

[13]以为：即"以之为"，把它做成。

[14]椁（guǒ）：棺外的套棺。

[15]液：浸渍。

[16]楠(mán)：古书上说的一种树，木材像松木。一说为流出液体。

[17]蠹(dù)：蛀蚀。

[18]若是之寿：像这样的长寿。

二、参考译文

匠人石去齐国，来到曲辕这个地方，看见一棵被世人当作社神的栎树。这棵栎树树冠大到可以遮蔽数千头牛，用绳子绕着量一量树干，足有十丈粗。树梢高临山巅，离地面八十尺处方才分枝，用它来造船可造十余艘。观赏的人群像赶集似的，而这位匠人连头也不回，毫不停留，继续赶路。他的徒弟看了个够之后跑着赶上了匠人石，说："自我拿起斧锛跟随先生，从不曾见过这样壮美的树木。可是先生却不肯看一眼，不住脚地往前走，为什么呢？"匠人石回答说："算了，不要再说它了！这是一棵什么用处也没有的树，用它做成船定会沉没，用它做成棺椁定会很快朽烂，用它做成器皿定会很快毁坏，用它做成屋门定会流脂，用它做成屋柱定会被虫蛀蚀。这是不能取材的树，没有什么用处，所以它才能如此长寿。"

三、勤学善思

1. 石的徒弟认为这棵树很壮美而石并不同意，为什么？

2. 看似高大的树木在石看来却没有一点用处，你对此有何感想？

3. 石后来在梦里听大树说，正因为自己没有用才没有被砍伐，从而得以保全性命，因为无用就是大用。你是否赞同？为什么？

四、阅读延伸

"美"字由一个"羊"和一个"大"字组成，意思是羊大为美。最初人们以物易物，当时没有什么通用的标准的度量衡（一直到秦朝才开始有意识地统一了度量衡），所以只能凭感觉——肥大的羊就美。这时候，美不是养眼，而是"养胃"——非常实用。那棵栎树参天蔽日，非常巨大，人们甚至把它当作社神来顶礼膜拜。但是在匠人石的眼中，这棵树虽然非常巨大，但是做什么都不行，是一棵没有什么用处的树。石的徒弟则不一样，他大概和那些观赏这棵栎树的人一样，从没见过如此高大壮美的树，所以他不理解师傅为什么对此不屑一顾。

很多看似很美的东西实际上不过是徒有其表。有人跟着师傅学习屠龙之术，学了很久才出师，可是哪里有什么龙来给你斩杀呢？有人善于储存柑橘，经历寒暑不仅不会腐烂，而且还始终金灿灿的，但是剥开之后却如败絮一般没法入口。还有一些人沽名钓誉，顶着种种名头耀武扬威，一旦遭遇不测却自顾不暇。所以，无论什么人、什么物、什么事，都要透过现象看本质，认清他们的真面目。

这是故事的前半段，在后半段里，这棵大栎树给石托梦说，果树因为结果子所以被人折断树枝被人践踏，而自己正是因为一无可用所以才能够如此长寿，才能够长得如此粗壮高大，所以没有用实际上是最大的用处。

这话值得我们深深思考。

对于栎树而言，一无所用恰是大用，这一点没错。像苹果树、梨树、桃树等因为能够结出鲜美的果子，所以常常被人攀援、摘取甚至砍折，直到老得无法再结果子，再被砍倒当作柴烧。栎树不结果子，又不适合做船、做门、做柱子、做器具、做棺椁，对人们来说简直没有一点用处，所以就不会被砍伐。我们所说的树的作用只是相对于我们而言的。不独植物是这样，动物也是如此，牛、马、驴、骡要辛苦干一辈子，到了最后还要被宰杀。麻雀、燕子既不能拉车耕地，又不能满足人们的口腹之欲，反而可以无忧无虑地生活下去。

但是，万事万物都是相互联系、相互依存的，如果每一种事物都只顾自己，无益于他人，那么这个世界将会变成什么样子？如果没有阳光、空气、水和土壤，就不会有植物生长；如果没有植物生长，很多食草动物就会灭绝；食草动物灭绝就会引起食肉动物灭绝，动物们都灭绝了还会有人类的存在吗？其实如果真的没有植物，连氧气都没有了，那就更不用说动物和人了。

70 呆若木鸡

纪渻子[1]为王[2]养斗鸡。十日而问:"鸡已乎?"曰:"未也,方虚憍[3]而恃气。"十日又问,曰:"未也,犹应向景[4]。"十日又问,曰:"未也,犹疾视而盛气[5]。"十日又问,曰:"几[6]矣。鸡虽有鸣者,已无变矣,望之似[7]木鸡矣,其德全[8]矣,异鸡无敢应[9]者,反走[10]矣。"

——《庄子》

一、注释

[1]纪渻(shěng)子:人名。姓纪,名渻,子是对其的尊称。

[2]王:这里指齐宣王。

[3]憍:持矜。古同"骄"。

[4]向景(yǐng):向,同"响";景,同"影",这句话是说鸡听到声响,看到影子就回应。

[5]疾视而盛气:气势汹汹地看着对方。

[6]几:副词。可译为"几乎""差不多"。

[7]似:好像。

[8]德全:精神具备。全:备全。

[9]应:应战。

[10]反走:转身逃跑。

二、参考译文

纪渻子为齐宣王饲养斗鸡。十天后,宣王问道:"鸡训练完毕了吗?"纪渻子说:"还不行,它正凭着一股血气而骄傲。"过了十日,宣王又问训练好了没有。纪渻子说:"还不行,仍然对别的鸡的啼叫和影子有所反应。"再过十天,宣王又问,纪渻子说:"还不行,仍然气势汹汹地看着(对方)。"又过了十天,宣王又问。纪渻子说:"差不多了,即使别的鸡叫,(斗鸡)已经没有任何反应了。看起来就像木刻的鸡一样,可是它的精神全凝聚在内,别的鸡没有敢应战的,看见它转身就逃走了。"

三、勤学善思

1."呆若木鸡"这个成语原意和现在的比喻意分别是什么?
2.纪渻子的鸡先后经历了哪几个阶段才成为最厉害的斗鸡?
3.结合本文举例说明"外强中干"。

四、解读延伸

"呆若木鸡"的表面意思是呆呆地就像木头雕刻的一样,它原指胸有成竹、镇定自若,但是现在用于形容一个人有些痴傻发愣或因恐惧或惊异而发愣的样子,完全背离了原成语的意思。

这只斗鸡的养成一共经历了四个阶段:第一个阶段是凭着自己血气方刚而骄傲自满,目中无人(鸡)。大军事家孙武说,知己知彼,百战不殆。这个阶段的鸡既不知己,也不知彼,完全处于懵懂而自满的状态。经过训练到达第二个阶段,虽然有了一些进步,但还是沉不住气,听见别的鸡叫,看见别的鸡的影子就忍不住要冲上去。这个阶段的鸡(人)还不能够冷静对待外界的影响,容易被人牵着鼻子走。到了第三个阶段,它的自信心有了,气势也足够了,所以它一看到别的鸡就气势汹汹准备战斗,这时好像已经达到巅峰了,其实也还不尽然。到了第四个阶段,它的本领很强而深藏不露,反而这种气场大到足以震慑敌人,获得不战而胜的效果。

庄子的这篇文章表面上说的是鸡,实际上讲的是人,是道。现实生活中这样的例子比比皆是:有些人浅薄鄙陋却不自知,仅凭自我感觉应对挑战,最后死无葬身之地;有些人不过学些雕虫小技而得意扬扬,一遇大敌则不堪一击;有些人心态浮躁,一旦风吹草动就耐不住性子沉不住气,盲目行动,自取灭亡。真正的强者,他的心理素质和专业素质都达到极致,不靠气势压人,不拼匹夫之力,知己知彼,内敛而霸气,不战而屈人之兵。

专业的事情交给专业的人做。纪渻子是深谙斗鸡之道的专家,相比之下,齐宣王则显得有些沉不住气:隔十天问一次,一连问了四次。生活中有些人也是这样,交给别人的工作急于求成或者舍不得放手,不断询问,不断催促,甚至不断指手画脚,横加干涉。所幸齐宣王还只是问问而已,否则也许还没等纪渻子训练好斗鸡就把它送上场,到最后斗败了还要把过错归到纪渻子身上——现实之中这样的事情还少吗?

71 东窗事发

桧[1]之欲杀岳飞也,于东窗下与妻王氏谋之。王氏曰:"擒虎易,纵虎难!"其意遂决。后桧游西湖,舟中得疾,见一人披发厉声曰:"汝误国害民,吾已诉天,得请矣!"桧归,无何而死。未几,子熺亦死。王氏设醮[2],方士伏章[3],见熺荷铁枷,问:"太师何在?"熺曰:"在酆都[4]。"方士如其言而往,见桧与万俟卨[5]俱荷铁枷,倍受诸苦。桧曰:"可烦[6]传语夫人,东窗事发矣!"

——《钱塘遗事》

一、注释

[1]桧:秦桧。历任左司谏、御史中丞。以莫须有的罪名杀害了岳飞。

[2]醮:祈祷神灵的祭礼,后专指道士、和尚为攘除灾祸所设的道场。

[3]方士伏章:道士伏在地呈表给上天。方士,炼制丹药以求得道成仙的术士。伏章,做道场的一种方式。即伏在地呈表给上天。

[4]酆都:鬼城,迷信传说,指阴间。

[5]万俟卨(mò qí xiè):宋朝尚书右仆射,他与秦桧共同陷害岳飞。

[6]烦:烦劳。

二、参考译文

秦桧想杀岳飞,在东窗内同妻子王氏商量。王氏说:"抓住老虎容易,要想放走再把它抓住就很难了。"于是秦桧就决定杀掉岳飞。后来秦桧在西湖游玩,在船上感到不舒服,(恍惚间)看见一个披着长发的人厉声说:"你误国害民,我已经向上天告发了你,上天已经知道了这件事。"秦桧回家后不久就死了。秦桧死了没多久,他的儿子秦熺也死了。王氏设起神案做道场,请道士呈表给上天。道士看见秦熺戴着铁枷,就问:"太师在什么地方?"秦熺回答说:"在酆都。"方士按秦熺说的话到酆都去,结果看见秦桧、万俟卨都戴着铁枷,受了各种各样的苦刑。秦桧说:"麻烦你传话给我的夫人,东窗密谋杀害岳飞的事情暴露了!"

三、勤学善思

1. 你知道鬼城酆都在什么地方吗? 你相信鬼神的存在吗?
2. 秦桧让道士传话给妻子,用意何在?
3. 有人说,并非是秦桧要杀岳飞,是皇帝赵构要杀岳飞,秦桧只不过执行了皇帝的决定。你认为这种观点有没有道理? 为什么?

四、解读延伸

在杭州的岳王庙里有四尊跪着的铁像,分别是参与杀害岳飞父子以及大将张宪的四个人:秦桧、秦桧的老婆王氏、张俊和万俟卨。秦桧在靖康之变时和徽、钦二帝等一起成为金军俘虏,后成为金太宗宠臣。南宋建立后回到中原,在宋金对峙中明里主和,暗帮金军。当岳飞挥师北伐将要直捣黄龙的时候,他捏造莫须有的罪名杀害了岳飞、岳云父子和当时的抗金大将张宪。秦桧的妻子王氏也是一个心狠手辣、异常歹毒的角色,正是她在秦桧犹豫不决的时候推了一把,让秦桧决心杀害岳飞。张俊是一个非常奸诈的家伙,他在秦桧的授意下收买岳飞手下副统帅王俊,写《告首状》诬陷岳飞,并把岳飞手下的大将张宪抓来进行严刑逼供。万俟卨是秦桧的忠实走狗,是案件的审理者,他对岳飞严刑拷打,最后在风波亭杀害了岳飞父子等人。因为岳飞的深得民心和秦桧等人的倒行逆施,所以明朝时陆续有人铸造了秦桧夫妇、万俟卨以及张俊的跪像以示挞伐。

世界上很多民族和地区都会把世界分成天上、人间和阴间——天界由神灵统治,阳光下的世界由人类主宰,黑暗的阴间由鬼魂来占有,我国也不例外。玉皇大帝统治神仙,皇帝统治黎民百姓,东岳大帝(后来成为阎王)统治阴曹地府,所有这些构成了一个立体的世界统治框架。这样的统治框架寄托着人们向善惩恶的思想:神仙们高高在上观察着世间的一切,并决定人的轮回转世;人们在阳光下劳动生活,一言一行决定未来是升入天堂还是堕入地狱;阴曹地府里有一个十八层地狱,专门惩戒生前做了坏事的人。古时候科技没有现在这么发达,人们对此深信不疑。所以才会有"东窗事发"这样的故事。

为人不做亏心事,不怕半夜鬼敲门。秦桧通过诬陷杀害了岳飞等人,他并非不知道这是为非作歹,所以尽管岳飞等人已经死去了,但总会有或多或少的灵魂拷问。日有所思,夜有所梦,秦桧在迷迷糊糊间看到有人向上天告发自己,也是他内心恐惧的反映。他为什么要借道士之口给妻子传话呢?古人很相信因果报应的,秦桧死了没多久他的儿子也死了,而怂恿秦桧杀掉岳飞的王氏还没有死,是不是秦桧想下一个死掉的就该是自己的妻子了?他传话给王氏是希望她不要再做坏事,积德行善为自己赎罪呢?还是只提前给王氏通风报信,让她早做准备呢?这都不得而知,只能靠我们的想象了。

有人说,其实真正要杀岳飞的是南宋皇帝赵构,因为岳飞要直捣黄龙,迎回宋徽宗和宋钦宗,这样一来赵构的皇帝就当不成了。退一步说,即使没有迎回徽钦二帝,岳飞手握重兵,岳家军所向披靡,万一岳飞对抗朝廷该怎么办?不要忘了,宋朝的开国皇帝赵匡胤就是陈桥兵变黄袍加身的。所以,秦桧不过是赵构手中的一颗棋子罢了。这种说法听起来也非常有道理,封建时代里为了夺取或者保住皇帝的位子,父子兄弟之间的相互残杀是常有的事,更不用说杀掉一个臣下了。

但是无论如何,这也不能为秦桧的罪行开脱。从这一冤案看,从头到尾都是秦桧一个人策划的:先是十二道金牌制止岳飞攻打金军,接着是诬陷,再接着是严刑拷打,再接着是授意手下以"莫须有"的罪名杀害岳飞等人。以秦桧当时的地位和影响来看,他不一定能救得了岳飞,但是至少可以不去陷害他。因此,即使秦桧不算罪魁祸首,也是为虎作伥,难辞其咎。

在杭州岳飞坟前有一副对联:"青山有幸埋忠骨,白铁无辜铸佞臣。"秦桧等人的跪像因为种种原因先后被重铸六次。人们痛恨秦桧,常常用指头戳他,以至于他的跪像的额头被戳出一个坑来,后来用白铁皮补了一小块。在开封有一块石碑,上面刻着历代开封府尹的名字,但刻有包拯名字的地方是没有字的,因为人们太热爱这位公正无私的包青天了,大家争相去摸他的名字期盼天下清平,以至于他的名字被人们的指头磨平了。一个人的一生相对于无尽的历史长河只是一个极短的瞬间,然而有些人流芳百代,有些人遗臭万年。时间和人民就是最好的评判者,历史也是最公正的,让我们的一生经得起历史的评判吧,做一个好人,做一个对人民和时代有用的人吧!

72 三人成虎

庞葱[1]与太子质[2]于邯郸,谓魏王曰:

"今一人言市有虎,王信之乎?"

王曰:"否。"

"二人言市有虎,王信之乎?"

王曰:"寡人疑之矣。"

"三人言市有虎,王信之乎?"

王曰:"寡人信之矣。"

庞葱曰:"夫市之无虎明矣,然而三人言而成虎。今邯郸去大梁也远于市,而议臣者[3]过于三人矣。愿王察之矣。"

王曰:"寡人自为知。"

于是辞行,而谗言先至。后太子罢质[4],果不得见。

——《战国策》

一、注释

[1]庞葱:有人也称其为庞恭,战国时期魏国大臣。

[2]质:人质,这里用作动词,指作人质。指将人作为抵押品,这是战国时代国与国之间的外交惯例。

[3]议臣者:议论我的人。议,议论。这里是非议,说人坏话。臣,庞葱(恭)自称。

[4]罢质:不再做人质。

二、参考译文

庞葱将要陪同太子前往赵国的邯郸做人质。(临出发前)他对魏惠王说:"如今有一个人说街市上出现了老虎,大王相信吗?"魏惠王回答说:"我不相信。"庞葱又问道："如果有两个人说街市上出现了老虎,大王相信吗?"
魏惠王说："我会有些怀疑。""如果又出现了第三个人说街市上有老虎,大王
相信吗?"魏王回答："我当然会相信。"庞葱说："很明显,街市上根本不会出
现老虎,可是说的人多了就好像真的有了老虎。而今赵国都城邯郸和魏国
都城大梁的距离,要比王宫离街市的距离远很多,对我有非议的人又不止三
个,还望大王可以明察秋毫啊!"魏王说："这个我心里有数。"于是庞葱和太
子就辞别魏惠王去了邯郸,随后就有人在魏惠王面前诬陷庞葱。后来太子
不再做人质,庞葱也返回魏国,果然再没被魏惠王召见。

三、勤学善思

1.虽然庞葱已经预料到有人会说他的坏话,可最终还是无法改变这个
结局,你觉得原因是什么?

2.魏惠王为什么最后会相信谗臣们的话?

3.在实际生活中我们应该如何避免偏听偏信?

四、解读延伸

我们对于世界的判断一部分来自自身的观察思考,另一部分来自外界
的影响。随着移动互联网的普及,发表言论的门槛越来越低,我们接受的信
息也越来越多,受到的影响也越来越大。比如在网上购物时,其他人对商品
的评价会直接影响我们的决定:如果你想买一件商品,就去看好评;如果你
不想买,就去看差评。就这样,我们不知不觉就被别人的言论给绑架了。

魏惠王就是一个被言论绑架的人,庞葱早就预料到了这一点,所以先给
他打预防针——拿三人成虎打了个比方。魏惠王耳根子软,第一次听到的
时候不相信,第二次开始怀疑它的真实性,第三次的时候完全丧失了理智的
判断,相信街上真的有老虎。没有独立思考和理性分析的能力是魏惠王的
软肋,故事的最后他还是听信谗言,疏远了庞葱。

生活中,像魏惠王这样的人又何止少数?

比如有人说可以用意念力把熟鸡蛋变成生鸡蛋,并且可以孵出小鸡来,
你信不信? 比如有人说他发明了水氢燃料汽车,只要给汽车灌一箱水就可
以随便跑,你信不信? 一个人说了不信,两个人说了不信,说的人多了,听的
多了,就会慢慢丧失判断力,相信那种无稽之谈。

谣言止于智者。要避免这样的情况出现，首先要坚持独立观察和思考，要有丰富的知识和理性的大脑。我们的大脑每天都要过滤很多信息，这些信息真真假假，虚虚实实。怎么弄清它的真伪呢？一是依靠时间。时间的力量非常强大，甚至真理在它的面前都不能保持始终。当年布鲁诺因为坚持哥白尼的太阳中心说被烧死在罗马的火刑柱上，成为科学的殉道者。但随着时间的推移，随着探索空间的不断扩大，人们发现地球、太阳甚至太阳系和银河系都不是世界的中心。只有那些经过时间考验的真理才是真理，只有经过时间证实的真实才是真实，这就是时间的力量。二是依靠实践和体验。实践是检验真理的唯一标准，有时候有人故意撒下弥天大谎，有时候有人因为一叶障目发表错误言论，无论有心的谎言还是狭隘的结论，通过实践都可以辨别得清清楚楚。在《小马过河》中，松鼠和老牛说得都没错，他们都是依照自己的经验来发表意见而没有考虑到小马的身高。

　　魏惠王觉得既然大家都说集市上有老虎，那就应该有老虎，因为这件事绝不会空穴来风。不能说魏惠王这话没有道理，无风不起浪，凡事总有个前因后果。可是，如果有人愿意为某种目的铤而走险，带领一批亲信煽动一批人做这种事情也不是没有可能。赵高在胡亥面前指鹿为马的时候，众大臣不同样随声附和吗？所以，对于这样匪夷所思的事情，魏惠王应该亲自去看看，以辨真伪。遗憾的是，当庞葱回来的时候，魏惠王听信某些大臣的谗言，见也不见庞葱，连一个辩解的机会都不给，这才是大错而特错啊！

73 涸辙之鲋

　　庄周[1]家贫,故往贷粟[2]于监河侯[3]。监河侯曰:"诺!我将得邑金[4],将贷子三百金,可乎?"庄周忿然[5]作色,曰:"周昨来,有中道而呼者,周顾视车辙,中有鲋鱼[6]焉。周问之曰:'鲋鱼来,子何为者邪?'对曰:'我,东海之波臣[7]也。君岂有斗升之水而活[8]我哉?'周曰:'诺,我且[9]南游[10]吴、越[11]之王,激[12]西江之水而迎子,可乎?'鲋鱼忿然作色曰:'吾失吾常与[13],我无所处。吾得斗升之水然活耳。君乃言此,曾[14]不如早索我于枯鱼之肆!'"

——《庄子》

一、注释

　　[1]庄周:即庄子(约公元前369年—约公元前286年),名周,战国时期宋国人。战国中期思想家、哲学家、文学家,道家学派代表人物,与老子并称"老庄"。

　　[2]贷粟(sù):借粮。粟,谷子,去皮后称为小米。这里泛指粮食。贷,借。

　　[3]监河侯:官名,这是作者假托的人物。

　　[4]邑金:封建统治者在自己的封地里收取的租金。邑,古代贵族受封的领地。

　　[5]忿(fèn)然:生气的样子。

　　[6]鲋(fù)鱼:鲫鱼。

　　[7]波臣:水族中的一员。

　　[8]活:使……活。

　　[9]且:将要。

　　[10]游:劝说,游说。

[11]吴、越:吴,周代诸侯国,国都在今江苏省苏州市。越,周代诸侯国,国都在今浙江省绍兴市。

　　[12]激:引(水)。遏阻水势,使它急流。

　　[13]常与:老朋友。这里指鱼所赖以生存的水。

　　[14]曾(céng):还,简直。

二、参考译文

　　庄子家里贫穷,所以去监河侯那里借粮食。监河侯说:"可以,我马上要收到租金了,到时候借给你三百两金子,好吗?"庄子气得变了脸色说:"我昨天来,半道上有什么东西在叫我。我环顾四周,看见车辙中有一条鲫鱼。我问它:'鲫鱼啊,你在这里干什么呢?'鲫鱼回答说:'我原本是东海水族中的一员。你有没有一升半斗水让我活命呢?'我说:'可以啊,我要去南方游说吴、越的国王,引西江水接你,可以吗?'鲫鱼气得变了脸色说:'我失去了平常我所需的水,我没有可生存的地方。现在我只要得到一升半斗的水就可以活,而你竟然说这些,还不如及早到干鱼店里去找我呢!'"

三、勤学善思

　　1. 庄子的故事里鲋鱼和我分别暗指谁?

　　2. "涸辙之鲋"这个成语通常指在困境中亟待救援和帮助的人,你从庄子的这个故事里还有什么别的收获?

　　3. 庄子非常善于讲故事,非常善于以事明理,你还知道他的哪些故事?

四、解读延伸

　　"涸辙之鲋"现在通常用来表示一个人处在非常困难的境地,需要救援和帮助。不过,一个困在干涸的车辙中的鲫鱼固然可怜,但故事中的那个监河侯也许能留给我们更深刻的印象。

　　监河侯是什么人?大概是庄子虚拟出来的这么一个人物,周朝按照公、侯、伯、子、男等五级实行分封制,暂且不管"监河"是个什么东西,但是侯爵的地位也相当高了。按照当时的规定,公侯的封地方圆一百里,包括其中的人口、土地等都属于封地的主人所有,因此监河侯的地盘还是蛮大的,收入自然也很多。按道理,借给庄子的一点粮食不过是九牛取一毛而已。监河侯坐拥巨大的财富，但吝啬于借给庄子赖以生存的口粮，关键是他不借也罢（监河侯本身实际上也并非一定要借粮给庄子），他竟然怕有碍于自己的名声而选择先给庄子画大饼，不得不说这实在太过虚伪！

中外文学史上有很多吝啬鬼形象，比如《儒林外史》里的那个严监生，因为家里点灯多用了一个灯芯而无论如何不肯咽下最后一口气，直到有人拔掉一根灯芯他才撒手归西。再比如果戈里的《死魂灵》中的波留希金，他虽然家财万贯却连一个新牙刷都舍不得买。与这些吝啬鬼相比，监河侯不仅吝啬，而且非常虚伪奸诈。他不给庄子一粒粮食，却又给庄子许下一个看似大方实际毫无意义的允诺。

现实生活中，像监河侯这样的人并不少见：明明举手之劳就可以做的事情，他们或者不屑，或者不愿，或者不舍得花费一点点的时间、精力或者财力去做。与此同时，他们还偏要摆出一副济世救民的样子，许下种种空头支票，但到最后都成了幻想泡影。

庄子是战国时期的大哲学家、大思想家和大文学家，是道家最重要的代表人物之一，与老子合称"老庄"。但是和老子《道德经》晦涩难懂的风格不同的是，庄子的《南华经》特别善于通过故事讲道理，深入浅出，生动活泼。大家耳熟能详的望洋兴叹、鹏程万里、朝三暮四、庖丁解牛、呆若木鸡等都来自庄子。春秋战国时期名人辈出，星光璀璨，形成了蔚为壮观的"百家争鸣"。据《汉书·艺文志》记载，诸子百家数得上名字的一共有189家，4324篇作品，而《隋书·经籍志》和《四库全书总目》等书记载的"诸子百家"则有上千家。这是中国文化史上一座难以超越的巅峰，也是世界文化史上令人叹为观止的奇迹。

74 老马识途

管仲[1]、隰朋[2]从于桓公而伐孤竹[3]，春往冬反[4]，迷途失道。管仲曰：
"老马之智可用也。"乃放老马而随之，遂得道。行山中无水，隰朋曰："蚁冬
居山之阳[5]，夏居山之阴[6]，蚁壤一寸而仞[7]有水。"乃掘地，遂得水。

以管仲之圣而隰朋之智，至其所不知，不难师于老马、老蚁，今人不知以
其愚心而师圣人之智，不亦过乎？

——《韩非子》

一、注释

[1]管仲：(前723—前645年)，姬姓，管氏，名夷吾，字仲，谥敬，颍上
(今安徽省颍上县)人 。中国著名的经济学家、哲学家、政治家、军事家。因
得到鲍叔牙推荐，担任国相，辅佐齐桓公成为春秋五霸之首。他对内大兴改
革、富国强兵；对外尊王攘夷，九合诸侯，一匡天下，被尊称为"仲父"。

[2]隰(xí)朋：(？—前644年)，春秋时期著名的齐国大夫，齐庄公
曾孙。

[3]孤竹：指孤竹国，相传为神农氏的后裔，春秋时的古国，在今河北卢
水(滦河)与青龙河交汇处东侧。

[4]反：通"返"，返回。

[5]阳：山之南，水之北。

[6]阴：山之北，水之南。

[7]仞：古代长度单位，七尺或八尺为一仞。

二、参考译文

管仲、隰朋跟随齐桓公去讨伐孤竹国，春季出征，冬季返回，迷失了道
路。管仲说："可以利用老马的智慧。"于是放开老马前行，大家在后面跟随，

终于找到了路。走到山里没有水喝，隰朋说："蚂蚁冬天住在山的南面，夏天住在山的北面。地上蚁穴有一寸高的话，地下八尺深的地方就会有水。"于是往下挖掘，就得到了水。

凭借管仲的学识和隰朋的智慧，碰到他们所不知道的事，不惜向老马和蚂蚁学习。现在的人心思愚蠢却不知道学习圣人的智慧，这不是大错特错吗？

三、勤学善思

1. 你知道"管鲍之交"的故事吗？故事里面说，天下人不赞扬管仲的贤良却称赞鲍叔牙能知人，你同意这个观点吗？

2. 你认为管仲和隰朋为什么可以安全返回？

3. 古人通过观察动物的表现可以推测天气变化、庄稼收成甚至预测灾害，你能举例说明吗？

4. 韩非子的观点对你有何启发？

四、解读延伸

管仲是春秋时期著名的政治家，当年站错了队辅佐公子纠。公子纠和公子小白（也就是后来的齐桓公）争夺王位的时候，管仲还射了齐桓公一箭。要不是衣带钩挡了一下，齐桓公就没命了。齐桓公即位后听从鲍叔牙的劝告，从鲁国把管仲接回齐国，并任用他为相，从此齐国不断发展壮大，齐桓公也成为春秋五霸之一。隰朋当时和管仲一起辅佐齐桓公，是"桓管五杰"（隰朋、宁戚、王子成父、宾胥无、东郭牙）之一，他不仅帮助治理国家，还负责齐国的外交活动，在众多的诸侯国中树立了齐国的大国形象。

这两个人的智慧无疑是远远超越一般人的。

很多动物都有记路的本领，鸟儿能通过地磁感应跨越千万里找到自己的巢穴，鲸鱼按照固定的路线迁徙的距离达上万公里，角马和大象能凭借记忆找到水草丰茂的地方，就是看家的大黄狗也可以在眼花缭乱的城市和乡村之间自由来往。不仅如此，人们通过长期的观察，能够从动物身上学到很多知识，并用以预测和指导人们的生产生活。比如燕子低飞要下雨，因为下雨前空气湿度大，气压增大，昆虫在低处活动，燕子也会在低空捉虫子。老鼠、青蛙大量聚集可能是地震前兆，鱼类朝岸边集聚可能是海啸的前兆。为了便于记忆,这些现象慢慢变成了朗朗上口的谚语:"喜鹊搭窝高,当年雨水涝;蟋蟀上房叫,庄稼挨水泡。""久晴鹊噪雨,久雨鹊噪晴。""蚕打母子叫三声,不是下雨就刮风。"每年的 2 月 2 号是美国的"土拨鼠日",据说这天土拨鼠会从洞里出来,如果看到自己的影子,那就说明冬天至少还要六星期,它们就会钻回洞里继续睡觉。如果看不到自己的影子,那说明春天已经到了。这些都是经验的积累,有时候未必能够用科学的方法解释,但是大多是比较灵验的。

管仲等人是春天出征冬天回去的,两个季节景色自然完全不同,人靠眼睛来分辨道路,所以难免会走错了。但是马是靠灵敏的嗅觉来认路的,季节和景物的变化对它的影响非常小,所以有"老马识途"之说。蚂蚁是动物界的建筑大师,它们的巢穴非常复杂精妙。它们特别喜欢湿润疏松的土壤,所以有蚂蚁的地方总能找到水。隰朋的观察很细致,他知道蚂蚁夏天喜欢住在山的北面,冬天喜欢住在山的南面,还能精确地说出蚂蚁窝上面的土有多高,下面大概多深就有水,这真是太了不起了!诸葛亮之所以能草船借箭是因为他预测到了三日后的大雾,管仲和隰朋能走出绝境是因为对动物的观察细致入微,可见拥有丰富的知识对一个人多么重要!

韩非子最后说,像管仲和隰朋这样具有非凡聪明才智的人还要向老马和蚂蚁学习,我们资质平庸的人却不肯向智者学习,这真是大错特错了。学无止境,知识是学不完的,但是只要坚持每天学习,哪怕每次只进步一点点,日积月累也会有所成就的。

75 一字之师

郑谷[1]在袁州,齐己[2]因携所为诗往谒[3]焉[4]。有《早梅诗》曰:"前村深雪里,昨夜开数枝。"谷笑曰:"'数枝'非早也,不若'一枝'则佳。"齐己矍然[5],不觉兼[6]三衣[7]叩地膜拜[8]。自是士林以谷为齐己"一字之师"。

——《五代史补》

一、注释

[1]郑谷:唐著名诗人,约卒于梁初。

[2]齐己:唐朝和尚,善诗。

[3]谒:拜见。

[4]焉:代指郑谷。

[5]矍然:吃惊的样子。

[6]兼:提起,整理。

[7]三衣:佛教僧尼的大衣、上衣、内衣,三种法衣合称三衣,指衣服。

[8]膜拜:举手加额,长跪而拜,表示极其恭敬的行礼方式。

二、参考译文

郑谷住在袁州,于是齐己带着自己的诗作前去拜见他。诗作中有一首《早梅诗》写道:"前村深雪里,昨夜数枝开。"郑谷看了笑着说:"'数枝'不能表现出早意来,不如用'一枝'好。"齐己惊讶不已,不由得整理衣服,恭恭敬敬地向郑谷拜了一拜。从此,众多读书人就把郑谷看作齐己的"一字之师"。

三、勤学善思

1. "数枝"为什么不如"一支"表达贴切?

2. 即使只修改了一个字也是自己的老师,你从中学到了什么?

3. 古人为文作诗讲究"炼字"，你还知道哪些类似的故事？

四、解读延伸

诗歌的创作不仅需要灵感，还需要才情，甚至天赋。不是只有杜甫经历了安史之乱，不是只有李白经历了唐的盛衰，然而诗歌史上只有一个李白，也只有一个杜甫。作诗需要澎湃激情的触发，像李白那样高歌"黄河之水天上来"；写诗也需要理性推敲，像贾岛那样"鸟宿池边树，僧推月下门"。后人大概只知道诗词歌赋的美，却不知道诗人"吟安一个字，拈断数茎须"的苦。

齐己的诗第一句里有"深雪"一词，说明天气还比较寒冷，这是梅花凌雪开放的环境。但是正如郑谷所说，如果"数枝开"了，那就不应该叫早梅。就像春天来临，万紫千红的景象绝对不是初春的景象了。郑谷能注意到这个字使用不妥当，也许是因为他对字词比较敏感，也许是因为他对生活观察细致，或者二者兼具。

这里还有一个关于齐己的好朋友贯休和尚的故事。贯休和尚诗画双绝，为当时名流。有一次王贞白写了一首叫作《御沟》的诗寄给了贯休。贯休读到"此波涵帝泽，无处濯尘缨"时觉得"波"字在此不太恰当，因为所谓"御沟"不过是流经皇宫的河道，不会太宽也不会太深，"波"不太恰当。同时，在这首诗里"帝泽"是双关，一来指御沟里有皇帝沐浴的水，二来暗指皇帝赏识的恩泽，用"波"也不合适。贯休虽然发现这个字不合适，但是因为当时和王贞白并不是很熟悉，这事儿就搁下了。不过事有凑巧，没多久两人居然在一次聚会上碰面，贯休提到那首《御沟》中有一个字不太恰当。话没说完，王贞白因为觉得贯休当众这样说对他来说实在是面子上过不去，愤怒地拂袖而去。贯休哈哈大笑，在手心里写了一个字，静静地等待着王贞白回来。果然没过多久，王贞白就回来了，说要把"波"改成"中"字，贯休张开手掌，掌中也是一个"中"字。从此二人惺惺相惜，成为一生挚友。

人的能力有限，生命有限，眼界有限，所以永远有学不完的知识。孔子说："三人行，必有我师焉。择其善者而从之，其不善者而改之。"郑谷只为齐己改了一个字，齐己就把他当作自己的老师，这种谦逊的态度非常值得我们学习。骄傲自满是求知上进的大忌，虚怀若谷，不耻下问才能日有所得，不断进步。

76 狗猛酒酸

宋人有酤[1]酒者，升概[2]甚平，遇客[3]甚谨[4]，为酒甚美，县[5]帜甚高，著然不售，酒酸。怪其故，问其所知闾长者杨倩，倩曰："汝狗猛耶？"曰："狗猛则酒何故而不售？"曰："人畏焉。或令孺子怀钱挈壶瓮而往酤，而狗迓[6]而龁[7]之，此酒所以酸而不售也。"

夫国亦有狗，有道之士怀其术而欲以明万乘之主[8]，大臣为猛狗迎而龁之，此人主之所以蔽胁[9]，而有道之士所以不用也。

——《韩非子》

一、注释

[1]酤：同"沽"，买。

[2]升概：量酒的器具。升，量器，古代用升、斗做量酒的器具。概，刮平斗斛的木条。

[3]遇客：招待顾客。

[4]谨：恭谨有礼。

[5]县：通"悬"，挂。

[6]迓：迎。

[7]龁(hé)：咬。

[8]万乘(shèng)之主：有万乘的君王。乘，古代称兵车，四马一车为一乘。

[9]蔽胁：这里指被蒙蔽、被胁迫。

二、参考译文

宋国有个卖酒的人，每次卖酒都量得很公平，对客人殷勤周到，酒也很醇美，酒旗也挂得很高，尽管如此醒目，酒仍然卖不出去，后来酒都酸了。卖酒者感到迷惑不解,于是请教住在同一条巷子里的长者杨倩。杨倩问:"你家的狗很凶吧?"卖酒者说:"狗凶,为什么酒就卖不出去呢?"杨倩回答:"人们怕狗啊!有的人让孩子揣着钱提着壶、瓮来买酒,而你的狗却扑上去咬人,这就是酒变酸卖不出去的原因啊!"

国家也有恶狗。身怀治国之术的贤人想让统治万人的大国君主了解他们的才能,而奸邪的大臣却像恶狗一样扑上去咬他们,这就是君王被蒙蔽挟持,而有治国之术的贤人不被任用的原因啊!

三、勤学善思

1. 俗话说"做酒不成反成醋",你知道这句话的意思吗?酿酒和酿醋有什么区别吗?

2. 卖酒人的恶狗容易除去,但是君主身边的奸臣该如何除去?

3. 从这个故事中你明白了什么道理?

四、解读延伸

在蒸馏技术传入之前,我国的酒都是发酵酒——把粮食蒸熟加上酒曲发酵而成。南方用大米,做成的酒清澈甜香,最为典型的是米酒和醪糟。北方常用小米酿酒,酒色淡黄,叫作黄酒。要喝酒的时候要按压酒糟,把渗出来的酒盛起来喝,所以李白有"风吹柳花满店香,吴姬压酒劝客尝"的诗句。发酵后的小米呈青黑色,而且因为细小常常混在酒里,所以白居易在《问六十九》里说"绿蚁新醅酒,红泥小火炉",把小米酒渣比作绿蚁。又因为黄酒不像米酒那样清澈,有点浑浊,所以陆游说"莫笑农家腊酒浑"。比较讲究一点的人会在喝酒前用布把酒渣过滤掉,这个过程叫"漉酒"。陶渊明喝酒比较急,通常等不得别人漉酒,总是把头巾摘下来过滤酒渣,可见其嗜酒与率真。由于发酵酒的度数不高,如果敞开坛口,酒就会氧化发酸,变成醋了。俗话里的"做酒不成反成醋"主要有两层意思:一是酒没做成,但是做成醋也不错;二是本来要做好酒的,结果却成了醋,没达到目的。

世界上很多事物之间都有着密切的联系并相互影响,这种联系和影响有人看得到,有人看不到。卖酒的人就是这样:他只知道把酒做好,把分量给足,把招牌挂得高高的,但是没想到"拦路狗"坏了他的生意。生活中,我们会遭遇种种失败,反思失败的时候要运用普遍联系的观点,既要从客观找原因,也要从主观找原因。即使是一朵花儿的凋谢也会有很多原因:土壤是否适合?气候是否适合?肥料是否适合?喜干还是喜湿?喜阴还是喜阳?任何一个方面的问题都可能导致它的凋谢和枯萎。

虽然韩非子在这里给我们讲得很明白,但是要解决现实问题还需要非凡的智慧,甚至韩非子自己也未能逃脱悲剧命运。历史上和现实生活中这样的情况并不罕见,因此,我们必须对身边的人认真审视,理性辨别,以免阻塞视听,被蒙蔽被挟持,最终做出蠢事来。怎么做呢?古人说:"兼听则明,偏信则暗。"意思是广泛听取各个方面的意见,集思广益,这样才容易辨别是非。如果只听取某些人甚至某个人的意见,那就可能是非不辨,黑白不分。

77 目不见睫

楚庄王欲伐[1]越,庄子谏曰:"王之伐越何也?"曰:"政乱兵弱。"庄子曰:"臣患[2]智之如目也[3],能见百步之外而不能自见其睫。王之兵自败于秦、晋,丧地数百里,此兵之弱也。庄蹻[4]为盗于境内,而吏不能禁,此政之乱也。王之弱乱非越王之下也,而欲伐越,此智之如目也。"王乃止。故知之难,不在见人,在自见。故曰:"自见之谓明。"

——《韩非子》

一、注释

[1]伐:攻打。

[2]患:担忧。

[3]智之如目也:智力和见识就像眼睛一样。

[4]庄蹻(qiāo):楚国的强盗,实为人民起义领袖,与楚王不同时,系寓言假托。

二、参考译文

楚庄王想攻打越国,庄子劝谏道:"大王为什么要攻打越国呢?"楚庄王说:"因为越国政事混乱,军队软弱。"庄子说:"我最担心的是智力和见识如同眼睛一样,能看到百步之外,却看不到自己的睫毛。大王的军队被秦、晋打败后,丧失土地数百里,这说明楚国军队软弱;庄蹻在境内作乱,官吏无能为力,这说明楚国政事混乱。可见楚国在兵弱政乱方面并不比越国好到哪里,您却要攻打越国。这样的智慧和见识正如同眼睛看不见眼睫毛一样。"楚庄王便打消了攻打越国的念头。因此,认识事物最困难的不在于能否看清别人,而在于能否看清自己。所以说:"自己认识到自己才叫作明察。"

三、勤学善思

1. 结合这个故事谈谈你对"自知者明,知人者智"的理解。

2. "一些人的肩上总是背着两个口袋,前面是自己的优点,后面是自己的缺点。"这句话是什么意思?

3. 认识事物最难的是正确认识自我,为什么?

四、解读延伸

目不见睫这个比喻实在是太形象了!眼睛是我们观察和认识世界的主要器官,我们可以通过它们看见花红柳绿,看见春夏秋冬,看见高山大川,看见日月星辰,看见红男绿女……一句话,眼睛为我们打开了一个五彩斑斓的世界。

然而,如果不借助镜子之类的东西,我们却无法看到自己的睫毛!听起来这真是一件匪夷所思的事情,然而这样的现象并不少见。有句俗话叫"刺猬总觉得自己的孩子光,屎壳郎总觉得自己的孩子香"。还有句俗语说"一些人的肩上总是背着两个口袋,前面是自己的优点,后面是自己的缺点"。刺猬的孩子当然还是一身刺,屎壳郎的孩子也不会香到哪里去,刺猬妈妈和屎壳郎妈妈是被母爱糊了眼。只看见装着自己优点的口袋而看不到装着自己缺点的口袋,那又是因为什么呢?或者这两个口袋里,前面装着别人的缺点,后面装着自己的缺点,只看到别人的缺点却看不到自己的缺点,这又是因为什么呢?

楚庄王肩膀上的两个口袋装的就是缺点,前面是别人的,后面是自己的。他只看到了越国政乱兵弱,却看不见自己国家连吃败仗,内乱不止。

这是很多人的通病。

对于自身存在的问题视而不见有各种各样的情况:有些人不是不知道,只是不愿意正视,这叫讳疾忌医;有些人自高自大、盲目自信,这叫夜郎自大;有些人习以为常、不以为意,这叫熟视无睹;还有些人不顾自己一身毛病,却总喜欢指责别人,这叫五十步笑百步。种种情况,不一而足。

老子说:"知人者智,自知者明。胜人者有力,胜己者强。"意思是能了解他人和外界的人是智慧的,但是既能了解客观存在又能了解自我的人是内心通明的。战胜别人的人是有力量的,但是若能够战胜自己,那将是无人能及的强大。总的来说,认识自我比认识世界要困难得多。客观世界的改造相对于人的自我改造要容易一些,这也就是我们总是强调自我超越的原因。山的高度是客观的,能不能攀登到顶峰不是取决于山的高低,而是你是否下定决心。

历史上的楚庄王是一个具有雄才大略的君主,他即位时还不到二十岁,面对国内动荡不安的形势,他能够以静制动,最后稳定国家,饮马黄河,成为春秋五霸之一。"一鸣惊人""一飞冲天"说的就是楚庄王。

这个故事显然是韩非子杜撰的,因为楚庄王于公元前591年去世,而庄子生于公元前369年,也就是说楚庄王去世两百多年后庄子才出生,所以两人是不可能这么对话的。不过故事虽是杜撰的,但其中阐述的道理却是值得我们深深思考的。

78 二鹊救友

某氏园中,有古木,鹊巢[1]其上,孵雏将出。一日,鹊徊翔其上,悲鸣不已。顷之[2],有群鹊鸣渐近,集古木上。忽有二鹊对鸣,若相语状,俄而扬去。未几,一鹳[3]横空而来,"咯咯"作声,二鹊亦尾其后。群鹊见而噪,若有所诉。鹳又"咯咯"作声,似允所请。鹳于古木上盘旋三匝[4],遂俯冲鹊巢,衔一赤蛇吞之。群鹊喧舞,若庆且谢也。盖[5]二鹊招鹳援友也。

——《虞初新志》

一、注释

[1]巢:筑巢。

[2]顷之:在原文中等同"未几""俄而",一会儿的意思。

[3]鹳(guàn):一种在水边生活的较凶猛的鸟,常以鱼类、两栖类和爬行类动物为食。

[4]匝(zā):圈。

[5]盖:原来。

二、参考译文

在某人的花园里有一棵古树,喜鹊在上面筑巢,小喜鹊将要孵化出来了。一天,一只喜鹊在巢上来回地飞,不停地悲伤鸣叫。很快,成群的喜鹊都闻声赶来,聚集在古树上。忽然有两只喜鹊在树上对着叫,好似在对话一样,然后便飞走了。没多久,一只鹳从空中飞来,发出"咯咯"的声音,两只喜鹊也跟在它后面。其他喜鹊见了便喧叫起来,好像在诉说着什么。鹳再次发出"咯咯"的叫声,似乎答应了喜鹊们的请求。鹳在古树上盘旋了几圈,就俯身向喜鹊的窝冲下去,叼出一条赤蛇并吞了下去。喜鹊们欢呼飞舞,好像在庆祝并且向鹳致谢。原来两只喜鹊是去找鹳来帮忙的。

三、勤学善思

1. 本文中鹳帮助了喜鹊,你还知道哪些动物会相互帮助或者相互依存?

2. "卤水点豆腐——一物降一物",鹳正是蛇的天敌。请举出三对以上的动物及其天敌。

3. 遇险、求救、捕蛇、感恩……故事仿佛不是写鸟,而是写人。仔细体会本文的写作特色。

四、解读延伸

世界不只是人类的世界,还是动物和植物的世界,人类虽然是世界上最聪明最智慧的生物,但是离开动物和植物也无法生存,三者之间是相互依存的关系。植物不仅提供了氧气,还是食草动物和人类的食物来源,动物的吃喝拉撒也会直接或者间接地对植物产生影响。人类作为食物链顶端的生物,在动物和植物之间进行协调和平衡,并且越来越意识到保护环境、保护动植物的重要性。

不仅如此,生物之间也有很多相似性,尤其是动物和人类之间的相似性更多。比如乌鸦反哺这样的孝,狗不嫌家贫这样的忠,虎毒不食子这样的爱,卧虎藏龙这样的勇,老马识途这样的智等等。人们通过观察动物和植物吸取经验教训,并向动植物学习,使智慧不断积累丰富,最终成为世界的主宰:人们通过观察土拨鼠的行动预测冷暖,通过观察燕子的飞行预测晴雨,通过观察种子生长规律开启原始农业种植。据清代李调元的《粤东笔记》记载:海南岛的猴子很早就知道把稻谷和百花放在大石头坑里,让它们自然发酵成酒——猿酒。多么聪明的猴子啊!

动植物的本领有时候甚至超过人类的想象:鲸鱼和鸟类常常进行数千公里甚至上万公里的旅行而不会迷失方向;熊是世界上嗅觉最灵敏的动物,他们的嗅觉是人类的 2100 倍;猪笼草能够分泌蜜液吸引昆虫,然后捕食它们。大自然是多么奇妙啊!

所以,"二鹊救友"这样的故事可能并不是杜撰,而是作者观察或听到的真实的故事。动物之间的互帮互助有时候是互惠互利的,比如一种叫鸻的鸟能为鳄鱼清理口腔,经常进出鳄鱼的大嘴巴也没什么危险。有时候说不清楚是什么原因,比如一头河马攻击正在猎杀羚羊的鳄鱼,一头水牛攻击正在猎杀斑马的狮子,甚至一只鹅会奋不顾身地去攻击比自己体型大得多的狗,这样做的目的仅仅是为了救下被狗攻击的一只小鸡!

全世界有三千多种蛇,中国有两百多种。大多数人都很讨厌蛇,它们给人的印象是冰冷、残酷、恶毒而且无处不在。它们可以爬到树上,可以钻进墙洞,它们袭击鸟类、捕食老鼠甚至攻击人类。真是让人头痛的家伙!但是几乎没有什么动物没有天敌,这就是民间俗话所说"卤水点豆腐——一物降一物",鹳就是蛇的天敌。蛇偷吃鸟蛋甚至捕食小鸟,像喜鹊这样的鸟可能是没有办法阻止的,但是蛇遇到鹳就只能是道小菜而已!

故事虽短,但是写得非常生动:一只喜鹊回家发现了窝里的蛇,惊惧害怕而又无计可施,只好大声呼救,同伴们赶来之后叽叽喳喳、议论纷纷,但是仍然无计可施。关键时候,两个聪明的喜鹊商量之后决定去搬救兵,找谁呢?不知道。但是不久谜题解开,原来它们请来了捕蛇能手鹳。两只喜鹊跟在鹳的身边给它讲窝里的情况,鹳并没有贸然进攻,而是飞了几圈观察好蛇的位置,然后直冲下去一口就把蛇给吞掉了!喜鹊们看到这一幕不禁一片欢呼!遇险时的焦急,喜鹊们的无奈,二鹊的智慧,鹳鸟的勇猛,危险解除后的开心,这简直就是一部震撼人心的影视动作大片!

在生活中,我们不免碰到一些自己无力解决的困境,这时,单纯的横冲直撞只会徒增流血牺牲。我们应当像喜鹊那样,抓住重点,善于联合。

79 罴 说

鹿畏貙[1]，貙畏虎，虎畏罴[2]。罴之状，被[3]发人立，绝[4]有力而甚害[5]人焉。

楚之南有猎者，能吹竹为百兽之音。寂寂[6]持弓矢罂火[7]，而即之山。为鹿鸣以感其类，伺[8]其至，发火而射之。貙闻其鹿也，趋而至。其人恐，因为虎而骇之。貙走而虎至，愈恐，则又为罴，虎亦亡[9]去。罴闻而求其类，至则人也，捽[10]搏[11]挽[12]裂而食之。今夫不善内而恃外者，未有不为罴之食也。

——《柳河东集》

一、注释

[1]貙（chū）：一种像狐狸而形体较大的野兽。

[2]罴（pí）：哺乳动物，体大，肩部隆起，能爬树、游水。亦称"棕熊""马熊""人熊"。

[3]被（pī）发：披散毛发。被，同"披"。

[4]绝：极。

[5]害：伤害。

[6]寂寂：清静无声。

[7]罂（yīng）火：装在瓦罐中的灯火。罂，一种小口大肚的罐子。

[8]伺：等候。

[9]亡：逃跑。

[10]捽（zuó）：揪住。

[11]搏：搏击，抓、扑。

[12]挽：拿来。

二、参考译文

鹿害怕貙，貙害怕虎，虎又害怕罴。罴的样子为披着长发像人一样站着,它们非常有力气,而且对人危害非常大。

楚国南部有个打猎的人,能用竹笛模仿出各种野兽的叫声。他悄悄地拿着弓、箭、装火的罐子和火种来到山上。模仿鹿的叫声来引诱鹿出来,等到鹿一出来,就用火种向它射去。貙听到了鹿的叫声,快速地跑过来了,猎人见到貙很害怕,于是就模仿虎的叫声来吓唬它。貙被吓跑了,虎听到了同类的叫声又赶来了,猎人更加惊恐,就又吹出罴的叫声来,虎又被吓跑了。这时,罴听到了声音就出来寻找同类,到了这里发现是人,罴就揪住猎人,把他撕成碎块吃掉了。现在那些没有真正的本领,却专门依靠外部力量的人,没有一个不成为罴的食物的。

二、勤学善思

1.柳宗元这则故事说明了一个什么道理?

2.为什么猎人带着火罐打猎?"发火而射之"是什么意思?

3.猎人本想猎鹿,但是阴差阳错引来罴丢了性命,历史上和生活中还有哪些类似的事例?

四、解读延伸

需要讨论的第一个问题是:"发火而射之"是什么意思?

关于这句话的翻译,几乎所有查得到的资料都是"用火种向它射去"。但是没有更详细的解释,这就给我们留下了很多疑问:

猎人上山捕猎为什么要带着火罐、火种?

猎人怎么把火种射向鹿?为什么要这么做?

关于第一个问题。猎人带着火是为了晚上照明吗?答案显然是否定的。文中提到"寂寂持弓矢罂火,而即之山"。悄悄地进山就是不让动物知道,所以不会是照明。众所周知,鱼类和昆虫具有向光性,但是野兽是怕火的。所以火的作用不是为了照明走路,而是为了"发火而射之"。

关于第二个问题。为什么用火种射向鹿?怎么射?我在万能的微信朋友圈里向大家讨教,答案是五花八门的:

用火种射鹿能造成较大的伤害,比如把它全身的毛都引燃了,它跑不太远,容易被猎人捕获。

鹿被射中后带着火箭,更便于猎人追踪。

鹿血是很补的,火箭的高温既可以杀死鹿,也可以止住鹿血。

火可以给伤口止血,猎物不死,活捉了带回去驯养繁殖?

……

大家可以尽情发挥想象,在没有确切的证据之前合情合理即可。

但是"火箭"确实是"古已有之"。据记载,公元228年,魏国士兵第一次在射出的箭上装上火把,称之为"火箭"。当时诸葛亮率军进攻陈仓,魏国守将郝昭就用这种火箭焚烧了蜀军攻城的云梯,守住了陈仓。当时火药还没有发明出来,所谓的"火箭"只是在箭头后部绑上浸满油脂的麻布等易燃物,点燃后用弓弩射至敌方,达到远距离纵火的目的。

柳宗元是唐代的文学家,虽然当时火药还没有发明出来,但是距离三国时期也已经很久了,"火箭"这东西进入寻常百姓家是没有问题的,文中猎人"发火而射之",如果是用火种射鹿的话,那应该就是这种火箭了。

文中的猎人是一个聪明人,他能用竹子模仿出各种各样的动物的声音,也算是个天才。从后来的情况看,他的模仿是非常成功的:他模仿了鹿的声音果真就引来了鹿,模仿虎的声音不仅吓跑了貙,还引来了虎。所以从这个角度看,猎人算是一个能人。

但是猎人最终被累吃掉了,造成这个悲剧的原因有两个。第一个就是柳宗元想要在这个故事中表达的:一个只有花里胡哨的表面功夫而没有真本领的人最终都没有好下场。第二个原因柳宗元没有讲明,就是猎人目光短浅,缺乏必要的预见性。试想,你能用惟妙惟肖的鹿鸣把鹿引出来,怎么就没想到同样的声音会引出它们的天敌呢?只想好事,不做最坏的打算,这不仅是猎人容易犯的错误,在我们身上也不少见。因为只看见以小博大的巨大利益而身陷传销泥潭的人、深陷网络赌博的人都是那个猎人新时代的翻版。《塞翁失马》中老汉可以看到福中之祸,祸中之福,这是非常睿智的,他和本文中的猎人形成鲜明的对比。

英格兰有一首著名的民谣:"少了一枚铁钉,掉了一只马掌;掉了一只马掌,丢了一匹战马;丢了一匹战马,败了一场战役;败了一场战役,丢了一个国家。"因为铁匠的懒惰少给战马钉了一颗钉子,结果导致一个国家的灭亡,听起来匪夷所思,但是也极有可能。这世界上的万事万物之间存在着千丝万缕的联系,或者我们可以把整个地球当作一个有机的生命体。一棵小草,一块石头,一滴水甚至一丝风的移动都可能对整个地球造成某种影响,现在人们逐渐对此达成了共识。一个人不能像猎人一样目光短浅,一个国家、一个民族也是如此。

80 共公择言

　　梁王魏婴[1]觞诸侯于范台。酒酣,请鲁君[2]举觞[3]。鲁君兴,避席[4]择言曰:"昔者帝女[5]令仪狄[6]作酒而美,进之禹,禹饮而甘之,遂疏仪狄,绝旨酒[7],曰:'后世必有以酒亡其国者。'齐桓公夜半不嗛[8],易牙[9]乃煎敖燔炙,和调五味而进之,桓公食之而饱,至旦不觉,曰:'后必有以味亡其国者。'晋文公得南之威[10],三日不听朝,遂推南之威而远之,曰:'后世必以色亡其国者。'楚王[11]登强台[12]而望崩山[13],左江而右湖,以临彷徨,其乐忘死,遂盟强台而登,曰:'后世必有以高台陂池[14]亡其国者。'今主君之尊[15],仪狄之酒也;主君之味,易牙调也;左白台而右闾须,南威之美也;前夹林而后兰台,强台之乐也。有一于此,足以亡国。今主君兼此四者,可无戒与!"梁王称善相属。

——《战国策》

一、注释

　　[1]梁王魏婴:梁惠王,即魏王,因魏于公元前362年迁都大梁,故又称梁。梁惠王十五年(前344)召集逢泽(今开封东南)之会,自称为王。

　　[2]鲁君:鲁国君主,即鲁共公,鲁国第三十任君主,名奋。

　　[3]觞:酒杯。

　　[4]避席:古人席地而坐,避席即站起身,离开座席,表示严肃恭敬。

　　[5]帝女:禹的女儿。

　　[6]仪狄:擅长酿酒的人。

　　[7]旨酒:美酒。旨,味美。

　　[8]嗛:通"慊",满足。

　　[9]易牙:一作"狄牙",齐桓公宠臣,善调味,历史上第一个开私人餐馆的人,被尊为厨师之祖。

[10]南之威:一作南威,美女名。

[11]楚王:楚庄王,春秋五霸之一。

[12]强台:即章华台。

[13]崩山:一作崇山。

[14]陂池(bēi chí):池沼、池塘。

[15]尊:通"樽"。

二、参考译文

梁王魏婴在范台宴请诸侯。当大家喝得高兴时,梁王请鲁共公举杯祝酒。鲁共公站起来,离开座位,选择了一番有意义的话,说:"从前,大禹的女儿让仪狄酿酒,味道极好,奉送给禹,禹喝了觉得很甜美,于是疏远了仪狄,并戒了酒。他说:'后世必定有因为饮酒而亡国的!'齐桓公半夜里感到饥饿,易牙立刻烹煮烧烤,调和五味,进献给齐桓公吃。齐桓公吃得饱饱的,直到第二天早晨还没觉得饿。他说:'后世必定有贪图美味而亡国的!'晋文公得到美女南威,三天都不上朝听政,于是将南威推开,疏远了她。他说:'后世必定有因为好女色而亡国的!'楚庄王登上高高的章华台,眺望崩山,左面是大江,右面是大湖,俯视下面,徘徊流连,快乐得甚至忘了死亡。于是,他发誓不再登上章华台。他说:'后世必定有爱好修建王室园林而亡国的!'现在,梁王你的酒杯里是仪狄的酒;你的饭菜是易牙所烹调;你左面的白台,右面的闾须,是南威般的美女;你前面有夹林,后面有兰台,是和章华台一般的快乐。这四件事里只要有一样,就可以亡国。梁王你而今兼有这四样,难道可以不警惕吗?"梁王听了,连声称赞说好。

三、勤学善思

1.你认为国家的灭亡与国君的喜好有多大关系?可否举例说明?

2.易牙特别擅长烹调,传说他甚至把自己的儿子做成羹给齐桓公吃,齐桓公非常感动。你对此如何评价?

3.鲁共公的祝酒词在说理上有何特色?

四、解读延伸

历史上有很多忠诚的谏臣,有的娓娓道来、侃侃而谈,让统治者不知不觉就被说服了，如触龙劝说赵太后。有的直言上谏，毫不避讳，如魏征进谏唐太宗。还有的冒死进谏，肝脑涂地，如比干劝阻纣王。鲁共公的这番话既是祝酒词也是劝谏词，这番话辞采飞扬，意义深刻，余味隽永，不可多得。

大禹疏远仪狄不是仪狄做错了什么，而是酒过于美好。晋文公疏远南之威并不是南之威做错了什么，而是她太过美丽。齐桓公领悟到美味可以丧失国家，楚庄王体会到修建亭台楼阁也可能导致国家灭亡。于享乐时看到危险，于和平时看到祸患，这些看法是多么的理性！大禹是上古非常贤明的国君，为治理水患三过家门而不入。晋文公、齐桓公、楚庄王位列春秋五霸，烜赫一时。如果我们想从这个故事里得到什么启示的话，那就是一定要居安思危，不可贪图享乐。人们都喜欢优渥的生活，谁也不愿遭遇困难和坎坷。但是无论从培养个人能力还是振兴国家和民族来看，都要时刻牢记孟子的话："生于忧患，死于安乐。"历史上的很多朝代一开始都能以民为本，小心谨慎，这是因为开国皇帝经历无数战争，深知建国的艰辛。而后来的继任者逐渐离带兵打仗越来越远了，而且随着国家渐渐富强，物质生活也越来越好，他们会慢慢忘记打江山的辛苦和牺牲，安于享乐，不思进取，最终被下一个朝代推翻，国破家亡，身首异处或者沦为像徽钦二帝、南唐后主那样的阶下囚。

文中的晋文公、齐桓公和楚庄王三个人中，齐桓公是颇具争议的一个人物。他和公子纠争夺国君之位的时候，管仲当时因忠于公子纠还射了齐桓公一箭，幸亏衣袋钩挡住了箭。齐桓公继位以后听从鲍叔牙的意见不计前嫌重用管仲，最终成为一代枭雄。可是最后不知什么原因却变得昏庸专断，管仲临死的时候，嘱咐齐桓公远离易牙、开方和竖刁三人。易牙这个人曾经把自己的孩子做成羹给齐桓公吃。开方这个人为了讨好齐桓公十五年不回家，甚至连父母死了都不奔丧。竖刁为了讨好齐桓公竟然自行阉割，这样行为极端的人往往也没有人格底线。但是齐桓公不听管仲的话，任用这三个人，最后齐国大乱，五公子内战，齐桓公死了67天之后才有人为他收尸。一个人为什么前后差距这么大呢？也许是不同时期追求不同的原因吧！当初齐桓公为了登上国君之位，为了争霸天下所以能够隐忍，能够任用差点射死自己的人。但是等他功成名就之后，就没有了目标，贪图享乐，安逸的生活迷住了他的双眼，使他非是不分，黑白不辨，落得一个悲剧的下场。

鲁共公的祝酒词思路很清晰：借古讽今。讲话层次很清晰，第一层次分列四个著名君主的四个方面的故事,第二层次以四个故事中当引以为戒的事物作比较,对梁王提出儆诫。四个故事中让人沉湎其中、不思进取的事物各不相同,分别为美酒、美食、美女和美景,这样避免举例重复。四个故事的君主都是大有作为的人,这样更有说服力,同时用他们来对比梁王也更恰切。我们平时劝说别人的时候总是说要"摆事实,讲道理",鲁共公的这段话就是最好的例证之一。

81 大树将军

（冯）异[1]为人谦退不伐[2]，行与诸将相逢，辄[3]引车避道。进止皆有表识[4]，军中号为整齐。每所止舍，诸将升坐论功，异常独屏[5]树下，军中号曰"大树将军"。及破邯郸[6]，乃更部分诸将[7]，各有配隶，军中皆言愿属大树将军，光武[8]以此多[9]之。

——《后汉书·冯异传》

一、注释

[1]冯异：（？—公元34年），字公孙，汉族，颍川父城（今河南省宝丰县东）人，东汉开国名将、军事家，云台二十八将第七位。原为新朝颍川郡掾，后归顺刘秀，随之征战，大破赤眉，平定关中。协助刘秀建立东汉，冯异被封为征西大将军、阳夏侯。

[2]伐：自夸。

[3]辄：就、总是。

[4]表识：标志。

[5]屏：远离他人，避退。

[6]破邯郸：指当时攻打王朗一事。

[7]更部分诸将：重新安排各个将领的任务。

[8]光武：指汉光武帝刘秀。

[9]多：称赞。

二、参考译文

冯异为人处事谦虚退让，不自夸，出行与别的将军相遇，总是把马车驶开避让。他的军队前进停止都有旗帜标明，是各部队中被称为最有纪律的部队。每到一个地方停下宿营，其他将军坐在一起讨论功劳时，冯异经常独自退避到树下,军队中称他为"大树将军"。等到攻破邯郸要重新安排各将领任务的时候,每人都分配了部属,士兵们都说愿意跟随大树将军,光武帝因此很赞赏他。

三、勤学善思

1. 你如何评价冯异的谦恭行为?
2. 历史上冯异多有战功,文中有哪些句子表现其治军才能的?
3. 刘秀因为什么非常赞赏冯异?

四、解读延伸

冯异原来是王莽建立新朝的颍川郡的副官,某次出去巡查的时候被汉军抓住。后来经过他堂兄冯孝等人的保荐,冯异归顺刘秀。后来刘秀返回南阳,冯异始终坚守颍川,拒绝投降刘玄建立的更始政权,而当刘秀卷土重来时则开门献城,并推荐了一大批优秀人才给刘秀,助力刘秀建立东汉王朝。背弃王莽,归顺刘秀,抵抗刘玄,征讨叛军,平定赤眉,这些都说明了冯异的才学胆识的确异于常人。生逢乱世,最需要清醒的头脑,冯异为我们做出了榜样。

文中记述,冯异治军严明,行止进退旗帜鲜明,具有非常卓越的军事才能。事实上,冯异坚守父城,攻占河北,镇守孟津,平定关中,征讨陇右,确实是一名了不起的将军。更加难能可贵的是,他不仅知道带兵打仗,更知道赢取民心的重要性。当年赤眉起义,枭雄割据,刘秀派冯异带兵平定,因为"诸将非不健斗,然好虏掠。卿本能御吏士,念自修敕,无为郡县所苦。"意思是各位将领并不是不能打仗,只是打仗时爱掳掠。而冯异能控制好自己的人,整顿管理好自己的队伍,不给老百姓带来伤害。这说明冯异不仅是一个军事家,还是一个有着远见卓识的政治家。

但是即使如此,他还能保持低调的做人姿态:遇到别的将领总是主动避让,遇到讨论功劳的时候总是躲得远远的,以至于被称为大树将军。有些人取得了成绩就居功自傲,有些人取得了成绩就沾沾自喜,有些人取得了成绩就忘乎所以,像冯异这样虽功盖天下却谦和低调的行为是一般人无法做到的。

"有心栽花花不开,无心插柳柳成荫。"人生中有很多事儿你越强求反倒离你越远,而低头耕耘却总有硕果累累的时候。所以,尽管冯异做事低调,不慕名利,但是士兵们看在眼里,愿意追随他。皇帝也看在眼里,非常赞赏他。最终冯异戴金佩紫,名垂青史,不负一生披肝沥胆,戎马倥偬。

82 不识荆公

王荆公介甫[1]，退处金陵[2]。一日，幅巾[3]杖屦[4]，独游山寺，遇数客盛谈[5]文史，词辩纷然[6]。公坐其[7]下[8]，人莫之顾[9]。有一人徐[10]问公曰："公亦知书否？"公唯唯[11]而已，复问公何姓，公拱答曰："安石姓王。"众人惶恐，惭俯[12]而去。

——《青琐高议》

一、注释

[1] 王荆公介甫：王安石（1021 年—1086 年），字介甫，号半山，封荆国公，抚州临川（今江西省抚州市）人，北宋时期政治家、文学家、思想家、改革家。

[2] 退处金陵：退居金陵。金陵，今江苏省南京市。

[3] 幅巾：用一块绢遮裹头部，又称巾帻，或称帕头。

[4] 杖屦：穿麻鞋拄杖行走。屦，古代用麻葛制成的一种鞋。

[5] 盛谈：高谈阔论。

[6] 词辩纷然：议论纷纷的样子。

[7] 其：代盛谈文史者。

[8] 下：旁边。

[9] 莫之顾：即"莫顾之"，没有人回头看他。

[10] 徐：慢，此指慢悠悠地。

[11] 唯唯：含糊的答应声。

[12] 俯：低着头。

二、参考译文

王安石退居金陵。一天，他带着头巾拄着手杖独自游览山寺，在那里遇见几个人正在高谈阔论文史,议论纷纷。王安石坐在他们旁边,没人注意到他。后来有一个人缓缓问他说:"你也懂得诗书吗?"王安石只是含糊地应答而已。那人又问他的姓名,王安石拱拱手回答说:"我姓王,叫安石。"那群人很惶恐,惭愧地低着头离开了。

三、勤学善思

1. 你知道王安石变法吗? 你如何评价王安石变法?

2. 你知道王安石和苏东坡的关系吗? 了解《同王胜之游蒋山》和《和子瞻同王胜之游蒋山》两首诗的创作背景及故事。

3. 众人问王安石是否也读过书的时候他为什么含含糊糊地应声?

4. 描述一下得知旁边坐的是王安石时众人的心理活动。

四、解读延伸

王安石是历史上著名的文学家、思想界和政治家,诗名文名之外,他的变法也影响深远。当然,变法中间困难重重,阻力很大,王安石因此跟司马光、苏轼等人之间产生了很深刻的隔阂与矛盾。本文所记,如果确有其事,应当是王安石辞去宰相在金陵任职时候的事情。

王安石曾经多次因为政治斗争被罢免或者辞去宰相,这次退居金陵,一来是对政治斗争感到厌倦,力不从心。二来遭遇了丧子之痛——那一年他的长子王雱英年早逝,年仅 33 岁。王雱非常厉害,与两个叔叔王安礼、王安国并称"临川三王",是临川文学的杰出代表。据说,王安石当时经常平民打扮,骑一头小毛驴早出晚归,四处游走,心灰意冷,不问政治。

本文中,王安石既不带随从,也不乘车马,而是带着头巾、穿着草鞋、挂着拐杖一个人游山逛水,完全不像一个达官显贵的作风。要知道,王安石是做过多年宰相的,即便现在不是宰相,也担任节度使、左仆射等职,且先后被封为舒国公、荆国公,官高位显,非一般人可比。那时候信息传递很慢,也很闭塞,就是画像也难得一见,所以不怪乎别人认不出他来。

故事比较具有戏剧性,而且非常生动。一拨人在那里高谈阔论,却不知身边坐着当时文坛最厉害的领袖人物。那个人为什么会缓缓地问王安石呢? 也许他认为这个人并没有读过多少书甚至没有读过书,否则可能会像他们一样加入辩论的队伍。等到王安石含糊应答的时候,也印证了那个人此前的想法——这个衣着朴素的人也许读过一些书,但是也仅此而已。到这里,已经有一次伏笔和两次蓄势了。最后戏剧性的场面出现,他们知道了王安石的庐山真面目,很惭愧地低头离开了。

为什么在别人问到自己是否读过诗书的时候王安石只是含糊应答?假如我们是王安石,我们又会怎样做?报上名来震慑他们一下?那绝对不是王安石当时的选择,也不是他的性格。如前文所讲,因为政治失意和痛失长子,王安石当时心灰意冷,有什么能引起他的兴趣呢?再者,他做宰相多年,权倾朝野,即使在这些普通的文人士子那里挣足了面子又有什么意义?

俗话说,响水没深潭。真正有学问有修养的人往往能潜心俯首,含蓄大度,虚怀若谷。腹中空空的人害怕受到别人的藐视,穷困潦倒的人害怕遭人白眼,居心叵测的人害怕被人识破……因此,他们总要装出一副或满腹诗书,或腰缠万贯或善良忠厚的面孔来迷惑大家,安慰自己,生活中这样的人并不少见。

王安石变法的初衷是好的,政策也是好的,之所以遭到反对,一大部分原因是执行过程中走了味儿。苏轼对此也颇有微词,反映在诗词里,结果就弄了个"乌台诗案",他也因此差点跳湖自杀。但是苏轼毕竟是苏轼,王安石毕竟是王安石,苏轼归京途中拜访王安石,两人相见甚欢,苏轼写下了《同王胜之游蒋山》一诗,王安石也和了一首《和子瞻同王胜之游蒋山》。苏轼诗中有"峰多巧障日,江远欲浮天"一句,王安石连连夸赞,谦虚地说自己无论如何都写不出这样美妙的句子来!抛去政治立场,两人也是有着相同志趣的知己啊!

83 赐绢代罚

右骁卫大将军长孙顺德[1]受人馈绢。事觉[2]，太宗曰："顺德果能有益国家，朕与之共府库耳，何至贪冒[3]如是乎？"犹惜其有功，不之罪[4]，但于殿廷赐绢数十匹。大理少卿胡演曰："顺德枉法受财，罪不可赦，奈何[5]复赐之绢？"上曰："彼有人性，得绢之辱，甚于受刑。如不知愧，一禽兽耳，杀之何益？"

——《资治通鉴》

一、注释

[1]长孙顺德：生卒年不详，字顺德，河南洛阳人，鲜卑族。唐朝开国名将、外戚，"凌烟阁二十四功臣"之一。唐朝建立后，拜左骁卫大将军，册封薛国公。后居官贪贿，坐罪免官。

[2]事觉：事情败露了。

[3]贪冒：贪图财利。

[4]不之罪：不罪之。罪，惩罚。

[5]奈何：为什么。

二、参考译文

右骁卫大将军长孙顺德接受他人赠送的丝绢，事情被发觉后，唐太宗说："顺德确实是对国家有益的，我和他共同享有官府仓库的财物，他为什么如此贪财好利呢？"因为考虑到他曾经的功绩，就不惩罚他了，不过在大殿中公开赠送了他几十匹丝绢。大理少卿胡演说："顺德违法接受财物，所犯的罪行不可赦免，怎么还再送他丝绢？"唐太宗说："他是有人性的，获得丝绢的侮辱，超过了接受刑罚。如果不知道惭愧，就是一只禽兽了，杀了他又有什么益处呢？"

三、勤学善思

1. 长孙顺德受贿理当依法惩处，但是唐太宗却采取这种方式处理，你对此如何评价？

2. 长孙顺德功高位显，却为了一点点财物犯下错误，你对此有何感想？

四、解读延伸

先说长孙顺德这个人。长孙顺德是鲜卑族，他有个曾祖父叫长孙稚，是北魏的上党王、冯翊王，北魏分裂后追随宇文泰被封为太师。长孙顺德的父亲长孙凯名不见经传，但是长孙顺德还有个堂侄女是文德皇后，十三岁嫁给李世民并生下高宗李治。文德皇后深明大义，善于借古讽今劝谏李世民，也善于保举有才能的大臣，是唐太宗的"贤内助"。

长孙顺德这个人在隋朝的时候干的活儿是右勋卫，就是侍卫官，这种官通常都由功臣子弟充当。但是当时隋朝攻打高句丽，长孙顺德没有上战场，却投奔了当时招兵买马的李渊，这也许是他最明智的一次决定。李渊举兵反隋时，长孙顺德成为主要干将，讨平霍邑、击破临汾、攻克绛郡，并且生擒大将屈突通，战功赫赫，也因此被封为薛国公。此后爆发了李世民与哥哥弟弟争夺皇位的"玄武门之变"，长孙顺德铁了心追随李世民，追杀李建成和李元吉的余党，李世民继位后受到重用，绘像于凌烟阁。

按说，长孙顺德此时顺风顺水，应该一路畅通的。但是恰恰功成名就之后在小阴沟里翻了船。本故事的前因是，长孙顺德监督的一些奴仆偷了宫中的财物被发现了，依法当斩杀这些奴仆。但是长孙顺德估计没把这当回事儿，接受了他们的一些丝绢和金银财宝之后就把这事儿给压下去了。但是天下没有不透风的墙，后来东窗事发，好在李世民念在他从前有功于国的份上不仅没有惩罚他，还送了他几十匹丝绢。

此后，因为与谋反的李孝常过往甚密，长孙顺德被削去官职，成了平头百姓。

大约在公元628年，有一天唐太宗翻阅功臣图像，看到长孙顺德，不禁动了恻隐之心，于是恢复了长孙顺德的爵位和食邑，并让他做了泽州刺史。重见阳光的长孙顺德很开心，虽然官不大，但是他吸取了教训，放下架子认真办事，严明纪律，被称为好官，大受百姓赞扬。

本以为他该有个好结局了,但是不久之后又因为犯法被免职。他犯了什么罪呢?《资治通鉴》和《旧唐书》里都没有记载。但是这次犯法之后就再也没有翻身,一直到死。李世民继位后赐给长孙顺德食邑一千二百户,还赐给他不少宫女。没料到他会为了蝇头小利贪赃枉法,到头来落个晚节不保遭人齿诟的下场。最后一次被免官后,长孙顺德因为丧女而患病,太宗听说后,很不以为然地对房玄龄说:"顺德无慷慨之节,多儿女之情。今有此疾,何足问也!"

本故事中,长孙顺德东窗事发,本应受到处理,但是太宗以为他是个有节操、有脸面的人,所以当众赐给他几十匹丝绢以善意地提醒他。一来顾念他有功于国,二来受贿的那些丝绢和金银似乎并不多,所以太宗故意这样做。谁想长孙顺德带兵打仗还不错,生活、工作却不检点,最终落得个人见人嫌的下场,可悲!可叹!

84 以镞诫子

存审[1]出于寒微[2]，尝戒诸子曰："尔父少提一剑去乡里[3]，四十年间，位极[4]将相。其间出万死获一生者非一，破骨出镞[5]者凡百余。"因授[6]以所出镞，命藏[7]之，曰："尔曹[8]生于膏粱[9]，当知尔父起家如此也。"

——《资治通鉴》

一、注释

[1]存审：即符存审（862年—924年），原名存，字德详，陈州宛丘（今河南省周口市淮阳区）人，唐末五代时期前晋、后唐名将。因被赐为李姓，史册又载为李存审。他辅佐李克用、李存勖两代晋王，累破后梁，驱逐契丹，大小百余战，未尝败绩，最终官至检校太师、中书令、幽州卢龙节度使，镇守幽州，病死在任上，后被追封秦王。

[2]寒微：贫穷且地位低下。寒，贫困。微，地位低下。

[3]乡里：此指家乡。

[4]极：达到。

[5]镞（zú）：箭头。

[6]授：授给，给予。

[7]藏：收藏，保存。

[8]尔曹：你们。

[9]膏粱：精美的膳食。膏，肥肉。粱，精米。

二、参考译文

李存审出身贫穷、地位低下，他曾经训诫他的孩子们说："你们的父亲年轻时只带一柄剑离开家乡，四十年里，地位到达将相之高。在这中间经过万死才获得一次生存的险事绝不止一件，剖开骨肉从中取出的箭头共有一百多个。"接着,他把所取出的箭头送给孩子们,吩咐他们珍藏起来,接着说:"你们这代人都出生在富贵之家,应当牢记你们的父亲当年起家时就是这样艰难啊!"

三、勤学善思

1. 把自己身上取出的箭头赠给子孙做纪念确实很特别,你对此有何感想?

2. 你还知道哪些教育下一代的历史故事?

3. "道德传家,十代以上,耕读传家次之,诗书传家又次之,富贵传家,不过三代。"请体味其中的道理。

四、解读延伸

李存审本来叫符存审,先祖中曾经多人为当时名将,骁勇善战:唐代符敦敏为节度使,符令奇封琅玡郡王,卒赠户部尚书,符璘大破吐蕃,战功卓著,入朝为辅国大将军,封义阳郡王。不过到他父亲符楚这一代已经家室衰微,所以符存审要想出人头地,只能零基础起步。

也许骨子里确实还流淌着先辈的热血和智慧,符存审这一生大小百十余战,未尝败绩。他在幽州之战、魏州之战、幽州保卫战、胡柳陂之战、同州之战等一系列梁晋争霸战争中,屡次以少胜多大破梁军,还以步兵击败契丹骑军,是步兵作战之王,当之无愧的战神。

符存审不仅善于作战,还具有非常清醒的政治头脑。唐庄宗李存勖年轻时生性好战,经常轻骑冲锋陷阵。符存审劝他说,冲锋陷阵是士兵的事情,你担负恢复社稷的重任,不能以身犯险。李存勖不听劝阻,结果被后梁军队伏击,幸亏符存审及时赶到,否则后果不堪设想。

用自己身上取出的箭镞做纪念并教育子孙,这实在是非常好的教育素材。符存审征战将近四十年,他的所有成就是出生入死换来的。可是后世子孙并没有像他一样南征北战,不能体会九死一生的凶险。他们生在优渥的家庭,过着富足安逸的生活,可能会安于享乐,不思进取。这些带着先辈骨肉鲜血的箭镞能够时刻让他们警醒,不忘前辈建功立业的艰辛,继承传统,光耀门楣。据历史记载,符存审至少有九个儿子,其中六个儿子官职做到节度使,一个做过骁骑将军,一个做过上将军,一个做过防御使,儿子们中间有一个叫符彦卿的还被封为秦王。

十年树木，百年树人。父母是人生的第一任老师，如果早期的家庭教育出现偏颇，孩子的成长就像小树长歪了一样，以后长得越大越不容易扶正。俗话说，一岁看大，三岁知老。我国历史上一直有从小抓教育的传统：孟母剪断布匹教育孟子，岳母刺字教育岳飞，陶母退还干鲊教育陶侃等等，这都为我们教育后代做出了好榜样。

符存审为国尽忠四十年，后来带兵镇守幽州。他想回到朝廷去见见皇帝，但是当权人物枢密使郭崇韬害怕他会影响到自己的政治前途，暗中阻挠，最后死在幽州节度使任上。人生并不总是完美的，符存审的死也许是历史留下的一个遗憾。

85 "三上"作文

钱思公[1]虽生长富贵,而少所嗜好。在西洛[2]时,尝[3]语[4]僚属[5]言:"平生惟好读书,坐则读经史[6],卧则读小说[7],上厕则阅小辞[8],盖未尝顷刻释卷也。"谢希深[9]亦言:"宋公垂[10]同在史院,每走厕必挟书以往,讽[11]诵之声琅然[12],闻于远近,亦笃学[13]如此。"余因谓希深曰:"余平生所作文章,多在三上,乃马上、枕上、厕上也。"盖惟此尤可以属思[14]尔。

——欧阳修《归田录》

一、注释

[1]钱思公:即钱惟演(977年—1034年),字希圣,临安塘(今浙江杭州)人,北宋"西昆体"代表作家之一,吴越王钱俶的第二子,后随父降宋。钱惟演博学能文,在文学创作上颇有建树,为"西昆体"骨干诗人,喜欢招徕文士,奖掖后进,对欧阳修、梅尧臣等人颇有提携之恩。

[2]西洛:西京洛阳。

[3]尝:曾经。

[4]语(yù):对……说,告诉。

[5]僚属:官府的佐助官。当时,欧阳修、谢绛等都是钱惟演的僚属。

[6]经史:经书和史书。

[7]小说:各类杂记。

[8]小辞:指短小的诗词。

[9]谢希深:即谢绛(994年—1039年),字希深,浙江富阳人,北宋文学家、诗人,与欧阳修等人共事多年,与梅尧臣等相友善,曾被称为"文章魁首"。

[10]宋公垂:即宋绶(991年—1041年),字公垂。赵州平棘(今河北赵县)人。北宋名臣、学者及藏书家。他博通经史百家,笔札精妙,倾朝学之,号称"朝体"。

[11]讽:不看着书本念,背书。

[12]琅然:声音清脆。

[13]笃学:十分好学。

[14]属(zhǔ)思:构思。

二、参考译文

钱思公虽然出生在富贵之家,但是没有什么兴趣爱好。在西京洛阳曾经告诉下属的官吏:"我这一生只喜欢读书,坐着的时候就读经书和史书,躺在床上就读各种杂记,上厕所的时候就读短小的诗词、小令,大概从来没有半刻放下书的时候。"谢希深也说:"同在史院的宋公垂,每当去厕所时都夹着书,诵读的声音清脆,远近都能听到,也是如此好学。"我于是告诉谢希深说:"我一生所写的文章,多是在'三上'时间,就是马背上、枕头上、厕座上。大概是因为只有这些时候才可以构思吧!"

三、勤学善思

1. 从三个人的读书、写文章的经验,你体悟到了什么?

2. 你还知道哪些挤时间努力学习的故事?

3. 谈谈你如何节约或者利用时间。

四、解读延伸

先说钱思公。钱思公叫钱惟演,他爹是吴越国的最后一个皇帝钱俶,他的曾祖父钱镠是吴越国的建立者。钱镠这个人很有意思,不仅非常有政治头脑,能够在乱世中乘机独霸一方,而且带兵打仗、治理国家和作文赋诗都很有一手。"陌上花开,可缓缓归矣。"就是他的故事。

也许正因为有这样的家庭背景和家族基因,钱惟演书读得不少,诗词歌赋也写得不错。钱惟演和杨亿、刘筠等酬唱应和,还弄出个"西昆体"的风格流派出来。"西昆体"在艺术上师法李商隐,但是过分强调声律、对仗、辞藻等,显得形式大过思想。这种风格跟钱惟演的经历应该大有关系。

钱惟演书读得多,仕途也算顺利。但是所做诗文酬唱应和的多,歌功颂德的多,所以后世对其文品有所争议。另外,他喜欢通过姻亲关系来巩固自己的地位,保障通达的仕途,而且见风使舵,趋炎附势,因此大家对他的人品诟病多多。钱惟演去世之后，按照规定应该给一个谥号，当时负责此事的张瑰的建议是"文墨"，因为《谥法》里说，敏而好学曰"文"，贪而败官曰"墨"。这个谥号一方面赞扬钱惟演的文学成就，一方面批评他为官不正，按说是比较恰当的。但是这遭到了钱惟演家人的反对，考虑到钱惟演虽然居官不正，但是也没到徇私枉法的程度，所以通过复议改为"思"，《谥法》里说，追悔前过曰"思"。本文钱思公的称呼就是这么来的。

欧阳修在《归田录》里还记载了钱惟演的另外一件趣事：他生活比较简朴，对子女要求严格，不到规定的时间不给零花钱。他有一个珊瑚做的笔格，平时视若珍宝。孩子们想要钱了就把这个笔格藏起来，钱惟演找不到笔格很着急，就在家里悬赏。孩子们过个一两天假装找到了笔格，这样就可以得到一些钱。这种事情每年都要发生好多次，但是钱惟演却从来没有觉得其中有什么蹊跷。

钱惟演读书分场合：端坐的时候读经书、史书。经和史是安身立命和治理国家的经验宝典，所以无论从内心还是形体都要庄重对待。古人读书之前要焚香沐浴，也是这个道理。班固在《汉书·艺文志》里说："小说家者流，盖出于稗官。街谈巷语，道听途说者之所造也。孔子曰：'虽小道，必有可观者焉。致远恐泥，是以君子弗为也。'"钱惟演读各种杂记的时候躺在床上，就不像读经读史那么庄重，因为这些随笔虽有可取之处，但也不过是拓展眼界而已，属"小道"。上厕所的时候读短诗、小令，这些东西多用来排遣情绪，调节心情，不过怡情而已。读书分场合、分心情、分功能、分姿势，真是非常有趣。

文中的宋绶去厕所的时候总是夹着书，不仅要读，而且声音洪亮，传出老远去。在厕所读书自然不是喜欢这个场所，也不是喜欢这个味道，而是惜时如金，要利用一切闲暇的时间读书。在厕所里大声读书不是读给谁听，而是读到得意处忘乎所以，这既是一种读书状态，也是一种率真的表现。

欧阳修谈自己的体会，说自己写文章通常在马背上、枕头上、厕座上，这也不是因为他有什么特殊爱好，同样是挤时间写文章。欧阳修是著名的文学家，是当时的文坛领袖，他同时也是著名的史学家和政治家，官至参知政事（副宰相），从政和治学两不误，这需要充分的时间来保障。所以他要挤出一切可以利用的时间来读书写作，"三上"作文简直就是把时间利用到了极致。这样在生活中抽出各种零碎时间读书的精神是值得我们学习的。

相比较一千多年前,如今我们的生活节奏变得飞快,人们越来越忙,时间越来越少。因为"忙",很多人和家人疏远了,和自然疏远了,和书本疏远了,和健康疏远了。其实,哪有"抽不出时间"的情况?相比较钱惟演、宋绶和欧阳修,我们是真的没有时间还是没有下定决心去读书?

对于这个问题,每个人都要认真地问问自己,都要认真地想想你的答案。

大道[1]之行[2]也,天下为[3]公,选贤与[4]能,讲信修[5]睦。故人不独亲[6]其亲,不独子其子,使老有所终,壮[7]有所用,幼有所长,矜[8]、寡、孤[9]、独[10]、废疾[11]者皆有所养,男有分[12],女有归[13]。货恶[14]其弃于地也,不必藏[15]于己;力恶其不出于身也,不必为己。是故[16]谋闭而不兴[17],盗窃乱贼而不作[18],故外户[19]而不闭[20],是谓大同[21]。

——《礼记》

一、注释

[1]大道:古代指政治上的最高理想。

[2]行:施行。

[3]为:是,表判断。

[4]与:通"举",选举,推举。

[5]修:培养。

[6]亲:意动用法,以为亲,亲近。下文的"子"同理。

[7]壮:青壮年。

[8]矜(guān):通"鳏",老而无妻的人。

[9]孤:幼而无父的人。

[10]独:老而无子的人。

[11]废疾:残疾人。

[12]分(fèn):职分,指职业、职守。

[13]归:本义指女子出嫁,引申为归宿。

[14]恶(wù):憎恶。

[15]藏:私藏。

[16]是故:因此,所以,这样一来。

[17]谋闭而不兴:奸邪之谋不会发生。闭,杜绝。兴,发生。

[18]作:兴起。

[19]外户:从外面关闭的门,这里指大门。

[20]闭:用门闩插上。

[21]大同:指儒家的理想社会或人类社会最高准则。同,指和、平。

二、参考译文

在大道施行的时候,天下是人们所共有的,把品德高尚的人、能干的人选拔出来,讲求诚信,培养和睦(气氛)。所以人们不只奉养自己的父母,不只抚育自己的子女,要使老年人能终其天年,青壮年能为社会效力,让年幼的孩子可以健康成长,让老而无妻的人、老而无夫的人、幼而无父的人、老而无子的人以及残疾人都能得到社会的供养,男子有活儿干,女子有归宿。对于财货,人们憎恨把它扔在地上的行为,却不一定要自己私藏;人们憎恨不为公众事务出力的行为,而不一定为自己谋私利。因此,奸邪之谋不会发生,盗窃、造反和害人的事情不会发生。所以大门都不用关上了,这叫作理想社会。

三、勤学善思

1.本文中的"道"与道家所讲的"道"有什么不同?

2.根据本文所讲,实现"大同"的途径是什么? 你认为通过这种途径是否可以实现"大同"世界?

3.基督教有天堂,佛教有极乐世界,儒家讲大同,我们的理想是实现共产主义,体味它们之间的异同。

四、解读延伸

人生要有理想和目标,民族是这样的,国家也是。不同时期的人们对社会的未来做过不同的设想,并为这个理想和目标奋斗终生甚至献出一代又一代人的生命。奴隶时代,人们向往自由与平等;封建时代,人们向往民主与科学。我们现在的奋斗目标是实现共产主义,这是我们的最高理想。在宗教的理想里,他们要建立天堂、极乐世界,并要求人们通过种种修炼来进入理想中的天堂和极乐世界。在现实生活中,有空想社会主义理论,有巴黎公社的实践,有戊戌变法的尝试,更有中国共产党领导实现的社会主义。

中华民族从来不缺乏对美好生活的向往和努力,自古如此。

老子说:"邻国相望,鸡犬之声相闻,民至老死不相往来。"每个人都管好自己的生活,享受富足、祥和、宁静、喜乐、满足的世界,不要去打搅别人的生活,这样就会天下太平。可惜,自有人类以来,为了争夺食物、土地、人口或者其他资源的战争就从来没有停止过。死于战争的人口和被战争毁掉的资源不计其数。

《礼记》也为我们设想了一个大同世界,在这个大同世界里,人人爱人,各尽其能,各司其职,各尽其用,无论男女老少,鳏寡孤独,都能衣食无忧,生活幸福。人人为公,天下太平,路不拾遗,夜不闭户,盗贼不起,变乱不生,即使在今天看来,这种大同世界的理想也是我们所向往的。但是,理想很丰满,现实很骨感。这样的大同世界怎么才能实现呢?选贤任能如何保证?讲信修睦如何实施?如何给男人提供工作岗位?如何让女人的权利得到保障?如何让社会弱势群体安享太平?靠贤明的君王不行,几千年的历史已经证明,即使最贤明的君王也不会给人民以平等、自由和民主。靠人民的自觉也不行,因为任何社会都不可能只靠思想道德的控制力来实现天下太平。秦王实施暴政,汉唐实施休养生息,但在历史上无比辉煌的秦汉唐宋距离所谓的大同世界还有多远呢?

陶渊明曾经构想过一个美好的"桃花源",在这个国度里,"土地平旷,屋舍俨然,有良田、美池、桑竹之属。阡陌交通,鸡犬相闻。其中往来种作,男女衣着,悉如外人。黄发垂髫,并怡然自乐。"仔细想想,这个所谓的理想国在乱世之间只能隐藏在一个神秘的角落,不可能为世人所知。那个渔夫为什么后来再也找不到桃花源了呢?因为连陶渊明都清醒地意识到,这种世界不可能在现实中存在。最起码,在那个时代,不可能实现。

时代在发展,社会在进步,人们也在不断地探索。2021年2月25日,全面脱贫攻坚总结表彰大会在京隆重举行,习近平庄严宣告:我国脱贫攻坚战取得了全面胜利。我们向前人梦想的"大同世界"跨出巨大的一步。未来,我们必将按照国家的规划,一步步实现民族复兴的中国梦想,而这个梦想是两千多年前的大贤先哲们也梦想不到的。

这,是时间的力量。这,是中华民族的骄傲。

87 高缭见逐

高缭仕于晏子[1]，晏子逐之。左右谏曰："高缭之事夫子三年，曾无以爵位[2]，而逐之，其义可乎？"晏子曰："婴，仄陋[3]之人也。四维[4]之然后能直。今此子事吾三年，未尝弼[5]吾过，是以逐之也。"

——《说苑》

一、注释

[1]晏子：（？—公元前 500 年），晏婴，字仲，谥"平"，也称"晏平仲"，夷维（今山东省高密市）人，春秋时期齐国著名政治家、思想家、外交家。

[2]爵位：古代君主对贵戚功臣的封赐。周代有公、侯、伯、子、男五爵，后代爵位制度往往因时而异，不尽相同。

[3]仄陋：指狭窄浅薄。仄，狭窄。陋，鄙浅。

[4]四维：系在渔网四角或车盖四方的大绳。维，维系，引申为辅助。渔网和车盖有了四根大绳撑张，稳固而安全。晏子所称"四维之然后能直"，是指四边都稳固了，才能正直。境内都安全了，才能立国。晏子自称仄陋之人，需要有人像张网之绳，帮他撑张立国之网。

[5]弼：纠正。

二、参考译文

高缭在晏子手下做事，晏子把他辞退了。身边的人劝阻说："高缭跟着你做事已经三年了，你并没有封赐给他一个职位，而且还要辞退他，这不合道义吧？"晏子说："我晏婴是一个狭小鄙陋的人，需要通过各方支持和辅助才能立身。现在高缭在我身边三年了，却从来没有指出过我的过错，因此我就把他辞退了。"

三、勤学善思

1. 你是否同意晏子的观点？为什么？
2. 你认为怎样的下属才是好下属？
3. 阅读《晏子春秋》，全面了解晏子其人。

四、解读延伸

晏子是春秋时期著名的思想家、政治家和外交家，《晏子春秋》里记录了很多关于他的故事、言论等。前文的《烛邹亡鸟》就是晏子进谏的精彩故事，大家耳熟能详的还有"晏子使楚""二桃杀三士"以及"挂羊头卖狗肉"等。宋朝的钱公辅曾经写过一篇《义田记》，他特别赞赏晏子的"仁"者行为：晏子把国王赏赐的东西都分给了家人、亲戚和穷困的人，但是自己的生活却非常节俭，平时出行都是老马破车。他多次拒绝国王的赏赐，齐景公趁他出使在外给他建了一套新住宅，但是晏子坚决辞谢了。

高缭这个人历史并没有其他记载，所以不可考证。晏子曾经说："齐国之士，待臣而举火者，三百余人。"晏子没有给高缭一个常人眼中应有的职位，而且说辞退就辞退，由此推断，大概他是晏子的一个家臣、门客。晏子所处的春秋时期，养客之风盛行，这是贵族财富和地位的象征，"春秋四公子"都有很多门客。门客按照才能和作用分很多级别，最低层次的只能解决温饱问题，最高层次的甚至可以锦衣玉食，鲜衣怒马。孟尝君的门客冯谖就曾经嫌地位低而发牢骚："长铗归来乎！食无鱼。……长铗归来乎！出无车。"想来大概高缭就是门客之一，只不过不像冯谖那样发牢骚——估计也没有冯谖那样的才能和自信。

无论在奴隶时代还是封建社会，清醒的统治阶级总是希望听到来自臣下或者民间的声音：春秋时期齐国设立的大谏，赵国的左右司过、楚国的左徒（屈原就担任过这一个官职）都是谏官，后来秦汉时期的光禄大夫、隋朝的纳言、唐朝的拾遗、补阙都是这样的官。晏子辞退高缭是因为三年当中他没有给晏子指出过一次错误。晏子自认为学识浅陋，不可能三年当中不出现一次过失或者错误，但是作为手下的高缭竟然一次都没有指出或者规劝过，这是严重的失职。晏子辅佐三代国君，无论哪一位国君，晏子总是能够委婉劝谏或者直言不讳及时指出他们的过失，避免其走上歧途。晏子是一个清醒的政治家，他希望手下的人能及时指出自己的错误或者过失，避免犯下大错。人非圣贤孰能无过，能闻过则喜，从善如流，这是晏子难能可贵的品行之一。

　　高缭也许是个好人、实在人，但在晏子眼中却不是一个好的属下。现实生活当中也会有这样的人：工作中循规蹈矩，不敢越雷池一步；人际关系中你好我好大家好，谁也不得罪，甚至事不关己高高挂起。说轻点是"佛系"，说重些是"懒政"。好在现实中也并不缺乏晏子这样清醒睿智的管理者，否则很难想象一个单位、一个团队、一个集体会涣散到何种地步。

88 赵广拒画

赵广,合肥人。本李伯时[1]家小史[2]。伯时作画,每使侍左右,久之遂善画,尤工[3]作马,几能乱真。建炎[4]中陷贼[5]。贼闻其善画,使图所掳妇人[6]。广毅然辞以实不能画。胁以白刃[7],不从,遂断右手拇指遣去。而广平生实用左手。乱定,惟画观音大士而已。又数年,乃死。今士大夫所藏伯时观音,多广笔也。

——《老学庵笔记》

一、注释

[1]李伯时:(1049年—1106年),名公麟,号龙眠居士,宋代安徽舒州人。博学好古,尤善画山水、佛像。遗墨传世颇多,被画家奉为典则。

[2]小史:小童,这里指书童。

[3]工:善于,擅长。

[4]建炎:南宋高宗的年号。

[5]贼:这里指金兵。

[6]使图所掳妇人:让他画抢来的妇女。

[7]白刃:快刀。

二、参考译文

赵广是合肥人,本来是李伯时家里的书童。李伯时作画的时候,常常让赵广在身边伺候,时间长了赵广就擅长画画了,他尤其擅长画马,几乎可以以假乱真。建炎年间,大宋被金军攻破。金兵听说他擅长画画,让他画抢来的妇女。赵广毅然推辞说实在不能画,那些金兵用刀子威胁他,赵广还是不服从,金兵将他的右手拇指砍掉然后放了他。而赵广一直都是用左手作画的。平定叛乱以后,赵广只画观音大士。又过了几年,赵广死了,现在士大夫们所藏的李伯时的观音画,大多是赵广的手笔。

三、勤学善思

1. 赵广为什么不为金兵作画？
2. 赵广本为书童，为什么后来也成了大画家？
3. 你如何评价赵广的这种精神品质？

四、解读延伸

赵广本来只是李伯时身边的一个小书童，后来能成为画家不外乎两个原因：一是他积极勤奋，上进好学；二是跟从名师，环境熏陶。前者是主观努力，后者是客观影响，这是成功成才的两个关键因素。"再肥美的草地也有饿死的马。"这是我读高中时教我语文的李西坤老师说的一句话，至今记忆深刻。老师在课上讲得天花乱坠，学生在梦里密会周公，那是根本不用谈什么教学效果和人才培养的。但是，学习者勤奋上进，老师平庸，环境低劣，成才之路也会充满坎坷。《水浒传》里柴进的一个师傅叫洪教头，自以为功夫不错，还颇有点看不起林冲的意思，结果被一棍子打倒，灰溜溜出去，再不见踪迹。孟子的母亲为了让儿子有个好的上进环境，不惜多次搬家。而大书法家王羲之从伯父王导到夫人、儿子、儿媳都是书法家，甚至书童、丫鬟都可挥毫泼墨，这大概是环境的影响。

赵广不仅是个爱学习的天才，还具有文人应有的傲骨和气节。金兵入侵，国破家亡，这是民族之耻辱，作为一个文人，赵广对金兵必然是恨之入骨。而金兵要他画的不是鸟兽虫鱼，不是大宋山河，而是抢来的妇女。这些妇女失去了丈夫、孩子和父母，失去了家园，备受凌辱煎熬，金兵让赵广描画这些妇女，不仅仅是对这些妇女的侮辱，也是对文人、对国家的侮辱，赵广怎么能画？所以赵广宁死不画，结果被斩断了右手的拇指——切断了拇指就永远不能作画了。但是幸好赵广本来就是用左手作画的，所以虽然失去了右手的拇指，但并没有影响他作画。

中国文人多崇尚竹子，因为竹子具有"未出土时先有节，及凌云处尚虚心"的品格。陶渊明不为五斗米折腰向权贵，苏武宁愿北海牧羊也不向匈奴屈服，方孝孺不惧被诛十族拒绝为朱棣写诏书，梅兰芳蓄须明志不为日本人演出……"三军可夺帅也，匹夫不可夺志也。"这就是中国文人的做人原则和底线。

文中有个细节:赵广原来善于画马,跟李伯时的画不分上下,几乎可以以假乱真。但是经历这场大劫之后,他不再画马,只画观音,为什么呢? 马可以纵横驰骋,日行千里,是理想、自由的象征。但是通过这场战争,赵广看到了水深火热中的黎民百姓悲惨的命运,但是自己一介书生,无力救援。大概赵广想借观音祈祷苍天悲悯,解救苍生于水火之中。在那样一个时代里,一个文人能做的大概只有这些了。

　　一个小小的书童成为一个有节操的画家,赵广确实算得上是一个传奇,也是值得后世效仿的榜样。

89 王冕好学

王冕[1]者,诸暨人。七八岁时,父命牧牛陇[2]上,窃[3]入学舍,听诸生诵书;听已,辄[4]默记。暮归,忘其牛。或[5]牵牛来责蹊田[6]者。父怒,挞[7]之,已而复如初。母曰:"儿痴如此,曷[8]不听其所为?"冕因去,依僧寺以居。夜潜出,坐佛膝上,执策[9]映长明灯读之,琅琅达旦。佛像多土偶,狞恶可怖;冕小儿,恬[10]若不见。

——《宋学士全集》

一、注释

[1]王冕:(1287年—1359年),字元章,号煮石山农,亦号食中翁、梅花屋主等,浙江省绍兴市诸暨枫桥人,元末著名画家、诗人、篆刻家。他出身贫寒,幼年替人放牛,靠自学成才。

[2]陇:田埂。

[3]窃:偷偷地,暗中。

[4]辄:总是(常常)、就。

[5]或:有人;有的人。

[6]蹊田:践踏田地,指踩坏了庄稼。

[7]挞:鞭打。

[8]曷:通"何",为什么。

[9]执策:拿着书卷。

[10]恬:心神安适。

二、参考译文

王冕是诸暨人。七八岁时,父亲叫他在田埂上放牛,他偷偷地跑进学堂去听学生念书。听完以后,总是默默地记住。傍晚回家,他把放牧的牛都忘记了。有人牵着牛来责骂他们家的牛践踏田里的庄稼。王冕的父亲大怒，打了王冕一顿，但是事情过后他仍是这样。王冕的母亲说："这孩子读书这样入迷，何不由着他呢？"王冕从此以后就离开家，寄住在寺庙里。一到夜里，他就悄悄地走出来，坐在佛像的膝盖上，手里拿着书借着佛像前长明灯的灯光诵读，书声琅琅一直到天亮。佛像大多是泥塑的，一个个面目狰狞凶恶，令人害怕。王冕虽是小孩，却神色安然，好像没有看见似的。

三、勤学善思

1. 王冕的苦学表现在哪些方面？
2. 寺庙里佛像非常狰狞恐怖，为什么王冕毫不在意？
3. 王冕苦学对你有何启示？

四、解读延伸

王冕是元末明初的著名画家、诗人和篆刻家，无论人格、人品还是诗词绘画都可以算得上明代文人中的佼佼者。

王冕名气大了以后，很多人推荐他做官，但是都被他拒绝了。著作郎李孝光想推荐他做府史，王冕回答说："我有田可耕，有书可读，奈何朝夕抱案立于庭下，以供奴役之使！"后来，他回到故乡会稽九里山隐居，"种豆三亩，粟倍之，梅千树，桃杏居其半，芋一区，薤韭各百本；引水为池，种鱼千余头。"大部分时间亲自下田劳作，自食其力。虽然和陶潜一样物质条件拮据，但是精神世界无比自由。

王冕生活在元末明初，他游历了祖国的大江南北，亲眼见证了黎民百姓艰难困苦的生活和统治阶级丑陋的嘴脸，所以他的诗歌里充满了对人民的同情、对黑暗的抗争和对自由的向往。他不巴结权贵，又极富同情心和正义感。1348年，他因作画触怒统治阶级而南归，途中听说他的杭州朋友卢生死在滦阳（今河北迁安市西北），留有两个女孩、一个男孩，无人抚养。王冕立即赶到滦阳，安葬了卢生，并将卢生的三个孩子带回来留养在家。

王冕小时候就表现出与众不同的禀赋，他周岁就会说话，三岁能对答自如，八岁入学，成绩优良，被视为"神童"。他不信鬼神，据说小时候家里没有柴火，就去砍庙里的神像烧火用。他少年胸怀大志，读书之外还刻苦练习剑术，只是后来目睹社会黑暗，不愿同流合污，避世隐居。

王冕是自学成才,这与他极高的天赋有关,也与他发奋苦读有关。当时的寺庙是很多读书人理想的读书场所,狄仁杰、范仲淹、包拯、刘秉忠等都是从寺庙里读书走出来的。历史上只要是清平时期,寺庙大多有田产,僧人多乐善好施,尤其对读书人更是如此。同时也因为寺庙少了世俗纷扰,比较清静,适合修身养性,读书求知。王冕家就在寺院旁边,寺院里有长明灯,日夜不息,所以王冕可以趁夜晚来读书。前文所说,王冕不信鬼神,加上读书专注入神,所以尽管神像狰狞恐怖,他也毫不在意。

囊萤映雪、凿壁偷光、负薪挂角等这些刻苦读书的故事既能给人以激励,同时也隐含着些许心酸:条件如此艰苦,点不起油灯,只能借用雪光萤火,或者借用墙缝里透过来的微弱的灯光;没有时间读书,只能在放牛砍柴的间隙读书,这是多么艰苦的时代!他们又是多么刻苦的人!

时代的进步给我们提供了丰富的物质条件,然而读书的热情和韧劲儿没有了,读书的动力没有了,读书的目的浅薄了、功利了。这多么令人痛心!我们创造了五千年光辉灿烂的历史,我们优秀的传统文化激励着亿万中华儿女刻苦奋斗,努力前行。我们不能忘记过去,不能忘记那些在历史长河中的中流砥柱。时代在进步,世界在改变,我们不能有丝毫的懈怠,要以王冕等人为榜样,多读书,勤上进,为民族的复兴贡献力量。

90 宋弘[1] 拒亲

时帝[2]姊湖阳公主新寡,帝与共论朝臣,微观其意。主曰:"宋公威容德器[3],群臣莫及。"帝曰:"方且图之。"后弘被引见,帝令主坐屏风后,因谓弘曰:"谚言'贵易交,富易妻',人情乎?"弘曰:"臣闻贫贱之知不可忘,糟糠之妻[4]不下堂[5]。"帝顾谓主曰:"事不谐[6]矣。"

——《后汉书》

一、注释

[1]宋弘:(? —40 年),字仲子,京兆长安(今陕西西安)人,东汉初年大臣。宋弘为人正直,做官清廉,历任太中大夫、大司空,封宣平侯,以品行清雅获得称誉。

[2]帝:光武帝刘秀。

[3]威容德器:威望、容貌、品德、器度。

[4]糟糠之妻:共患难的妻子。

[5]下堂:赶出家门。堂,正屋。

[6]谐:(事情)商量好;办妥。

二、参考译文

那时光武帝的姐姐湖阳公主刚刚死了丈夫,光武帝与她一起谈论朝廷群臣,悄悄地揣摩公主的想法。公主说:"宋弘的威望、容貌、品德、器度是所有朝臣都比不上的。"光武帝说:"我以后来办这事儿。"后来宋弘被光武帝召见,光武帝叫湖阳公主坐到屏风后面,于是对宋弘说:"谚语讲,人升了官就换朋友,发了财就换老婆,这是人之常情吗?"宋弘答道:"我听说贫贱时的朋友不能遗忘,贫穷时共患难的妻子不能抛弃。"光武帝便回头对公主说:"这事儿不好办了。"

三、勤学善思

1. 谚语"贵易交，富易妻"，你认可这句话吗？为什么？

2. 举例说明"贫贱之知不可忘，糟糠之妻不下堂"的积极意义。

3. 本故事表现了宋弘怎样的性格和品质？

四、解读延伸

宋弘曾经在王莽的新朝担任过共工，就是管理皇室私财和生活事务的官。赤眉军攻入长安后派遣使者召见他，他走到渭河桥上时投水自杀，幸好被家人救起，于是趁机装死躲过一劫。到刘秀建立东汉，他做到大司空，位列三公，名震一时。他为官清廉，刚直不阿，而且善于举荐贤能，很受刘秀器重。

本文中的湖阳公主叫刘黄，是光武帝刘秀的大姐，丈夫叫胡珍。被宋弘拒绝后湖阳公主心灰意冷，遁入空门，在今河南省南阳市方城县县城西北部诵经修真，就是今天的炼真宫。

光武帝刘秀的父亲刘钦做过县令，由于为官清廉，家中并无多少财产。刘钦死后，刘家的日子全靠刘黄和母亲撑着，因此刘秀对这个姐姐既钦佩又感恩。姐姐守寡，刘秀看着也不是滋味，于是就想在朝臣中找一个姐夫，这也是人之常情。

"溥天之下，莫非王土；率土之滨，莫非王臣。"刘秀是开国皇帝，有生杀予夺的大权。但是婚姻这事儿不能强求，所以当姐姐相中了宋弘之后，刘秀没有直接挑明或者下命令，而是旁敲侧击，投石问路：人升官了就换朋友，发财了就换老婆，你觉得对不对？刘秀所说也是当时的一种普遍现象：官做大了，圈子不一样，朋友自然也不一样。钱财多了，有能力多养活几口人，在封建时代里再纳妾或者换老婆也很正常。当年陈胜吴广起义，陈胜对穷朋友说："苟富贵，勿相忘。"这实在是他的肺腑之言，也从侧面反映了谚语的真实性。

宋弘不是傻子，他自然知道刘秀的意思，但是做出决定却很难：能够成为皇帝的姐夫意味着成为皇室成员，从此飞黄腾达，并福泽子孙；如果拒绝，不仅失去了这个攀高枝的机会，还有可能遭到皇帝忌恨，说不定遇到什么事儿就掉了脑袋。当然，也许宋弘还有另外一层顾虑：皇帝的姐夫也不是好当的,万一湖阳公主蛮横无理,那就再没有好日子过了。好在刘秀没有挑明,宋弘也就乘机装糊涂,既然你说的是谚语,那我也用听来的话对你:贫贱之交不可忘,糟糠之妻不下堂。穷困低下的朋友不能忘记,患难与共的妻子就是再老再丑也不能抛弃。言外之意,我不想当你姐夫。

刘秀倒也通情达理,知道这种事情不可强求,于是回头对姐姐说,这事儿不好办了。也许正是因为这件事让刘黄心灰意冷,丈夫也不找了,干脆到方城出家修道了。

封建时代里只要条件允许,男人可以一妻多妾,像宋弘这样位居三公的高官娶妻纳妾也很正常。为了当上皇亲国戚,休了原配也有人能做得出来。所以不管出于什么样的目的,宋弘拒绝了这门亲事,并留下了那句"贫贱之交不可忘,糟糠之妻不下堂",让人钦敬有加。

91 强项[1]令

（董宣[2]）特征为洛阳令[3]。时湖阳公主[4]苍头[5]白日杀人，因匿主家，吏不能得。及主出行，而以奴骖乘[6]。宣于夏门亭候之，乃驻车叩马，以刀画地，大言数[7]主之失，叱奴下车，因格杀[8]之。

主即还宫诉帝，帝大怒，召宣，欲箠[9]杀之。宣叩头曰："愿乞一言而死。"帝曰："欲何言？"宣曰："陛下圣德中兴，而纵奴杀良人，将何以理天下乎？臣不须箠，请得自杀！"即以头击楹[10]，流血被面。帝令小黄门[11]持之，使宣叩头谢主。宣不从，强使顿之，宣两手据地，终不肯俯。主曰："文叔[12]为白衣[13]时，藏亡匿死，吏不敢至门。今为天子，威不能行一令乎？"帝笑曰："天子不与白衣同。"因敕[14]强项令出，赐钱三十万，宣悉以班[15]诸吏。由是搏击豪强，莫不震栗。京师号为"卧虎"，歌之曰："桴[16]鼓不鸣董少平。"

——《后汉书》

一、注释

[1]强项：脖子硬，不肯随便向人低头。"强项令"是刘秀赐给董宣的称号。

[2]董宣：生卒年不详，字少平，河南陈留人。东汉光武年间，曾任北海相，以打击豪强闻名，汉光武帝征为洛阳令。

[3]洛阳令：后汉首都在洛阳。洛阳令即首都地方的行政长官。

[4]湖阳公主：光武帝刘秀的胞姐。

[5]苍头：奴仆的通称，是从秦代"黔首"演化而来的。因为劳动群众面黑，头戴青巾，故称苍头。

[6]骖（cān）乘：即陪乘。古时乘车，向导居左，御者居中，另有一人居右陪乘，叫骖乘。骖，驾车的马。

[7]数(shǔ):列举;责备。

[8]格杀:旧时代把行凶、拒捕或违犯禁令的人当场打死,称作格杀。对于上述行为,不以杀人论罪,故称"格杀勿论"。

[9]箠(chuí):短木棍,这里指杖刑。

[10]楹(yíng):殿堂前的明柱。

[11]黄门:在宫内侍从皇帝、传达诏令的官员,为首的称黄门侍郎。后汉时黄门多由宦官担任,以后通称宦官为黄门。小黄门,即小太监。

[12]文叔:光武帝刘秀,字文叔。

[13]白衣:古时未能取得功名或者罢官归里的人都叫白衣,相当于现代的老百姓。

[14]勅(chì):皇帝的诏令。

[15]班:分发。

[16]枹(fú):鼓槌。

二、参考译文

光武帝特地征召董宣为洛阳令。当时湖阳公主的仆人白天杀了人,因为躲进公主府,官吏无法逮捕他。等到公主外出的时候,又叫这个仆人陪乘。董宣就在夏门亭等候,他见到公主的车驾行驶过来,就勒住马纽叫车停下来,用刀画地不准再走,大声责备公主的过错,喝令仆人下车,当场杀死。

公主立即回宫向光武帝告状,光武帝大怒,召见董宣,要用木杖打死他。董宣叩头说:"请让我说一句话再死!"光武帝说:"你想说什么?"董宣回答:"皇帝神圣明智才使汉家天下复兴,可是现在却放纵奴仆残害良民,今后将要凭借什么来治理天下呢?我不需用杖打,请准我自杀!"随即用头撞柱子,流血满面。光武帝命令小太监拉住董宣,叫他给公主叩头认错。董宣坚决不肯,小太监们强迫他叩头,董宣用两只手支在地上,始终不肯低头。公主对光武帝说:"文叔你当老百姓的时候保护逃亡的人和死刑犯,官吏不敢进门抓人。现在当了皇帝,还制服不了一个洛阳令吗?"光武帝笑着说:"做皇帝和当老百姓可是不一样啊!"于是赐予董宣为"强项令",赏钱三十万,董宣把钱全部分给了下边的官员。从此,他打击豪强,那些豪强没有不心惊胆战的。京城里称他为"卧虎",歌颂说:"枹鼓不鸣董少平。"

三、勤学善思

1. 董宣为什么自始至终不屈服？这表现了他怎样的性格？
2. 光武帝最后为什么不仅赦免了董宣还赏赐三十万钱？
3. 董宣把赏赐的钱全部分给手下表现了他怎样的品质？

四、解读延伸

"项"的意思是脖子，"令"是县令，因为当时董宣在洛阳当县令，"强项令"是刘秀赐给董宣的称号，大概意思是硬脖子县令。硬脖子县令不是脖子硬，是气节硬朗。

湖阳公主是刘秀的姐姐，地位尊崇，所以难免有仆人狗仗人势，做出伤天害理的事情。文中所说，湖阳公主的仆人"白日"杀人，说明他气焰嚣张。董宣只是一个县令，估计也没有权力去湖阳公主家里搜捕，所以仆人得以在公主荫庇之下暂时逃脱法网。

但是董宣毕竟不是常人，纵然不能前往公主府邸搜查，但也没有放下这件事。于是等公主和恶仆出来，拦住车驾，当场将恶仆杀死。

这一段有个细节：董宣杀死恶仆之前先"大言数主之失"，就是大声指责公主的过错，然后才呵斥恶仆下车并格杀之。格杀在古代指对凶手、拒捕或者其他违反禁令的人当场杀死。恶仆杀人逃匿，理当格杀，董宣所作所为没有任何过错。但是围观者也许并不知情，所以董宣先历数公主的过错，让公主和周围的人们知道来由，然后格杀奴仆。这样做一来让公主警醒，二来让围观者知情，说明董宣是一个心思细密的人。

遗憾的是，湖阳公主并没有意识到自己的过失，反倒回去向弟弟告黑状。前文提到，刘秀的父亲死后，一家人的生活全靠湖阳公主刘黄和母亲支撑，姐姐受气，做弟弟的自然不能袖手旁观，何况自己还是一国之君。所以刘秀把董宣招来要当庭击杀，如果事实真是这样，那刘秀也真够糊涂的了。好在董宣临死前一句话提醒了刘秀，自知理亏的他先妥协一步：不杀董宣，但是必须先给公主磕头道歉，这样给董宣一个台阶，给自己一个台阶，也给湖阳公主一个台阶。可是没想到董宣就是一个犟牛，连这个台阶也不给皇帝和公主留。公主这时在刘秀耳旁煽风点火，事情到这个地步几乎已经无法收拾，没想到刘秀突出奇招，不仅赦免了董宣，还给了他一个"强项令"的称号,并且赏赐三十万钱。他为什么要这么做呢?假如我们是刘秀,我们会怎么想?一来董宣宁可自杀也不屈服,再逼迫下去也不会有什么好的结果。二来董宣所作所为没错,王子犯法与民同罪,何况是公主的一个奴仆?三是如果当庭杀了董宣,朝野上下会怎么议论?会怎么看待皇帝和他的姐姐?以后的法度又该如何执行?如果因此嘉奖董宣,那又会是怎样一个结果?刘秀毕竟是刘秀,一个在乱世中夺得天下的英雄,眼光、气度自然非一般人所能比拟,所以才能想出这个法子,不仅解决了问题,还留下一段美谈。东汉的都城在洛阳,洛阳令是管京城的官儿。京城里级别比董宣高的、势力比董宣大的官多的是,有了这个称号可以更加名正言顺地打击豪强地主、贪官污吏。

湖阳公主当时问了刘秀一个问题:你当年是平民百姓的时候敢于收留那些逃犯和死刑犯,官府都不敢进门抓人,现在当了皇帝还制服不了一个小小的洛阳令吗?刘秀说当老百姓和当皇帝不一样。究竟怎么不一样呢?当个普通百姓,即使对抗法律,最严重的结果也无非是丢掉性命。当了皇帝,如果不谨慎处理,丢掉的将是整个江山。

董宣被赏赐三十万钱,这是什么概念呢?按照购买力算,东汉时期一万钱大约相当于现在的2400元人民币,三十万钱就是现在的七八万。董宣回去就把这钱全部分给手下了,不是董宣不缺钱,而是董宣不爱钱。董宣死的时候,皇帝派人去吊丧,董宣家什么样呢?"唯见布被覆尸,妻子对哭,有大麦数斛,敝车一乘。"董宣做了五年洛阳令,刚直不阿,搏击豪强,一身清廉,家徒四壁,堪称一代名臣。

有人说,湖阳公主的两件事情成就了两个男人:找丈夫的事情成就了宋弘,也留下了那句"贫贱之交不可忘,糟糠之妻不下堂"的名言;跟董宣这件事成就了一个强项令。而这两件事情里湖阳公主都成了一个陪衬:想嫁宋弘而不得,最后退隐修道,以她的悲戚结局成就了宋弘的美名。纵奴行凶,包庇罪犯,欺压良臣,她的骄横跋扈成就了董宣的刚直不阿。有人说这是封建时代男权意识下对女性的歧视,其实无论心仪异性也好,包庇罪犯也好,这些事情男人做得还少吗?剥除她公主的光环,她也是一个实实在在的人,只不过命运让她成了皇帝的姐姐而已。

92 重识颜回

余昔少年读书，窃尝怪[1]颜子以箪食瓢饮[2]居于陋巷，人不堪其忧，颜子不改其乐。私以为虽不欲仕，然抱关击柝[3]，尚可自养，而不害于学，何至困辱贫窭[4]自苦如此？及来筠州，勤劳盐米之间，无一日之休，虽欲弃尘垢[5]，解羁絷[6]，自放于道德之场，而事每劫[7]而留之。然后知颜子之所以甘心贫贱，不肯求斗升之禄[8]以自给者，良[9]以其害于学故也。

——《东轩记》

一、注释

[1]怪：惊异，觉得奇怪，不理解。

[2]箪(dān)食瓢饮：一箪食物，一瓢饮料。形容读书人安于贫穷的清高生活。

[3]抱关击柝(tuò)：守门打更的小官吏。

[4]窭(jù)：贫寒。

[5]尘垢：尘世的污秽。

[6]羁(jī)絷(zhí)：束缚。

[7]劫：约束、阻碍。

[8]斗升之禄：小官微薄的俸禄。

[9]良：确实。

二、参考译文

我小时候读书，曾经暗地里奇怪颜回用一个竹器盛饭，一个瓢盛水，住在简陋的小巷里，别人都忍受不了这种困苦，颜回却怡然自乐这件事。我私下认为即使不想从政做官，那么即使做点看门打更的小差事也可以养活自己，而且不妨碍治学，何至于贫穷困苦到如此地步呢？可是自从我来到筠州，每天为盐税、粮食税等辛勤操劳，没有一天休息的时间，虽然很想离开喧嚣的世俗琐事，摆脱各种羁绊，回到能修身养性、培养品德的环境中去，但每每被繁杂的事务缠绕住而身不由己。从这以后才知道颜回之所以甘心贫贱，不肯谋求微薄的俸禄来养活自己，实在是因为这样的处境对治学是有害的啊！

三、勤学善思

1. 苏辙一开始为什么不认同颜回的行为方式？他是怎么想的？
2. 苏辙为什么又转变了自己的观点？
3. 你认为这则故事主要表现了什么主题？

四、解读延伸

苏轼、苏辙两兄弟之间的友谊真是世间少有，两人同年中进士，此后一直相互照顾，相互扶持，酬唱应和，心有灵犀。但是苏轼这个人比较浪漫，崇尚自由，很多时候完全不顾及官场规则，以至于屡次遭贬。而苏辙显得要沉稳内敛一些，经常照顾哥哥，并在关键时候为哥哥解围。公元1079年，苏轼因"乌台诗案"入狱，苏辙为了救哥哥，上书朝廷愿意自免官职为哥哥赎罪。在太后、王安石、王铣等人的多方斡旋之下，苏轼被贬黄州团练副使，苏辙被贬筠州卖盐酒兼收官税。这期间苏辙在筠州弄了块地，种了两棵杉树，几百棵竹子，起了个名字叫东轩。本想着可以在工作之余作为一个休息待客的地方，但是因为工作繁忙，早出晚归，完全失去了建造时的初衷。

文中提到的颜回的事情出自《论语·雍也》：子曰："贤哉，回也！一箪食，一瓢饮，在陋巷，人不堪其忧，回也不改其乐。贤哉，回也！"从这段文字看，孔子对颜回的行为说了两个"贤哉"，可见孔子对此非常推崇。苏辙年少时读书，对此并不理解，他认为做学问这种事情虽然需要专注，但还不至于为此弄得贫困狼狈，像颜回这样的做法可能太过了。如他所说，做个看门的更夫，既不用遭受案牍的纠缠，又可以解决基本的生活问题，是影响不了做学问的。

苏辙写这篇文章的时候在筠州做了个卖盐酒兼收税的小官，他说："余昼则坐市区鬻盐、沽酒、税豚鱼，与市人争寻尺以自效。莫归，筋力疲废，辄昏然就睡，不知夜之既旦。"白天坐在集市上卖盐卖酒，收取官税，为了尽职尽责还要与人在细节上争来争去。晚上回去的时候精疲力竭，倒在床上就睡着了，甚至连天亮都不知道。在这种情况之下怎么能安心治学？所以他非常感慨，也深切认识到颜回所作所为的合理性。

学习求知首先要耐得住寂寞，像颜回那样甘居穷街陋巷，不受外界打扰。其次要全神贯注。两个人都跟着著名的棋手弈秋学下棋，一个人专心致志，一个人老想着拿着弓箭去射大雁，结果自然可想而知。再次，要经得起诱惑。赵恒说，书中自有颜如玉，书中自有黄金屋，书中自有千钟粟……这是读书的功利性，通俗一点说是知识改变命运，这无可厚非。但前提是把书读足、读透并融会贯通，这样可以成大才。读书为了高考，上大学为了工作，工作之后就不怎么读书了。这样的人即使考上理想的大学，找到了理想的工作，如果从此不读书上进，也不过是一个小才。只有终生读书，把读书作为一种生活方式，才能不断进步，实现更高的理想和目标。

93 自得其乐

庄子钓于濮水[1]，楚王使[2]大夫[3]二人往先焉[4]，曰："愿以境内累矣[5]！"

庄子持竿不顾[6]，曰："吾闻楚有神龟，死已三千岁矣，王巾[7]笥[8]而藏之庙堂之上。此龟者，宁其死为留骨而贵乎？宁其生而曳[9]尾于涂[10]中乎？"二大夫曰："宁生而曳尾涂中。"庄子曰："往矣，吾将曳尾于涂中。"

——《庄子》

一、注释

[1]濮水：水名，在今河南濮阳。

[2]使：派，派遣。

[3]大夫：古职官名。周代在国君之下有卿、大夫、士三等。

[4]往先焉：指先前往表达心意。焉，兼有"于之"的意思，到那里。

[5]愿以境内累(lèi)矣：希望把国内政事托付于你，劳累你了。

[6]顾：回头看。

[7]巾：覆盖用的丝麻织品。这里名词用作动词，用锦缎包裹。

[8]笥(sì)：一种盛放物品的竹器。名词用作动词，用竹匣装。

[9]曳：拖，拽。

[10]涂：泥。

二、参考译文

庄子在濮水钓鱼，楚王派两位大夫前去见庄子说："楚王想将国内的政事托付于您！"庄子拿着鱼竿没有回头看，说："我听说楚国有一只神龟，死了已有三千年了，国王用锦缎将它包好放在竹匣中，珍藏在宗庙的堂上。这只神龟是宁愿死去为了留下骨骸而显示尊贵呢？还是愿意活在烂泥里拖着尾巴爬行呢?"两位大夫说:"宁愿活在烂泥里拖着尾巴爬行。"庄子说:"请回吧! 我要像龟一样在烂泥里拖着尾巴活着。"

三、勤学善思

1. 庄子认为对一个人而言什么是最重要的?

2. 人们认识世界总是有主观的一面和客观的一面,试从本文加以解释。

3. 你认为人的一生中什么最重要? 为什么?

四、解读延伸

人为什么而活着? 也许每个人都在思考这个问题,并给出了不同的答案。

战士驰骋疆场,马革裹尸,这是勇士的选择;老师教书育人,鞠躬尽瘁,这是教育者的选择;农民种好地,工人做好工……这是职业要求。

父母为养育儿女而辛勤地劳作,子女为赡养父母而辛苦奔忙,肝胆相照者为彼此两肋插刀,两情相悦者为彼此守节殉情,心怀天下者为天下苍生流血捐躯……这是情感、道义或理想的力量。

为出人头地光宗耀祖,为荣华富贵享乐人生,为兴复大业还我河山,为精神自由道德修养,为传世留名光照后世……这是志向的支撑。

一个人活着,或许总要为点什么。又或者,活着仅仅就是一个客观存在。无论你怎么解释活着的意义,总有人支持,有人反对,这是因为每个人对活着的价值、方式认识不同。

楚王想让庄子出山,为他治国理政。庄子得到的可能是锦衣玉食,荣华富贵,但是要付出什么样的代价呢? 少时总觉为官好,老来始知行路难。官做大了,伴君如伴虎,一人之怒家族遭殃。官做小了,上压下欺,状若夹心饼。颜回为专心治学甘居陋巷,陶渊明为田园生活辞官归隐,王冕在九里山植梅养鱼,范蠡在陶丘耕畜经商,刘禹锡独居陋室脱离乱耳之丝竹、劳形之案牍……这些都是有大智慧的人。

世人常用一种所谓的"成功标准"来评判他人,这个标准大概分为权力标准、财富标准和声望标准。在这个标准的框架里,官做多大、钱有多少、名声多高成为衡量一个人存在价值大小的关键。按照这个标准,庄子应该去楚国当官,而不是像龟一样在泥巴里甩着小尾巴跑来跑去。

但是这都是别人的看法，正如庄子所说，那只神龟虽然备受敬仰，但是终究是死掉了，只留下一个空壳。如果能活着，即使永远都默默无闻，也一样可以从生命的存在中找到快乐。

人往往屈从于别人价值评判的压力而不能选择自己的生活，在这方面我们可能要向动物或者植物学习。除了争夺必要的交配权和食物之外，动物大概不会为了财富和名声而打斗，或者拼个你死我活。而植物呢，只要有足够的阳光、空气和水，幽兰一样在深谷开放，毫不在意是否有人讴歌赞赏。健康、自由、开心、幸福、平安，这或许是人活着最应当追求的，而不是至高无上的权力、取之不尽的金钱和虚妄无谓的名声。

94 天河浮槎[1]

旧说云,天河与海通。近世有人居海渚者,年年八月有浮槎去来不失期[2]。人有奇志,立飞阁于槎上,多赍[3]粮,乘槎而去。十余日中,犹观星月日辰,自后茫茫忽忽,亦不觉昼夜。去十余日,奄至[4]一处,有城郭状,屋舍甚严[5],遥望宫中多织妇。见一丈夫牵牛渚次饮之,牵牛人乃惊问曰:何由至此!此人具说来意,并问此是何处。答曰:君还至蜀郡,访严君平则知之。竟[6]不上岸,因还如期。后至蜀,问君平,曰:某年月日有客星犯牵牛宿,计年月,正是此人到天河时也。

——《博物志》

一、注释

[1]浮槎(chá):水中浮木,竹筏,船。

[2]失期:误期。

[3]赍(jī):携带。

[4]奄至:忽然到达。

[5]严:俨然,整齐。

[6]竟:最终。

二、参考译文

　　传说天上的银河与地上的大海是相通的。近代有个住在海岛的人,发现每年八月有木筏往来,从来不误时限。这个胸怀奇志的人在木筏上建了一座高阁,带上不少粮食,乘上木筏漂去。开始十几天里,还能观看日月星辰,后来就恍恍惚惚,也分不出白天和黑夜。走了十多天后,突然到了一个地方,像城市的样子,房屋十分整齐,远远望去房子里有很多织布的女子。又看见一位男子,正牵着牛在河中小洲边让牛饮水。牵牛人见到来客,便惊奇地问道:"你怎么到这里来了?"这人详细说明了来意,并且询问这是什么地方。牵牛人回答说:"你回到蜀郡去拜访严君平就知道了。"这人最终没有上岸,按照木筏来去的时间如期回到家,后来这个人来到了蜀郡,去问严君平,严君平说:"某年某月某日,有一颗客星触犯了牵牛星。"算一算年月,正是这人到达天河的时候。

三、勤学善思

1. 你认为本文的主人公乘坐小船到了哪里?
2. 那个牵牛饮水的人是谁?
3. 为什么古人会认为海天相接?

四、解读延伸

无论茹毛饮血的原始社会还是文明高度发展的今天,人类从未停止过对世界的观察和思考。

当早期的人类仰望星空的时候,他们会想些什么呢?他们会观察到一年四季星星出现的位置与气候变化的关系,比如在《国语》"单子知陈必亡"里,单襄公说:"角星在早晨出现时表示雨水结束,天根在早晨出现时表示河流将干枯,氐星在早晨出现时表示草木将凋落,房星在早晨出现时便要降霜了,大火星在早晨出现时表示天气已冷,该准备过冬了。"河南民间有句谚语:天河南北,小孩儿不跟娘睡;天河东西,小孩儿冻得吭哧。意思是天河呈南北走向的时候天气开始热起来,孩子不愿跟妈妈睡;天河呈现东西走向的时候,天气寒冷,孩子冻得哆嗦不停。

除了将星辰的出现跟气候联系起来之外,古人还认为彗星的出现会带来不好的运气,认为流星划过天际会带走一个人的生命;还会把一些人和星象对应起来,比如某某人是文曲星或者武曲星下凡,牛郎织女到了天上就变成了牛郎星和织女星等。道教认为北斗丛星中有 36 颗天罡星,每颗天罡星各有一个神,合称"三十六天罡";北斗丛星中还有 72 颗地煞星,每颗地煞星上也各有一个神,合称"七十二地煞"。《水浒传》中将 108 位好汉分为"三十六员天罡""七十二座地煞",36 与 72 相加之和正好是 108。

古人不像现在一样可以利用科学设备上天入地下海,他们只能通过自身的经验来想象和推测他们所观察到的世界。他们没法进入太空,也没有环游世界,所以往地平线上看,天地相接,于是认为"天圆地方""天似穹庐,笼盖四野"。而从海平面上看,海天相接,浑然一体。他们看到太阳从海中升起,星辰向海中落下,所以很自然地就会联想到海和天应该是在某个地方连接在一起的。地上有江河湖海,天上有天河(银河),如果真有一个通道连接海天,那么乘坐一只竹筏顺流而下,就可以到达天河——多么合情合理的想象!

"三界"这个概念在佛教里指的是欲界、色界和无色界,在道教里指的是天、地、人。天界是神仙和圣人所居住和生活的地方,地界是灵魂居住的地方,人界是我们普通人类居住的地方。人们想象神仙们居住在天上,天上也应该有像人间的城市、山水以及奇花异草。所以,当故事中的主人公来到天上的时候,就看到了城郭,看到了牵牛饮水的人,这就是牛郎。很显然,牛郎并没有想到还会有人来到天上,所以他很惊诧,询问这人是从哪里来的、怎么来的。但是当故事的主人公询问那里是什么地方时,也许是天机不可泄露吧,牛郎却并没有直接回答,只是让他去问严君平。

严君平是四川邛崃人,西汉末年的大思想家和易学家,曾经预言过"王莽服诛,光武中兴"。六百年以后这个地方又出了个奇人袁天罡,他写了一部奇书《推背图》,据说预言了两千多年中国的历史。故事的主人公问严君平,根据严君平的推算,这个人确实乘坐木筏到了天河,并且冲撞了牵牛星——就是那个在水边饮牛的人。

1864年,法国著名科幻作家儒勒·凡尔纳发表了著名的科幻小说《地心游记》,在这部小说里,黎登布洛克教授带着侄子在地心经历了三个月非凡的冒险。法国和中国相隔万里之遥,凡尔纳生活的时代和西汉也有一两千年的时差,然而关于银河和地心的描述却显示了人类共通的瑰丽丰富的想象力。

95 开仓济民

郑燮[1]，号板桥，清乾隆元年进士，以画竹、兰为长[2]。曾任范县令，爱民如子。室[3]无贿赂[4]，案无留牍[5]。公之余辄与文士畅饮咏诗，至有忘其为长吏[6]者。迁[7]潍县，值[8]岁荒，人相食，燮开仓赈济。或[9]阻之，燮曰："此何时，若辗转申报，民岂得活乎？上有谴[10]，我任[11]之。"即发谷与民，活[12]万余人。去[13]任之日，父老沿途送之。

——《郑燮传》

一、注释

[1]郑燮：郑板桥（1693年—1766年），原名郑燮，字克柔，号理庵，又号板桥，人称板桥先生，江苏兴化人，祖籍苏州。清代书画家、文学家。康熙时的秀才，雍正十年考中举人，乾隆元年（1736年）进士。官山东范县、潍县县令，政绩显著，后客居扬州，以卖画为生，为"扬州八怪"重要代表人物。

[2]长：擅长。

[3]室：家。

[4]贿赂：别人有求于某人而送的东西。

[5]无留牍(dú)：没有遗留下的公文。牍，公文。

[6]长吏：地方最高的官员。

[7]迁：工作调动，迁到。

[8]值：遇，遇到。

[9]或：有的人。

[10]谴：谴责、责备。

[11]任：承担责任。

[12]活：使……活，这里指使万人活。

[13]去：离开。

二、参考译文

郑燮号板桥,是清朝乾隆元年的进士,擅长画竹子和兰花。他曾经在范县担任县令,爱百姓就像爱自己的子女,不受贿赂,案件处理得很快,没有积压。公事之余经常和文人们喝酒颂诗,甚至有时大家都忘了他是当地的最高长官。郑燮后来被调任到潍县做官,恰逢荒年,到了人吃人的地步,郑燮打开官仓发放粮食来赈济灾民。有人阻止他那样做,郑燮说:"这都什么时候了,如果经过很多程序层层上报,百姓怎能活命? 皇上怪罪下来,我一人承担。"于是立即把粮食发放给百姓,成千上万的人得以活命。离任的时候,潍县的百姓沿路为他送行。

三、勤学善思

1. "室无贿赂,案无留牍"表现了郑燮怎样的形象?
2. 郑燮和大家喝酒谈诗的时候大家忘记了他是最高长官,为什么?
3. "上有谴,我任之"表达了郑燮怎样的精神品格?

四、解读延伸

郑板桥诗书画三绝,是名传后世、影响极大的文人墨客。本文提到他与文人喝酒颂诗,平和亲近,毫无官架子,大家把他当成知己文友而非自己的长官。

从 1742 年到 1753 年,郑板桥做了十一年的官,先是范县县令,1746 年调任潍县,1753 年因为赈济灾民的事情跟上司意见不合不再做官。郑板桥虽是文人,但是做官期间确实励精图治,呕心沥血。在范县期间他重视农桑,爱民如子,清正廉洁,让老百姓能够安居乐业。这期间他工作之余还经常和文人酬唱应和,饮酒论道,工作生活两不误。调任潍县的当年,当地发生大饥荒,甚至出现了人吃人的现象。郑板桥不循惯例层层申报,而是直接开仓放粮,救济灾民。与此同时,为预防灾荒之年蜂拥而起的盗贼流寇,郑板桥召集灾民修筑潍县城池,让城中大户轮流煮粥给这些灾民。并且统筹有余粮人家的粮食,救活了不计其数的灾民。但是当年秋天粮食又歉收,老百姓还不上粮食,郑板桥干脆把百姓的借条全部毁掉,老百姓为此感激不尽。

古代文人多以天下安定富足为己任,充满美好的政治愿望和人生理想,所以只要政治环境允许,他们总是能够体恤民情,勤于政事,尽量让老百姓过上安定富足的日子。比如爱国主义诗人屈原也是一个政治家,他曾经在楚国实施了一系改革措施;唐朝的张九龄既是著名的诗人,又是著名的政治家,作为宰相辅佐唐玄宗开辟了开元盛世;王安石既是著名的文学家,也是著名的思想家、政治家,他发起了王安石变法。郑板桥虽然只是一个县令,但是他能体恤百姓疾苦,不行贿受贿,及时处理案件,政治清平,百姓安乐。

故事中,郑板桥刚到潍县就发生了人吃人的灾荒,他没有逐级层层申报,立即开仓放粮。古代的官仓分很多种,并具有不同的功能,最主要的功能有四项:当作官员的俸禄、供给军粮、平抑物价和救济灾民。但是所有这些功能的实施都需要逐级层层申报才可能落实。古代没有现在如此便捷的交通工具和信息传递手段,加上清朝官吏机构臃肿,也没有现代完备的监督机制,办事效率极低。如果郑板桥按照程序上报,不知能不能得到批准,即使批准了也不知道多久才能批下来,这是一个非常漫长的过程,在这个过程中不知道又会死掉多少人。所以,郑板桥当机立断,马上开仓放粮,并采取辅助手段救民于水火。但是,私自开仓放粮是非常严重的罪,因为这涉及军队保障、政治稳定和经济发展的重要问题。所以,郑板桥放粮时会有人阻拦。郑板桥自然知道其中利害关系,但是他宁愿牺牲自己也要救济灾民。"上有谴,我任之。"掷地铿锵,体现了他爱护百姓、大义凛然的傲岸品格。

96 绝缨宴

楚庄王[1]赐群臣酒,日暮酒酣[2],灯烛灭,乃有人引[3]美人之衣者。美人援[4]绝其冠缨,告王曰:"今者烛灭,有引妾衣者,妾援得其冠缨持之,趣[5]火来上,视绝缨者。"王曰:"赐人酒,使醉失礼,奈何欲显妇人之节而辱士乎?"乃命左右曰:"今日与寡人饮,不绝冠缨者不欢。"群臣百有余人皆绝去其冠缨而上火,卒尽欢而罢。

居三年,晋与楚战,有一臣常在前,五合[6]五奋,首却敌,卒得胜之。庄王怪而问曰:"寡人德薄,又未尝异[7]子,子何故出死不疑如是?"对曰:"臣当死,往者醉失礼,王隐忍不加诛也,臣终不敢以荫蔽之德而不显报王也。常愿肝脑涂地,用颈血湔[8]敌久矣。臣乃夜绝缨者。"遂败晋军,楚得以强。此有阴德者必有阳报也。

——《说苑》

一、注释

[1]楚庄王:(?—公元前591年),又称荆庄王(出土战国楚简作臧王),芈姓,熊氏,名旅(一作侣、吕),楚穆王之子,春秋时期楚国国君,楚庄王元年(前613年)到楚庄王二十三年(公元前591年)在位,春秋五霸之一。

[2]酣:酒喝得很畅快叫"酣";引申义是尽兴,如酣睡。

[3]引:拉扯。

[4]援:牵扯,拉。

[5]趣:同"促",催促。

[6]合:回合。

[7]异:特别对待。

[8]湔:溅洒。

二、参考译文

楚庄王有次宴请群臣喝酒，天黑的时候大家喝得正欢，灯火突然灭了。这时有个大臣拉楚庄王妃子的衣服，妃子扯断了这个人的帽缨，然后告诉楚庄王说："刚才灯火灭后，有人拉我衣服，我把他的帽缨扯下来了。你赶紧叫人点灯，看看是谁的帽缨断了。"楚庄王说："是我让他们喝酒的，醉后失礼是人之常情，怎么能为了要显示妇人的贞洁而使臣子受辱呢？"马上命令群臣说："今天与我喝酒的，不扯断帽缨不尽兴。"大臣们都把帽缨扯掉，然后点灯接着喝酒，最后尽欢而散。

三年以后，晋国与楚国交战，有一位大臣奋勇争先，五场战斗都冲杀在最前面，最先击败晋军，并最终获得了胜利。楚庄王感到奇怪就问这位大臣说："我的德行浅薄，从来没有特殊优待过你，你这次为什么如此奋不顾身呢？"这位大臣说："我罪当死，以前因喝醉失了礼节，大王您隐忍不治我的罪，我始终不敢因为受人庇护的恩德而不显扬地报答您。很久以来我一直发誓要为您肝脑涂地、誓死杀敌，我就是当年帽缨被扯下的那个人！"于是晋国被打败了，楚国强盛了起来。这说明积下阴德的人，必定会获得好的回报。

三、勤学善思

1. 楚庄王为什么不追查失礼的大臣？
2. 这里所说的荫蔽之德是什么意思？
3. 你还知道历史上哪些著名的酒局？

四、解读延伸

这个故事里有三个人物：洒脱大度的楚庄王、知恩图报的大臣唐狡和美貌如花的妃子许姬。

楚庄王雄才大略，是春秋五霸之一，关于他的故事非常多，前文也有提及。这次宴会是楚庄王和养由基一次成功平叛之后的庆功宴，当时的酒是粮食发酵酒，类似今天的黄酒、啤酒或者醪糟，所以大家一直喝到晚上还未尽兴，于是点上灯火继续喝。但是毕竟是酒，酒精度再低也架不住喝一整天，唐狡估计是喝多了，趁灯火熄灭的时候拉住许姬的衣服不放。许姬挣脱之间就把唐狡头盔上的缨带给拽断了。

按许姬的意思，一定要把调戏自己的家伙给找出来，这是正常反应。春秋时期虽然儒家的那些繁杂的规定还没有成为正统，但是尊卑制度是早就形成了的。许姬是楚庄王的宠妃，骚扰许姬就是对楚庄王的大不敬，查找出来给予适当的惩戒是必要的。

楚庄王的反应非常快：所有人必须把帽带扯断然后才能点燃灯火，继续喝酒。按照他的解释：请人喝酒而让人酒醉失礼，错在自己，所以不能追查，这是一个原因。参加酒宴的都是征战回来九死一生的功臣，与他们殊死搏杀的功劳比起来，骚扰妃子这种事情简直不值一提！因此坚决不能追究处罚。

灯火明灭之间楚庄王居然能迅速做出这样的判断和处理，真叫人佩服不已。

接着说唐狡。唐狡这个人除了在这件事情上出现意外，历史上对他并没有更多的介绍。但是可以推想，这是平叛的庆功宴，能被楚庄王邀请的应该是有功于此战的人。刀光剑影中能幸存下来是值得庆幸的，受到楚庄王邀请赴宴是无比荣幸的，这种情况下难免多喝几杯，喝多了忘乎所以出现失礼行为也是人之常情。

如果楚庄王追究起来，唐狡会受到怎样的处罚呢？哪只手拉了许姬就把哪只手砍了，当庭揍他几十大板，或者下狱或者斩首，这些都极有可能。春秋时期还是奴隶社会时期，因为屁大的小事诸侯王杀人甚至发动一场战争都是很正常的。烛邹不小心把齐景公的鸟给放跑了，要不是晏子及时劝谏，齐景公可能就把烛邹给杀了。齐桓公把老婆蔡姬休了，蔡姬又嫁给了楚成王，齐桓公醋意大发，居然为这事儿攻打蔡国和楚国。孟子说"春秋无义战"就是这个道理。

因此，没有被楚庄王责罚对唐狡来说实在是天大的幸运，甚至可以说楚庄王对唐狡有再生之德。所以我们可以理解为什么三年后楚国和晋国作战，唐狡能够奋不顾身，英勇杀敌——因为他这条命算是楚庄王给的。

楚庄王了解了前因后果之后，居然把许姬赐给了唐狡。对楚庄王来说，绝缨宴上的一次宽怀大度激励了一个勇士；把许姬赐给唐狡，不仅会让唐狡死心塌地为自己尽忠卖命，传出去还能落得美名，鼓舞他人，实在是"一箭多雕"之策。由此，不能不佩服楚庄王的智慧和气度！

97 狂 泉

　　昔[1]有一国,国有一水,号曰"狂泉"。国人饮此水,无一不狂。唯[2]国君穿[3]井而汲[4],故无恙[5]。国人既[6]狂,反谓国君之不狂为狂。于是聚谋[7],共执[8]国君,疗其狂疾,针药莫不毕[9]具[10]。国主不胜[11]其苦,遂至狂泉所酌[12]而饮之。于是君臣大小,其狂若一,国人乃欢然。

——《宋书》

一、注释

　　[1]昔:曾经。

　　[2]唯:只有。

　　[3]穿:凿,挖掘。

　　[4]汲:打水。

　　[5]恙:病。

　　[6]既:已经。

　　[7]谋:计划,商议。

　　[8]执:抓住。

　　[9]毕:全部,都。

　　[10]具:具备,具有,用上。

　　[11]胜:忍受,经受。

　　[12]酌:舀水。

二、参考译文

　　从前有一个国家,国内有一汪泉水,号称"狂泉"。人们喝了这水,没有一个人不发狂的。只有国君是打井取水饮用,所以没有发狂。国人都已经疯了,反说国君不疯才是真疯。因此,国人就聚集起来谋划,抓住了国君,治疗国君发疯的病,针灸和草药都用遍了。国君不能承受这种苦痛,便去了"狂泉"的所在地,舀泉水喝了下去。从此以后,国君、臣民都发疯了,这个国家的人因此都非常高兴。

三、勤学善思

1. 人们为什么要绑架国王?
2. "疯"与"不疯"的标准是由谁来定的? 这给了你什么启示?
3. 生活中有没有类似的现象? 请举例说明。

四、解读延伸

沈约是南北朝时期杰出的文学家、史学家和政治家,编著有《晋书》《宋书》《齐纪》《梁武帝本纪》等数百卷,并且最早提出汉语的"四声八病",为韵文的创作开辟了新境界。

本文选自沈约所著《宋书·袁粲传》,原为袁粲讲的一个小故事,他用这个故事比喻自己的遭遇,故事后面他说:"我既不狂,难以独立,比亦欲试饮此水。"意思是我若不疯,就难以独立自处,近来我也想要试着喝些这泉水。袁粲是一个特立独行的人,朝廷征召他做官他说什么不去,可是当都城被叛军围困、诸将沮丧无助的时候,他又慷慨激昂亲自出战,平息了叛乱。因为与众不同,所以为众人所不容,就像《狂泉》里的国王一样被认为是疯子,遭到各种迫害。屈原当年被放逐时也在《渔父》里说:"举世皆浊我独清,众人皆醉我独醒,是以见放。"正是这个道理。

自有人类至今,就存在着少数与多数的斗争,这种斗争非常复杂:少数掌握权柄和资源的人决定着多数人的命运,但是大多数人又在不同领域不同程度地改变着少数人,尤其是在伦理观念方面影响更大。在奴隶时代,一个奴隶想拥有私有财产会被认为是不正常的;在封建时代,一个农民想争取民主权利会被认为不正常。在第二次世界大战之前,欧洲的女人是不能穿裤子的,因为大多数人认为女人穿裤子既不尊重男性,又会亵渎神灵。在新中国成立之前,很少有青年人对自己的婚姻有自主权,因为只有听从父母之命,经过媒妁之言的婚姻才能得到承认。这种传统习惯异常强大,它通过或明或暗的形式改变着很多人。

国人原本是正常的,这是按照我们正常的标准来判定的。然后他们喝了狂泉的水变得疯狂了,而国王自己挖井取水没有发狂,这还是我们的标准。但是这时情况开始发生变化:国王成为少数,国人成为大多数。于是,大多数人改变了评判标准:是否疯狂取决于多数人的表现而不是少数人的表现,于是国王变成了疯子。就像《皇帝的新装》里一样,你看不到说明你笨,于是所有人都开始撒谎。当所有人都撒谎的时候,那看不见的新装就成为一个真实存在,是一个事实了。当孩子说出真话的时候,他就被认为是不正常的,因为他违反了大家遵循的标准。

特立独行的人总会付出各种各样的代价,比如故事中的国王被绑架,然后遭受各种"治疗",最终忍受不住还是屈从于大多数的标准,把自己搞疯了。屈原没有屈服,最后投了汨罗江。布鲁诺没有屈从,被绑在火刑柱上烧死了——仅仅因为他坚持了哥白尼的太阳中心说而不是宗教裁判所认定的地球中心说。

在现实生活中,我们会遇到种种类似狂泉的事情,也将有很多人为了捍卫人格底线和真理而付出代价。但是坚冰总是在第一条裂纹中开始逐渐破裂崩塌的,文明进步之途洒满了先行者和殉道者们的淋漓鲜血,这些伟岸的人们终将为后来者敬仰和纪念。

98 子奇治阿

子奇[1]年十六,齐君使治[2]阿[3]。既而,君悔之,遣使追。追者反[4]曰:"子奇必能治阿,共载[5]皆白首[6]也。夫以老者之智,以少者决之[7],必能治阿矣!"子奇至阿,铸库兵[8]以作耕器,出仓廪[9]以赈[10]贫穷,阿县大治。魏闻童子治邑,库无兵,仓无粟,乃起兵击之。阿人父率子,兄率弟,以私兵[11]战,遂败魏师[12]。

——《近思录》

一、注释:

[1]子奇:生卒年不可考,据传是战国时期齐国人。

[2]治:治理。

[3]阿:地名,山东东阿县。

[4]反:通"返",返回。

[5]共载:同车。

[6]白首:老年人。

[7]决之:决断政事。

[8]铸库兵:熔库中兵器。

[9]仓廪:储藏粮食的仓库。

[10]赈:救灾。

[11]私兵:私人武器。

[12]师:军队。

二、参考译文

子奇十六岁的时候,齐国的国君派(他)去治理阿县。不久,齐君反悔了,派人追赶。追赶的人回来说:"子奇一定能够治理好阿县,同车的人都是老者。凭借老者的智慧,由年轻的人来决断政事,一定能治理好阿县啊!"子奇到了阿县,熔冶兵库里的兵器来做农具,把仓库里的粮食放出来赈济穷人,阿县被治理得非常好。魏国听说年轻的子奇治理的地方,兵库里没有兵器,仓库也空了,就发兵攻打阿县。阿县的人父亲带着儿子、哥哥带着弟弟全都上阵,用自己的武器打仗,最终打败了魏国的军队。

三、勤学善思

1. 齐君为什么要追回子奇?
2. 使者凭什么做出子奇"必能治阿矣"的论断?
3. 魏国为什么要进攻阿县?你认为战争胜利的根本是什么?

四、解读延伸

我国历史上年少成名的人不少:春秋时期的甘罗十二岁出使赵国,使用计谋帮助秦国夺得赵国十几座城池,回来后被奉为上卿。西汉时期的霍去病十七岁率八百铁骑深入大漠攻打匈奴,两次功冠全军,被封为冠军侯;十九岁指挥河西之战,歼灭和招降河西匈奴近十万人,从此得以开辟丝绸之路。子奇十六岁去治理阿县并将其治理得井井有条,也算少年奇才。

历史上少年英才虽多,但就某个历史时期来看,像子奇这样的人毕竟是凤毛麟角。有句俗话叫"嘴上没毛,办事不牢",意思是年纪轻轻,阅历少,经验少,办事不牢靠。因为当时不像我们现在可以通过网络获取很多知识。那个时代交通闭塞,信息传递很慢,很多人甚至没有读书的权利或者条件,因此个人的成长更多依靠自身经历和体悟。子奇当时去治理阿县时才十六岁(一说为十八岁),按照我们现在的情况来看是个才读高中一年级的学生。因此,齐国国君派出子奇之后又后悔了,他担心子奇太年轻而无法胜任。

齐君派出的这个使者虽然没有留下姓名,但显然是一个眼光独到、颇具智慧的人。齐君派他去的目的是把子奇叫回来,但是他没有追回子奇,反而劝说齐君放手让子奇去大展拳脚。他的理由很特别:子奇跟一些老人同车而行。这算个什么理由呢?他的解释是:老人阅历深,见识广,经验多,可以给子奇很多建议。但是年纪大了,很多事情可以看透,但是行动起来难免瞻前顾后,难以决断。而子奇正因为年轻,所以有初生牛犊不怕虎的冲劲儿,敢于决断。老少搭配起来正好可以扬长避短,做成大事。看来齐君是被使者的话说服了,所以子奇得以继续到阿县去任职。

事实证明,子奇在阿县出了奇招:把武器库里的兵器全部熔炼做成农具发展生产,打开粮仓赈济贫民。这在当时估计是很难被理解的,因为子奇所处的时代是战国(有资料说子奇是春秋时期的人,但是魏国建国在公元前403年,此时已经进入战国时期了),三家分晋之后魏国处在齐、楚、韩、赵、秦的包围之下,所以魏国国君忧患意识最重。魏文侯最先发动扩边战争,使魏国成为战国七雄之一。子奇开仓放粮不是什么大问题,关键是把武器库给毁了,使阿县失去了武力支撑,这是很危险的。

果然,魏国知道阿县兵器库里没兵器,仓库没有粮食,所以抓住时机进攻。这两条是非常要命的:没有兵器就没法武装部队,没法作战。没有粮食就没法供应军粮,就是能够作战也不能持久——古代打仗围城,动辄就是一年半载的。结果没想到,子奇开仓放粮和发展农业普遍赢得了民心,所以外敌入侵,老百姓为了保卫自己的幸福生活,纷纷组织起来作战,居然把魏国给打败了!孟子说:"得道多助,失道寡助。"子奇为民谋利益,赢得了他们的支持,也赢得了战争的胜利。看起来这是一个奇迹,实际上也说明了一个道理:民心向背是战争胜败的关键。

99 不伐其功

狄梁公[1]与娄师德[2]同为相,狄公排斥师德非一日。则天问狄公曰:"朕大用卿,卿知所以[3]乎?"对曰:"臣以文章直道[4]进身,非碌碌[5]因人成事[6]。"则天久之,曰:"朕比[7]不知卿,卿之遭遇[8],实师德之力。"因命左右取筐箧,得十许通[9]荐表,以赐梁公。梁公阅之,恐惧引咎[10],则天不责。出于外,曰:"吾不意为娄公所涵[11],而娄公未尝有矜色[12]。"

——《唐语林》

一、注释

[1]狄梁公:指狄仁杰(630年—700年),字怀英,并州晋阳(今山西省太原市)人,封梁国公,唐朝著名的政治家、宰相。

[2]娄师德:(630年—699年),字宗仁,郑州原武(今河南原阳县)人,唐朝宰相、名将。

[3]所以:由于什么原因。

[4]直道:品行端正。

[5]碌碌:庸碌。

[6]因人成事:依赖他人而成事。

[7]比:并。

[8]遭遇:君臣遇合。此指狄仁杰受到重用。

[9]十许通:十来篇。

[10]引咎:自我责备。

[11]涵:包容。

[12]矜(jīn)色:自夸的神色。

二、参考译文

狄仁杰和娄师德一同担任国相,狄仁杰排斥娄师德不是一天两天了。武则天问狄仁杰说:"朕重用你,你知道原因吗?"狄仁杰回答说:"我因为文章出色和品行端正而受到重用,并不是无所作为依靠别人的。"武则天过了好长一会儿才对他说:"我过去并不了解你,你之所以能受重用,其实是娄师德的功劳。"于是令侍从拿来文件箱,拿了十几篇推荐狄仁杰的奏折给狄仁杰。狄仁杰读了之后,羞愧得自我责备,武则天没有指责他。狄仁杰走出去后说:"我没想到竟一直被娄大人包容!然而娄公却从来没有自夸的神色。"

三、勤学善思

1. 你认为娄师德是怎样的一个人?你知道成语"唾面自干"吗?

2. 狄仁杰是众所周知的探案专家,可是居然也有过这样狭窄的心胸,你如何看待这件事?

3. 如果你是狄仁杰,你今后会怎样对待娄师德?

4. 从这则故事我们可以得到怎样的启迪?

四、解读延伸

狄仁杰和娄师德都是有故事的人。

狄仁杰才华横溢,颇具政治才能。他担任大理寺丞期间,一年时间内处理了几乎所有积压案件,涉及一万七千多人,没有一个人不服上诉,他因此被称为神探。越王李贞叛乱平定之后,武则天定罪的有六七百家,罚没财产的有五千多。狄仁杰认为判罚过重,涉及太多,顶住上司压力给武则天密奏,才使得这些人得以生存下来。他断审冤狱,劝谏皇帝,保荐人才,整肃纲纪,功盖天下。

娄师德是河南原阳人,能文能武,曾经率军与吐蕃作战,八战八捷,朝野为之震撼。为减少军粮征集困难和运输不便的问题,他亲自带领士兵开垦荒田,保障了军队的粮食补给。娄师德生性宽厚,同僚骂他是乡巴佬,他笑笑说:我不是乡巴佬还有谁是乡巴佬?他的弟弟到代州做刺史,他认为自己做宰相,弟弟的官也不小,怕招人忌恨,就教导弟弟一定要能忍,"唾面自干"的成语就出于此。

武则天这个人也很传奇,在男尊女卑的男权社会里居然当了皇帝,真是了不起!她兴起酷吏政治,滥杀唐朝皇室宗亲,也干过一些类似自诩弥勒佛转世禁止杀生之类的蠢事,但是总体上她执政时期改革科举、整顿吏治,奖励农桑,促进了社会生产和经济繁荣。

但是再伟大的人也会有缺点:廉颇骁勇善战,但是还因为蔺相如的事情心怀不满;邹忌帮助齐国开疆裂土,但是也因为妒忌陷害田忌。狄仁杰再英明也是人,也有人的七情六欲和缺点,所以才会嫉妒和排挤娄师德。

娄师德举荐了狄仁杰,却从来没有在狄仁杰面前自夸过,所以狄仁杰并不知情。当武则天问狄仁杰为何能有今日的时候,狄仁杰还很自负,认为是自己满腹经纶、品行端正才混到今天。没错,狄仁杰是很有才能,但是从他给娄师德要小动作的事实看,品行还是有些问题。当武则天拿出娄师德推荐他的十几封奏折的时候,狄仁杰才幡然醒悟,汗颜不已。帮助了别人不求回报,受到排挤而依然故我,娄师德的所作所为真可谓典范。

一个疲惫的旅人在树下睡觉,一条毒蛇从草丛里窜出来朝旅人扑去。这时正好有个人路过,赶走了毒蛇,没有惊醒旅人就悄悄离开了。现实生活中,其实有很多人在为我们、为这个国家甚至为全世界默默付出。他们不计功名利禄,不求感恩回报,无怨无悔地承受着一切,奉献着一切。这些人中,有我们的父母兄弟,有我们的师长亲友,但是更多的是那些陌生的普普通通的人们。是他们一点一滴的努力,才让这个世界如此美好。

100 祁奚荐贤

祁奚[1]请老[2],晋侯[3]问嗣[4]焉。称[5]解狐[6]——其仇也。将立之而卒。又问焉。对曰:"午[7]也可。"于是羊舌职[8]死矣,晋侯曰:"孰可以代之?"对曰:"赤[9]也可。"于是使祁午为中军尉,羊舌赤佐之[10]。君子[11]谓祁奚于是[12]能举善矣。称其仇,不为谄[13];立其子,不为比[14];举其偏[15],不为党[16]。《商书》曰:"无偏无党,王道[17]荡荡[18]。"其祁奚之谓矣。解狐得举,祁午得位,伯华得官;建一官而三物成,能举善也。夫唯善,故能举其类。《诗》云:"惟其有之,是以似之[19]。"祁奚有焉。

——《左传》

一、注释

[1]祁奚:又称祁黄羊,姬姓,祁氏,名奚,字黄羊,春秋时晋国人(今山西祁县人),因食邑于祁(今祁县),所以称祁氏。祁奚为晋国四朝元老。

[2]请老:告老,请求退休。

[3]晋侯:指晋悼公。

[4]嗣:指接替职位的人。

[5]称:推举。

[6]解狐:晋国的大臣。

[7]午:祁午,祁奚的儿子。

[8]羊舌职:晋国的大臣,姓羊舌,名职。

[9]赤:羊舌赤,羊舌职的儿子,字伯华。

[10]佐之:辅佐他,这里指担当中军佐。

[11]君子:作者的假托,《左传》中习惯用来发表评论的方式。

[12]于是:在这件事情上。

[13]不为谄(chǎn):不算是讨好。谄,谄媚,讨好。

[14] 比：偏袒，偏爱。这里指偏爱自己亲人。

[15] 偏：指副职，下属。

[16] 党：勾结。

[17] 王道：理想中的政治。

[18] 荡荡：平坦广大的样子。这里指公正无私。

[19] 惟其有之，是以似之：见《诗经·小雅·裳裳者华》。只有有道德的人，才能举荐像自己一样的人。

二、参考译文

祁奚请求退休。晋悼公问祁奚谁可接任，祁奚推荐仇人解狐。正要立解狐，解狐却死了。晋悼公再次征求意见，祁奚说："我儿子祁午可以。"正当此时，祁奚的副手羊舌职也死了。晋悼公又问："谁可接任？"祁奚答道："其子羊舌赤适合。"晋悼公便安排祁午做中军尉，羊舌赤佐助。君子称赞祁奚，说这件事足可说明他很能推荐贤人。推举仇人，不算是谄媚；拥立儿子，不是出于偏爱；推荐直属的下级，不是为了袒护。商书说："没有偏爱，没有结党，王道坦坦荡荡，公正无私。"说的就是祁奚了。解狐被举荐，祁午接任，羊舌赤任职：立了一个中军尉而做成了三件好事，真是能举荐贤人啊！正因为自己为善，所以能举荐与自己一样的人。《诗经》说："惟其有之，是以似之。"祁奚就有这种品德。

三、勤学善思

1. 祁奚举荐的几个人与祁奚是什么关系？祁奚举荐人才的标准是什么？

2. 阅读《祁奚请免叔向》，全面了解祁奚。

3. 历史上还有哪些和祁奚相近的人？他们有哪些故事？

四、解读延伸

祁奚是晋国元老，辅佐过四位国君，但是这个人在治国理政上没有什么值得大书特书的政绩。他之所以名传千古，是因为他能够识人、荐人。

本故事中，祁奚第一个举荐的人是解狐，解狐这个人跟祁奚有仇，到底是什么仇，历史资料里并没有给出详细的说明。但是解狐这个人跟祁奚一样也干过举贤不避仇的事情：解狐的爱妾芝英和他的家臣刑伯柳私通被当场抓住，解狐将他们痛打一顿赶了出去。但是后来解狐的好友赵简子需要一个国相时，解狐思前想后还是举荐了刑伯柳。解狐的原话是："举子，公也；怨子，私也。"这种性格和祁奚简直一模一样。这是举贤不避仇。

但是解狐命短，还没上任就死了，这次祁奚举荐的是自己的儿子，这叫举贤不避亲。有了举荐解狐的前例，国君对他举荐自己的儿子也没有什么异议。后来他又举荐副手的儿子接替其父的职位，从表面上看有仇人、有家属，也有幕僚的亲属，但是实际上祁奚可能从来没有考虑过这种事情，他举荐人的标准只有"是否贤能"这一条。

当年晋国大臣叔向因为弟弟的事情被囚，他放出话去，说能救自己的只有祁奚。当时祁奚已经告老还乡了，听到这个消息就到国君那里，说服国君释放了叔向。然后根本没有去见叔向就回家了，叔向既没有向祁奚告知自己已经被释放，更没有向祁奚道谢，直接上朝了。虽然在战国时期，但是这两人的做法大有魏晋之风。祁奚这种不求感恩回报的品质，跟娄师德又何其相似！

心胸狭窄、处心积虑地占便宜挤对他人的，到最后总会被人唾弃，孤家寡人，举步维艰。社会越发展，人与人之间的联系越紧密，信息越来越透明，蝴蝶效应也越来越显著，正能量的传递也显现出了越来越强大的正面引导作用。你帮我、我帮你，众人拾柴火焰高，捧场总比拆台好，也只有这样，社会才能团结和谐，国家才能繁荣昌盛，民族才能兴旺发达。